# Frieda Silberberg

Philippe Spieser

# Frieda Silberberg

## Roman

Édition : BoD · Books on Demand GmbH, In de Tarpen 42, 22848 Norderstedt (Allemagne)
Impression : Libri Plureos GmbH, Friedensallee 273, 22763 Hamburg (Allemagne)

Impression à la demande.

ISBN : 978-2-3224-7726-5

Dépôt légal : Octobre 2024

# REMERCIEMENTS

*À Bach, Mozart, Beethoven, Schubert et d'autres….*

*À mon grand-père Maurice Gribling †, dont j'ai trouvé les carnets de guerre de 1941 à 1944 partiellement annotés.*

.

# 1

Même à Vienne, les rencontres inopinées ne débouchent pas toujours sur des souvenirs durables ou des promesses de bonheur. Il y en a beaucoup de banales, d'attendues, accouchant de peu de chose, suivies de vestiges éphémères, de rêves fugitifs, ce qui n'est déjà pas si mal à l'aune d'une vie. Cependant ici, avec un imaginaire très théâtral, une littérature de l'absurde et de la désillusion, un sens de la dérision et du tragique où, sur un fond musical mêlant les génies, Mozart, Beethoven, Schubert, Schönberg, les Strauss, Mahler et les talentueux, Lehar ou Stolz, avec leurs bémols inattendus et leurs valses tragiques – mais y en a-t-il de légères ?- avec ces chimères d'un Empire où des peuples faisaient semblant de coexister, où de multiples langues se parlaient sans jamais se comprendre, où les Lou Andréas Salomé, qu'elles fussent authentiques ou de pacotille, ne trouvaient au panthéon des femmes fatales que des Sissi en technicolor, elles ont la saveur douceâtre de la nostalgie et des éternels retours.

Car Vienne n'est pas une cité, c'est un état d'esprit. Un patchwork de solennel, de morbide, de joyeux et de décadent, où les tragédies et les plaisirs se diluent dans les rythmes syncopés surtout à trois temps « avec un de retard », affirment les bons chefs d'orchestre. Elle trouve une place enviable parmi les villes dont les noms mêmes sont des voyages, à côté de Venise, Saint-Pétersbourg, Paris, New-York ou Valparaiso. Celles qui peuvent aussi se targuer de déposer au fond de la mémoire d'inquiétantes ombres, à l'image de la Dame Blanche des Habsbourg, spectre drapé, cruelle Cassandre de cauchemar, qui, apparaissant dans tous les hauts lieux de la cité, annonçait avec quelques heures d'avance, disait-on, la mort des empereurs, de leurs épouses ou pire, de leurs princes héritiers. Le voyageur revivra des années plus tard ces impressions étranges, avec l'amertume de ne pas être retourné à temps à la *Hofburg*, au *Prater*, à *Schönbrunn*...

En ce jour ensoleillé de mai 1972, William Ferenc Gellman, confortablement assis dans un opulent Chesterfield du café de l'hôtel Impérial, se persuade que son rendez-vous avec Frieda Flanaghan sera, à tout point de vue, *profitable*, selon le terme anglo-saxon consacré. La dame sera sûrement heureuse d'apprendre qu'elle n'a pas été oubliée, qu'elle a toujours des admirateurs malgré de très longues années de silence. Quant à lui, il pense réussir à réaliser le projet mûri depuis peu, en la convainquant d'accepter la proposition qu'il s'apprête à lui faire.

Quelques mois plus tôt en effet, sous le coup de la vive émotion ressentie à l'écoute fortuite d'un enregistrement ne comportant que le nom de l'artiste, il avait décidé de rééditer la totalité du legs de cette cantatrice qu'il n'avait jamais entendue et dont il ne savait rien. Il cherchait pour lors à faire graver sur de durables galettes de plastique « 33 tours » tout ce qu'il avait pu trouver sur de fragiles rouleaux de cire, des bandes magnétiques grésillantes ou des disques de résine « 78 tours ». Aucune voix ne lui avait donné jusque-là le sentiment d'une telle perfection. Un flot tantôt de miel, tantôt de bronze, au vibrato absolument contrôlé, sans aucune chute de tension sortait d'une gorge sans faille. Il avait admiré une ligne de chant d'une continuité, d'un lié inouï, au sens propre du terme. Et au-delà de l'objectif très intéressé d'un projet éditorial pour la maison de disques et d'Éditions Musicales qui l'employait, il se réjouit par avance de pouvoir goûter, dans les minutes suivantes, aux plaisirs de son métier – écouter les confidences de

9

grands interprètes, baigner dans les secrets de la musique en train de se faire, avoir l'impression de se lier d'une amitié même très éphémère avec des géants du clavier, de l'archet ou de la voix, se délecter des propos graves ou badins d'hommes ou de femmes sortant toujours de l'ordinaire. Ses interlocuteurs, baignant dans la beauté, appartiennent à ces gens qui font croire, illusoirement, après quelques échanges que, grâce à eux, vous aussi faites un peu partie d'une humanité supérieure bénie des Dieux. Leur message un peu hypocrite qui signifie « ah oui, vous auriez pu me ressembler, être comme moi, avec un peu plus de chance », est délivré avec force sourires et la condescendance des êtres doués et travailleurs à l'égard des malhabiles, des dépourvus de talent, des gens communs.

Il en a déjà croisés, de ces artistes d'un âge indéfinissable par définition puisque les gens de spectacle n'en ont pas, ils ont seulement un âge *certain*. Madame Frieda Flanaghan, il l'imagine distinguée, toute en retenue, d'une politesse désuète un brin affectée. Il la suppose pétrie d'une culture qui se raréfie même à Vienne, d'un art de vivre dont on a perdu le secret, enseveli avec François Joseph et toute la dynastie des Habsbourg dans le *Kaisergruft* de l'église des Capucins.

Il se dit, au moment de passer commande, qu'on y a surtout perdu la recette précise de l'authentique *Apfelstrudel*, cette pâtisserie issue de la cuisine juive dont il convient précisément d'oublier qu'elle est juive - une préoccupation amnésique fort répandue dans le pays.

Il la redoute aussi, cette rencontre, au fond de lui. Il sait que parfois, lorsqu'elle est bousculée ou contrariée, une artiste de cette trempe peut se corseter dans un maintien glacial et mutique. Critique musical, producteur de disques microsillons et responsable de collection dans une maison d'éditions phonographiques, il a déjà donné maintes fois l'occasion de converser avec gens chez qui le propos est *aussi* un florilège d'évocations féroces, de rudes entreprises de démolition d'un concurrent, d'un confrère détesté, d'un amant secret, d'une maîtresse cachée déjà répudiée ou destinée à l'être bientôt. Elles dévident alors une pelote d'anecdotes méchantes dans ce milieu où, quand on se jalouse, c'est avec un enthousiasme meurtrier pour les réputations.

L'*hôtel Impérial*, situé sur le Ring, le boulevard circulaire qui enserre la cité, a été délibérément choisi durant son séjour autrichien débuté la veille. Dispendieux, prestigieux, à peine défraîchi, il doit fêter ses cent ans dans quelques mois. Il fait partie de ces quelques palaces qui, en plein milieu de la ville, distillent un parfum irrésistible de naphtaline, de moka, de cannelle, de paprika, de chocolat et de conservatisme résolu. Les narines un peu sensibles peuvent même y déceler des odeurs pestilentielles, celles de dictateurs invités d'honneur – on a longtemps tenu, toujours prête, une chambre destinée à Hitler ou, à défaut, à Mussolini, au cas où…

Gellman contemple le décor, qui a conservé le luxe d'une époque sans époque, fauteuils de style variable entre les *Biedermeier* ou les *Club*, lustres à pendeloques en cristal inévitablement de Bohème, tables recouvertes de nappes éclatantes de blancheur aussi amidonnées que le col des officiers impériaux. L'étiquette de la Cour, avec cette technique du pliage des serviettes gardée comme un secret d'Etat, s'est contentée de parcourir quelques centaines de mètres. L'ambiance douillette incite les clients, touristes insouciants ou hommes d'affaires sérieux, à l'abandon. Les cariatides et les atlantes de la façade, les décorations pseudo-classiques, les imposants bibelots et les serveurs si compassés qu'ils finissent par ressembler aux statues de l'entrée ne dépayseront sans doute pas son invitée. Car pour le peu de choses qu'il devine de sa vie, elle se retrouvera assurément en un terrain qu'elle n'a plus piétiné depuis longtemps, un territoire certainement pas inconnu, agréable comme un doux souvenir et, espère-t-il, propice aux consentements.

Une jeune serveuse, d'allure typiquement austro-bavaroise s'approche, belle plante solide à la longue natte blonde, aux yeux bleus, à la généreuse poitrine affable. Le règlement a été observé : le tablier est noir, la blouse blanche à fine dentelle. La seule fantaisie est un collier discret de perles opalines, posé sur un estuaire de peau laiteuse. Une inclinaison imperceptible, une esquisse de révérence et une demande exprimée en allemand, vite reformulée en anglais devant la légère grimace et surtout la coupe pas du tout *Mitteleuropa* du costume de son client :

- Que puis-je vous servir, *mein Herr* ?

- Pour l'instant, rien, si vous permettez. J'attends une dame. Je suis en avance, je ne voudrais pas commander avant son arrivée.

- Très bien, comme vous voudrez, *mein Herr.*

13

Jetant un regard circulaire, le visiteur se dit que rien ne semble avoir changé ici depuis un peu plus d'un demi-siècle, c'est-à-dire depuis que tout a été bouleversé de fond en comble. Depuis que l'inoubliable première guerre mondiale, en démantelant l'Empire, a porté les derniers coups à une civilisation babélienne déjà moribonde. Depuis que les dernières traces de la deuxième qu'on essaie, elle, d'oublier, ont été mises sous le boisseau hypocrite de la raison d'Etat et de la nécessité de l'amnésie politique, un mot qui en appelle un autre, « amnistie ». Les survivants voulaient pouvoir continuer à vivre ensemble, et plus encore se supporter eux-mêmes, se regarder sans se voiler la face dans le miroir tendu cruellement par Clio, la muse de l'Histoire.

Oui, tout a été maintenu, sans trop de dégâts aux yeux des Viennois, grâce à l'acte refondateur d'après la catastrophe, non pas la remise en état d'un bâtiment public officiel, mais la reconstruction de l'opéra, premier chantier terminé dès l'automne 1945. On a même recommencé à croire en un destin apaisé, depuis que l'Autriche, bien forcée par l'ogre slave qui campe à sa porte, fut contrainte de se déclarer neutre dix ans après la fin du conflit. Depuis que Vienne, humble parce qu'humiliée, a été reléguée au rang de capitale hypertrophiée d'un pays réduit à une grosse province, sous-préfecture d'un pays croupion.

La cité fait semblant de ne pas regretter d'être aujourd'hui une bourgade assoupie, vouée à faire jouer une musique de premier janvier, abriter des institutions internationales et leurs fonctionnaires arrogants et indifférents, enfin se livrer à des introspections en tout genre sauf celles qui concernent son propre passé. Les Viennois n'ont pas tout retenu de Sigmund Freud, on a la réminiscence sélective. Quand il y a de la gêne, il n'y a pas de plaisir psychanalytique. Elle se satisfait en apparence d'être une dérisoire métropole gonflée à la dimension de la *gloriette*, le monument bouffi qui trône à l'extrémité du parc de Schönbrunn, quoique certains nostalgiques ne se sont jamais habitués à son effacement : la tombe de François-Joseph est fleurie tous les jours par des inconnus qui doivent espérer on ne sait quelle résurrection, réservée jusque-là au Christ et à ceux qu'Il avait choisi de sauver, pas aux dévots Empereurs pourtant si profondément catholiques.

## 2

Gellman se replonge ostensiblement dans la lecture du *Times*. Dans la lettre adressée à son invitée où il s'était décrit en quelques mots convenus, il avait précisé qu'il tiendra bien en évidence un exemplaire du quotidien anglais afin d'être aisément identifié. Il sourit à la pensée que, dans cet hôtel fréquenté par une clientèle internationale, il n'est sans doute pas le seul à le lire et qu'une possible confusion pourrait survenir. Mais cet austère journal est généralement lu par des hommes plus empâtés que lui. En outre, son autoportrait brossé à gros traits à la fin de sa missive devrait suffire à éviter les quiproquos : « J'ai trente-deux ans, 189 centimètres, allure sportive, cheveux blond clair et fins, yeux bleu clair, costume rayé, trois pièces. On me dit souvent que tout chez moi respire l'Anglais. » Ces informations, qui lui avaient un peu coûté par leur ambigüité et ce qu'elles laissaient augurer de morgue insulaire, lui semblaient utiles en pays germanique, question de chic, de tweed, de maintien *upper lip stiff* et de compatibilité ethnique avec les Germains si sourcilleux sur l'apparence. Il abandonne vite sa lecture puisqu'il n'en retient rien, beaucoup trop occupé à guetter les clients qui passent la porte en tambour. Envahi par une légère hypnose, porté par l'atmosphère préservée des lieux, il ressent un plaisir étrange dans ce recoin d'un café hors du temps, à observer le monde ainsi que le ferait un policier, un écrivain ou un espion, - de cette engeance, il y en a beaucoup en stock ici. On murmure d'ailleurs qu'ils se sentent comme des poissons-chats dans l'eau trouble du fond de rivières où, lorsqu'on est honnête homme, on prend garde de ne pas se baigner.

D'habitude, à la longue, il se sent étranger au cœur de ce continent européen perpétuellement tourmenté. Oui, il pourrait se trouver si bien, chez lui, à Londres, dans cette Angleterre qui, elle, n'a pas perdu tout à fait son empire, au moins culturellement, tout en remuant indécemment de la croupe, jetant désormais sa gourme pour secouer ce qui reste de poussière victorienne. Elle s'ingénie désormais à faire danser les autres, au son de toutes les musiques et suivant tous les rythmes. La vieille Albion qui se croit encore au faîte de sa puissance, se sent toujours attirée par son grand large, désenchantée de ces voisins orientaux des terres fermes toujours occupés à se chamailler avant de s'entredétruire jusqu'à la mort.

Gellman ne compte pas pour rien, dans l'attachement qu'il ressent pour son île et sa capitale, la chance d'habiter un endroit privilégié. Peu après sa séparation d'avec Janet, une condisciple de l'université avec qui il avait eu une liaison, il avait eu en effet l'occasion d'acheter un grand appartement à Brooke Street, au cœur du quartier chic de Mayfair. Le logis étant totalement délabré à la suite d'un squat irrespectueux, le prix avait été raisonnable, compensé par le coût des rénovations. Il l'avait aménagé petit à petit, choisissant avec soin les artisans et la décoration, on ne travaille pas dans les milieux artistiques sans quelques avantages. Il mit peu de temps à s'apercevoir que son *home* était très proche de la maison où résida le compositeur allemand devenu anglais, Georg Friedrich Händel, qui avait vécu au 25 de cette même rue, de 1723 à sa mort. On conservait pieusement, dans ce qui était devenu un élégant musée, des instruments de toutes sortes, clavicordes, clavecins, orgues portatifs, ou violons. Gellman l'avait visité et devait un peu de sa passion pour la musique ancienne à l'émigré saxon dont on diffusait en sourdine les œuvres dans toutes les pièces de la maison, décorées au goût du XVIIIème siècle avec ce qui restait de l'héritage du lointain propriétaire.

Un soir, stupéfait, il entendit des accords guère händeliens qui, d'une puissance massive, envahissaient la rue à une heure peu chrétienne. Ils se déversaient en flots d'une guitare électrique, les écouta, ne put se défendre d'admirer la virtuosité insolente de l'instrumentiste qui habitait l'immeuble à côté. Il fit incidemment connaissance du guitariste qui, ayant marmonné son prénom en guise de présentation, lui proposa, la voix pâteuse, de monter partager quelques verres. Gellman accepta. Les verres furent nombreux, les fumées étourdissantes et trop épaisses, il en avait toussé longtemps après. Heureusement, la soirée s'acheva rapidement. Il n'eut pas l'occasion de renouveler l'expérience parce qu'un triste matin de septembre, une ambulance vint chercher le corps imbibé de celui dont il apprit alors le nom, Jimmy Hendrix. Le hasard est cruel, se dit-il.

Son activité de conseiller musical-producteur de disques lui laisse largement la possibilité d'organiser son travail selon son bon vouloir, où bon lui semble. Il faut dire que l'époque est favorable à la musique, à toutes les musiques. Tout le monde se dote de tourne-disques, pour passer les chansons des Beatles, les suites de Händel ou les solos de Hendrix, et n'importe quelle symphonie pourvu qu'elle fût dirigée par Herbert von Karajan. Gellman profite de cet épanouissement de l'industrie phonographique pour user de la liberté que donne l'expansion des affaires. S'il souhaite quitter pour un court moment les embarras et les brumes de la capitale anglaise, ses escapades sont autorisées, parfois encouragées en haut lieu, à la condition impérative qu'elles ne soient ni longues ni coûteuses et qu'elles rapportent. Il doit tout de même rendre des comptes, le capitalisme a ses règles, ses exigences financières et comptables sont sans pitié. Parmi les tâches qui l'entraînent sous des cieux moins plombés que ceux d'Albion, il y a le repérage, dans les phonothèques publiques ou privées, les bibliothèques, chez les revendeurs de microsillons des grandes villes ou enfin dans les bourgades où se tiennent marchés aux puces et foires à la brocante, de toutes les traces phonographiques du passé qu'il est encore possible de dénicher, si leur état est correct. Il est gourmand de rares enregistrements, quels que soient leurs supports, du moment qu'ils sont susceptibles de retrouver une nouvelle jeunesse. Et bien sûr qu'ils soient économiquement rentables, portés par la passion inassouvie de mélomanes collectionneurs, même si une légère désaffection commence à se manifester à l'égard de la « Grande Musique », comme le disent certains avec condescendance. Un phénomène passager, on espère. Oui, il goûte aussi soudainement, là, dans une savoureuse odeur de café et de chocolat, sur un fond sonore entremêlant toujours un peu les mêmes gloires musicales locales, le plaisir rare d'une atmosphère feutrée presque silencieuse et le charme de ce chuchotement chuinté de la langue allemande lorsqu'elle est entendue dans les lieux où l'on doit parler lentement, à voix basse, comme si on devait bientôt entonner un lied *sotto voce*. On s'oblige à le faire, ici, dans ce palace qui s'est inévitablement pris pour une annexe du palais impérial. Gellman se laisse aller avec une sorte de volupté à l'ouate sonore qui l'enrobe, en viendrait presque à souhaiter que son invitée ait un peu de retard. Lui-même est légèrement en avance, selon une bonne habitude partagée avec nombre d'Anglo-Saxons et d'Allemands. Il a toujours été soucieux de s'imprégner des lieux qui l'entourent juste avant d'avoir à négocier, à convaincre, à triompher, ou à battre en retraite.

# 3

Il entend sonner 16 heures au carillon de la cathédrale Saint Etienne, un mélange improbable de différents styles gothiques retapés, sise au centre d'un quartier baroque. En ces lieux, tout est illusion. Car les Viennois savent bien que cet espace est artificiel, les destructions de la guerre ayant nécessité de gigantesques travaux de rénovation. Le *Dom* est le seul bâtiment qu'il a visité, le matin même. Il en a contemplé longuement la toiture de tuiles vernissées et disposées en motifs suivant des diagonales, une géométrie parfaite de briques et de couleurs. Il a songé fugitivement à la vanité des Empires en regardant, sur le toit de la nef, l'aigle à deux têtes de la monarchie *impériale et royale*, un emblème englouti par l'Histoire et cependant jamais oublié par les anciens sujets. L'édifice rappelle un gâteau un peu dégoulinant quoiqu'au fond, entre les pâtisseries de chez *Demel* et les rengaines du Nouvel An, qu'est-ce qui n'est pas trop crémeux, trop sucré et écœurant dans cette ville, jusqu'à la nausée ?

Quelques secondes plus tard, il observe une forme élégante entrer dans le hall. À quoi devine-t-il qu'il s'agit sans doute de son invitée ? La femme est bien d'un âge indéfinissable. Elle semble se tenir sur une crête, entre ce qui succède à la maturité triomphante et une vieillesse qui ne s'est pas encore décidée à entamer son cruel travail de sape. L'ensemble est assez exactement ce qu'il imaginait. Elle est plutôt de grande taille, d'une finesse remarquable qu'elle a pris soin de souligner en revêtant un tailleur noir parfaitement ajusté à sa silhouette en lignes douces. Légère, elle glisse plus qu'elle ne marche sur les épais tapis du palace, chaussée de souliers à petits talons. Elle jette autour d'elle, furtivement, des regards hésitants. Apercevant le journal déplié, de loin, elle esquisse un sourire. L'allure, le port de tête, la démarche, oui, tout concordait, il ne s'est pas trompé…

Il l'imagine alors s'avançant sur une scène, ébauchant un air de Mozart, de Weber, de Beethoven ou de Verdi. Au fur et à mesure qu'elle s'approche, dans cet espace dont elle semble par son allure même prendre possession, il se dit qu'elle a été belle, plus impressionnante, plus attirante qu'elle ne fut jamais jolie. Du reste, il lui reste un peu de cette beauté discrètement entretenue. Il distingue, lorsqu'elle se sera rapprochée, un maquillage d'une extrême finesse. Presque pas de ces fêlures superficielles creusées par l'âge que les crèmes trahissent et masquent tout à la fois. L'absence presque totale de rides le gêne un instant, bizarrement. Il admire, sans que le regard soit trop insistant, les cheveux encore noirs sans excès de filaments blancs, le regard à la couleur indéfinissable tirant sur le violet. Elle avait dû être si séduisante, trente ans plus tôt. Ou quarante. Ou davantage ?

Il se lève, incline légèrement le buste, avec juste ce qu'il faut d'empressement, dans un geste où il ne faut jamais ni s'appesantir ni bâcler. Elle lui tend la main qu'il porte à ses lèvres et, d'une voix très assurée, dans un anglais parfait à peine alourdi de relents germaniques et d'alanguissements américains, elle déclare :

- Mr Gellman, je suis très heureuse de faire votre connaissance. Vous m'avez confié que votre allemand était élémentaire, je vous propose donc de parler anglais, ma langue désormais.

Puis, avec un froncement de sourcils :

- Nous avions dit 16 heures. Je ne suis pas en retard, n'est-ce pas ?

- Non, c'est moi qui prends toujours un peu d'avance. Vous êtes *pünktlich*. Je vous remercie tout d'abord d'avoir accepté un rendez-vous dans cet endroit magnifique. Je suppose que vous y êtes attaché puisque vous-même l'avez spontanément proposé comme lieu de rencontre. Vous rappelle-t-il de bons souvenirs ?

Le sourire s'est légèrement fané, un éclat de soupçon le voile subitement. La réponse tombe, un peu sèche :

- Comment voudriez-vous qu'un tel endroit me déplaise ? C'est le cœur d'une ville à laquelle tout musicien est naturellement attaché. Je m'étais pourtant faite un jour une promesse, non tenue d'ailleurs… Laissons cela.

Elle ajoute, à voix basse :

- Quant aux souvenirs, j'en ai beaucoup, ici même. *Du lieber Gott*, ils ne sont pas tous bons, mais, depuis, j'ai fait le tri. C'est même ce que l'on fait de mieux avec eux quand on a pris de l'âge…

25

Elle lève discrètement la main, puis enfin s'assoit, dans un geste d'une fluidité parfaite. À la surprise de son interlocuteur, elle reprend immédiatement la parole :

- Ne croyez pas, cher Monsieur, que je veuille vous brusquer. Je vous pose néanmoins directement la question, en cherchant simplement à vous faire gagner du temps. Que souhaitez-vous exactement ?

Dans un sourire retrouvé qui illumine cette fois son visage et destiné sans doute à atténuer la sécheresse de son propos, elle précise, avec un soupçon de minauderie et d'affectation :

-Il y a du reste bien longtemps que je n'ai plus de rendez-vous avec des personnes beaucoup plus jeunes. Alors, que voulez-vous de moi ? Et comment m'avez-vous retrouvée ?

Gellman est frappé par le ton ferme de la dame ouvertement sur la défensive. Il hésite, laisse s'établir un silence qui devait moins à la réflexion qu'à l'étonnement. L'arrivée de la serveuse et la prise des commandes lui permettent opportunément de construire sa réponse.

- Je vous ai retrouvée grâce à quelqu'un qui vous a connu en Europe. Mais laissez-moi commencer par le commencement.

Un autre silence. Frieda Flanaghan se cale au fond de son fauteuil, prend la tasse que la jeune femme lui a apportée avec un respect légèrement appuyé, ayant reconnu, d'un seul coup d'œil, que la vieille dame n'avait pas usurpé sa présence en ce lieu. Celle-ci trempe ses lèvres dans le chocolat chaud avec un régal évident, quelque chose de gourmand et d'inattendu, une grimace de chat comblé. Toutefois, son regard ne se détache pas de son interlocuteur.

- Je vous ai laissé entendre que je cherche partout dans le monde ce qu'on appelle des *vieilles cires* qui témoignent de l'art, inégalé selon moi, de solistes, d'orchestres et de chanteurs… disons… d'avant. M'est parvenu, il y a un an environ, au début de l'été 71, un enregistrement de Frieda Schleider, c'est du moins ainsi qu'elle s'appelait, sous son nom de scène.

Il guette une réaction de son invitée, qui ne vient pas. Impassible, elle continue de déguster le breuvage par petites lampées, lui lançant un regard illisible. Il poursuit.

27

- Je me suis demandé qui était cette extraordinaire chanteuse dont je ne savais rien jusque-là. Est-il besoin de préciser à quel point j'ai été ébloui ? Je ne veux pas insulter votre modestie, mais… ce léger vibrato maîtrisé, de bon goût, l'émission parfaitement régulière, le souffle, le timbre, la diction parfaite dans toutes les langues. Vous avez réussi à déborder largement votre tessiture d'origine, à endosser des rôles qui ne vous étaient pas forcément destinés. C'était un disque du début des 78 tours semble-t-il, en tout cas avec ce que cela comporte de grattements, bref, les échos bruités d'une époque révolue. Cependant, impossible de trouver aucune indication concernant l'artiste, aucune notice. Nulle part, rien. J'ai procédé à des recherches biographiques. Nouvel échec. J'allais renoncer.

Il ménage un peu ses effets, baissant la voix d'un ton.

- Et puis, peu de temps après, un soir, à l'opéra, un de mes collègues ou plutôt un concurrent bien élevé - il en existe encore - m'a présenté à la grande Elisabeth Schumann. Sa maison d'édition en avait édité les enregistrements. Celle qui fut la grande soprano que l'on sait a évoqué le bon vieux temps un peu mythifié du bel art du chant. J'ai prononcé devant elle le nom de Frieda Schleider. Elle a eu cette mimique éloquente que l'on observe chez les artistes ne parvenant pas à cacher l'admiration qu'ils éprouvent pour ceux qu'au fond d'eux-mêmes ils vénèrent, détestent et jalousent tout à la fois. Sur le ton de la confidence, elle m'a glissé : « Ah oui, la terrible, la magnifique Frieda Silberberg – elle avait du caractère, ce qui veut dire parfois un très mauvais caractère. La meilleure d'entre nous... - et elle a émis un discret rire de gorge que j'ai encore dans l'oreille - on se demande comment elle a pu aborder tous ses rôles sans dommage. C'est du passé, du passé lointain, tout ça, nous ne chantons plus depuis longtemps. Nous ne donnons plus que des conseils, et seulement quand on nous sollicite ».

Je lui ai posé la question du changement de nom, passant de Silberberg à Schleider. Elle m'a répondu qu'à sa connaissance, ce dernier patronyme est celui adopté par Frieda à un moment donné de sa carrière. Schumann qualifia ces raisons d'« évidentes, voyons », me lançant un regard où se lisaient mépris et pitié pour un extraterrestre ignorant des horreurs du siècle. Quant au choix précis du patronyme, elle n'en connaissait ni la raison précise ni les circonstances. Elle a ajouté, avec un soupir indéfinissable qui mettait fin à notre entretien :

- Pendant le temps bref où je l'ai connue, à Berlin et ensuite un peu partout en Europe... enfin en Europe germanique... elle est restée inaltérée, sur tous les plans, l'allure, la voix, mais aussi le maintien, la classe... Vous savez, elle et moi avons un peu le même destin... Promettez-moi, si vous parvenez à la retrouver, de lui transmettre mon meilleur souvenir....

Ces derniers mots avaient été dits avec le ton des vœux pieux dont on craint avec regret qu'ils ne se réaliseront pas.

Gellman marque une pause. Cette fois-ci, son interlocutrice a cligné des yeux un peu vite. Il poursuit :

- Elle put m'en dire tout de même davantage. Certes, les deux artistes étaient proches, aussi proches que peuvent être deux monstres sacrés de cette qualité, juste avant le mitan des années 30. Elles avaient toutes les deux commencé à Berlin, au *Kroll Oper*. Puis, à la suite du départ de Frieda Schleider vers les Etats-Unis, dans des circonstances inconnues d'elle, elles avaient entretenu une courte correspondance qui s'est brusquement interrompue, les lettes revenant avec la mention « Inconnue à cette adresse ». Ce sont là les seuls éléments dont elle se souvenait.

Il marqua un temps d'arrêt, puis reprit son monologue avec, dans la voix, un peu de contentement de soi.

-Alors, j'ai instamment demandé à mes correspondants américains de confirmer ces données éparses et incomplètes. Les recherches ont pris du temps. J'ai failli encore abandonner, mais je suis tenace. Ils m'ont précisé qu'une certaine Frieda Ausländer avait débarqué à New-York, qu'elle semblait être devenue Flanaghan, et pouvait correspondre à la personne que je recherchais. Rien n'était certain cependant. Ausländer est un patronyme qui m'avait amusé et que j'ai facilement retenu. J'ai fini par comprendre que je me trouvais devant une sorte de jeu de piste dont j'ignorais les raisons précises, je les soupçonnais seulement. Les étapes en étaient des noms qu'il fallait relier les uns aux autres, des noms de persécutés. Pour certains vaincus de l'Histoire, celle-ci est un jeu de l'oie dont les règles ont été écrites par des despotes parvenus à achever leurs projets déments.

Il ajoute, plus pour lui-même que pour son interlocutrice :

- C'était un écheveau d'une pelote de laine emmêlée à dessein, des brins qu'il fallait isoler pour mieux les renouer ensuite dans l'ordre qui suit les sinuosités d'une vie cabossée par les désordres du monde. J'ai trouvé pour Frieda Flanaghan une adresse à Manhattan où je vous ai envoyé une lettre un peu au petit bonheur la chance. Vous connaissez la suite, votre proposition de nous retrouver ici, à ma grande surprise...

Sur les lèvres de la dame, un sourire en pointillé, d'où s'échappe une phrase, lentement :

- Quels que soient les obstacles, on doit toujours les abattre, à défaut les contourner. Une exception, la musique, où il faut courageusement les affronter, à cause de la scène, des lumières, de la réputation, du respect envers soi-même et, surtout, du respect envers le public. En tout cas, les noms que vous avez cités ne me disent rien aujourd'hui ; en fait, ils ne m'intéressent plus guère, je suis Frieda Flanaghan depuis maintenant bien des années et jusqu'à la fin de mes jours. Avec joie, d'ailleurs. J'ai passé l'âge de jouer à cache-cache, même si c'est le seul jeu que nous pratiquions à tout moment avec la mort. J'y ai d'ailleurs joué en virtuose, sans aucune modestie. Je me répète : qu'attendez-vous de moi ?

L'échange perdant visiblement un peu de sa cordialité, Gellman peine à s'accorder à ce diapason soudain froid. Il décide de jouer la partition le plus honnêtement possible.

- Je souhaiterais éditer tous les enregistrements que vous avez faits. L'intégrale. Que ce soit sous le nom de Schleider ou de Silberberg ou tout autre patronyme. Je sais à présent avec certitude qu'ils désignent une seule personne, vous-même. Bref... En un mot, il serait dommage de laisser mourir un tel trésor vocal. Je voudrais le publier sous forme d'un coffret.

La dame s'essuie délicatement la bouche avec sa serviette finement brodée aux armes de l'hôtel. Son regard désarmant de franchise ne se détourne pas, sa voix n'hésite pas.

- Croyez-vous que cela vaille la peine ? Il y a tant de très bons chanteurs aujourd'hui... À s'en tenir aux femmes, sans compter mes contemporaines, il y a celles qui sont venues après moi,

33

Callas, Schwartzkopf - ah, celle-là je l'ai un peu connue mais elle est à oublier…- Gencer, Tebaldi, ce n'est pas rien … Et puis, les progrès techniques sont tels que les prises d'aujourd'hui sont meilleures, écouter des enregistrements récents par de jeunes artistes est plus agréable. Enfin, vous n'ignorez pas que la nouvelle génération semble assez indifférente à cette musique, appelée *Grande* pour mieux la tenir en respect. Peut-être suis-je trop vieille pour juger.

- Je vous assure que, concernant vos enregistrements, il reste un vaste public…

Elle assène, la bouche réduite à un tiret :

- Vous voulez dire une vaste clientèle, vous êtes éditeur, pas mécène...

Il ne relève pas, craignant que ne s'arrête là une affaire plus difficile à conclure que prévu. La dernière chose qu'il souhaite est de vexer son interlocutrice. Elle poursuit, radoucie :

- Je n'ai aucun obstacle de principe. Je suis heureuse que mes réalisations faites il y bien des années puissent encore donner un plaisir. Et afin d'être tout à fait claire, je ne me préoccupe pas…

enfin... plus de l'aspect financier. D'ailleurs, vous le savez, j'ai réalisé peu d'enregistrements, je préférais l'excitation des récitals vivants et, à l'époque du cinéma muet et aux débuts chaotiques du parlant, on ne filmait évidemment pas les représentations d'opéra ou les soirées de lieder. Le « 78 tours » suffisait.

Elle ajoute avec élégance :

-S'il devait y avoir des royalties, je vous indiquerais en temps voulu l'organisme qui en serait bénéficiaire.

Gellman se sent soulagé. Il se dit qu'au moins un problème s'annonce résolu avant même que de se poser, à la satisfaction de ses patrons. Il reprend la parole, à présent plus confiant.

- Il reste une dernière simple formalité à remplir. Tout repiquage d'enregistrements anciens sur un disque microsillon se doit de comporter un minimum d'indications biographiques. Donnez-moi quelques dates, comme celle même approximative de votre naissance, et quelques repères chronologiques précis qui permettent de situer votre formation et vos engagements dans le temps, de permettre à l'auditeur de se repérer. Rassurez-vous, quelques courtes lignes suffiront.

Ces paroles banales et innocentes ont sur Frieda Silberberg un effet qui stupéfie son interlocuteur. Elle se redresse, il y a dans ses yeux des éclairs anthracite et glaçants. Ses pupilles deviennent d'une couleur sans concession, ronds et durs. Il n'y pas seulement une colère qui altère sa voix et qu'elle parvient à grand-peine à contenir, il y a de la peur, enfouie, qui resurgit, et même de la terreur.

-Non, non... En aucun cas. C'est exclu. Si c'est une exigence *sine qua non* de votre maison, le coffret ne se fera pas.

Après quelques secondes de stupéfaction, Gellman se défend :

-Pardonnez-moi, c'est une demande qui me semble ... me semblait raisonnable, normale...

Elle se lève sans hésitation, avec la résolution qu'une femme ulcérée opposerait à un amant lui annonçant une rupture inattendue.

- C'est non. Nous allons en rester là. Je vous remercie néanmoins. Je tiens à ne rien vous devoir …

Il l'interrompt, ayant deviné son intention de régler l'addition.

- Non, madame, je vous en prie. Au-delà du plaisir de vous avoir rencontrée malgré cette brusque interruption, je regrette néanmoins votre décision. Je n'insisterai pas, vous avez vos raisons. Je me permets de vous remettre ma carte de visite, vous pourrez me joindre si jamais vous changez d'avis.

L'homme se doute cependant que Frieda Silberberg n'a pas une personnalité versatile. La dame jette un œil sur le petit carré de bristol, se radoucit brusquement, ses yeux apaisés se tournent vers lui.

- Ferenc ?

- Mon grand-père était hongrois. Même si je suis né en Angleterre, je me sens, en raison de mes ascendants, originaire d'ici, lorsque ces contrées n'étaient qu'un seul empire. Et je suis moi-même venu à Vienne, autour de mes vingt-trois

37

ans, pour une courte période, moi aussi en des circonstances… L'Autriche-Hongrie, cela voulait dire quelque chose à bien des gens, y compris à moi-même : mon père m'en a souvent parlé lorsque j'étais enfant. C'était davantage que de beaux aigles bicéphales et un hymne harmonieux. Ferenc, c'est le Franz autrichien, le prénom de Liszt… mais ça, vous le savez.

Frieda Flanaghan laisse soudain filtrer quelque sympathie au fond de son regard et de sa voix :

- Pardonnez mon emportement de tout à l'heure. Un jour, peut-être, vous comprendrez. Je ferai en sorte que vous compreniez. De plus, sachez que pour moi Elisabeth Schumann est une personne inoubliable, elle s'est comportée comme une véritable amie, une sœur choisie…

Elle ajoute, après avoir jeté un regard circulaire :

- Ne me raccompagnez pas, je vous en prie, profitez encore un peu de ce cadre merveilleux. Je désire être seule maintenant…

Elle lui tend la main, qu'il prend délicatement. Dans un geste amical auquel il ne s'attend pas, possible aveu d'un regret de ce qu'elle a laissé entrevoir d'elle, elle la retient très fermement quelques instants. Elle le regarde au fond des yeux, le rivant à l'éclat soudain crépusculaire de ses pupilles. Elle semble se raviser et lui parle d'une voix qui s'achève dans un murmure.

- Je vous dois au moins une confidence, vous avez été charmant, cette politesse en mérite une autre en retour. Si nous nous sommes rencontrés ici, c'est parce que j'ai voulu revoir cette ville dans laquelle je suis née et accomplir ce que je crois être mon devoir - retrouver ou plutôt découvrir un lieu, croiser quelques fantômes… parce que des vivants je n'en connais plus beaucoup. Culturellement, artistiquement, et surtout physiquement, je suis *aussi* née à Berlin. Mon père, musicien, avait trouvé un poste dans l'un des deux orchestres de la capitale autrichienne, le moins prestigieux, le Symphonique, pas le Philharmonique. Il avait eu de la chance car la concurrence était rude, chez les instrumentistes. Les compétences et les places se disputaient par-delà les frontières. Comme les banquiers et les diplomates, les artistes sont et restent une véritable internationale.

Elle continue, son murmure se chargeant de douloureux silences :

- Si vous ne connaissez pas bien la ville… À Vienne, tout est proche de tout, la cité n'est pas grande, le *Prater* est près de la *Hofburg*. Le désastre, ici, est proche de la gloire, la violence de la douceur, le souvenir de l'amnésie…Peut-être est-ce le lot de bien des capitales. Puis je suis partie d'ici, pas vraiment de mon plein gré ; ensuite j'y suis revenue, mais ce fut différent…Tout fut différent, vous savez. Je comprends le regret apparent que vous avez d'un passé que vous n'avez pas connu qui, à l'aune de votre âge, n'est finalement pas si ancien. Merci, donc.

Il la voit d'éloigner. Soudain, elle lui semble fragile, la silhouette s'est voûtée, la tête penche un peu vers le bas, le pas ne paraît plus assuré. À quelques infimes mouvements de son buste, il se demande si elle ne sanglote pas. Une vieille dame, maintenant, soudainement. Le tambour de la porte semble la happer. Elle est rejetée dans un autre monde qui n'est ni de ce temps, ni de ce lieu auquel elle paraît pourtant si intimement liée, sans doute par son histoire. Il reste un moment hébété, se sent tout à coup, lui, étranger dans ce café où les dorures et les raffinements consolent encore moins qu'ailleurs des échecs et des amertumes.

Lorsqu'il hèle la serveuse, il a la surprise de s'entendre dire, sur un ton glacé où perce un lourd reproche, celui adressé à un goujat ou un grossier personnage qui ne mériterait pas d'être à Vienne, que « Tout a été payé par la dame, qui a beaucoup insisté. *Es tut mir leid, mein Herr...* ».

# 4

Gellman quitte l'hôtel, vexé et penaud. La douceur de l'air et le conseil de son interlocutrice l'invitent à la flânerie. Il parcourt le Ring, les vieilles rues où rôdent les ombres de figures qui façonnèrent partiellement le siècle présent et le précédent. Celles qui furent prestigieuses et attirantes - Hofmannstahl, Zweig, Mahler, Freud, Gödel, Schrödinger. Et les autres, parfois innommables, qui claquent comme un fouet. La coupole verte de la *Hofburg* semble veiller sur la ville. Il entend, sortant d'une cour intérieure déguisée en guinguette, la mélodie populaire « *Wien, Wien, du allein, Stadt meiner Träume* », une guimauve connue de tous les Viennois due à un faiseur de ritournelles oublié, un certain Sieczyński. Elle date de 1914. Ah ! c'est qu'on savait encore chanter cette année-là et les suivantes, affirment les connaisseurs amnésiques et les cyniques, ce sont souvent les mêmes…

William a envie d'une simple promenade, une excursion aléatoire, une de ces *Wanderungen* mises en musique au long du XIXème siècle qui, s'il en avait la force et le temps, le mènerait jusqu'en Asie puisqu'on a dit que ce continent commence ici, à *Landstrasse*, une longue artère située à l'Est de la cité. Caressé par ce vent amical venu d'Italie qui n'a pas faibli, désarçonné par un refus brutal inexpliqué et inattendu, l'esprit absent, il se contente d'une bière dans une brasserie enfumée et joyeuse de la *Kärntnerstrasse*. L'un de ces lieux où l'on peut encore entendre un quatuor constitué impromptu par quelques musiciens plus ou moins professionnels, vocaliser un chanteur, où un piano invite un jeune étudiant ou un artiste confirmé à se produire en public. Il paraît cependant que s'est dégradé, sinon perdu corps et bien, cet art du *musizieren*, une façon impromptue et improvisée de faire de la bonne musique ensemble, au débotté, en se moquant de quelques fausses notes pourvu que le rythme et l'esprit, l'essentiel donc, soient respectés. Un art aussi perdu que celui de la nostalgie. Gellman rentre à son hôtel, légèrement ivre, épuisé, déprimé, sans trop savoir pourquoi et se couche sans dîner.

Ce matin-là, au lendemain de sa rencontre infructueuse, parce que les rêves sont souvent en noir en blanc et que sa nuit a été agitée, ou tout

43

simplement parce qu'il est diffusé en bruit de fond dans le hall de l'hôtel, Gellman se sent harcelé par un air lancinant, obsédant, inquiétant, grinçant, ce que les Autrichiens, peuple imaginatif, appellent un *Ohrwurm*, un ver d'oreille. Une musique perlée de mystères et de menaces, faussement innocente. C'est un chapelet de petites notes aigrelettes montées en air joué à la cithare. Elles illustrent en bande son le film *Le Troisième Homme*. Il l'a vu et revu, ce chef d'œuvre qui démontre que la peinture du désespoir sur toile blanche n'est pas l'apanage des cinéastes scandinaves. Disposant de temps libre, décidé à le mettre à profit pour réfléchir, il décide de se rendre au grand cimetière, le *Zentraler Friedhof*.

Il ne s'y était pas rendu avec Janet, à l'époque, douze ans plus tôt - une éternité. Gellman se jure d'aller cette fois-ci rendre visite à ses dieux. D'abord parce qu'il se dit que lorsqu'un homme vit de la musique, il se doit moralement d'aller saluer les plus grands compositeurs couchés là, tous rassemblés sous quelques acres de terre. Ensuite, il voulait revivre, en un rêve d'adolescent jamais consolé d'être devenu adulte, une scène inoubliable du *Troisième Homme*. Car quel amateur de grands films classiques ne serait tenté de cheminer sur l'allée centrale et attendre, juché

44

sur une tombe ou adossé à un arbre, que s'approche pour ensuite mieux s'éloigner d'une démarche raide une femme glaciale et méprisante, d'une beauté hiératique, suprêmement élégante, le fantôme d'Alida Valli ?

Depuis l'hôtel Impérial, Gellman prend le bus 71. Il s'agit du seul moyen de transport vraiment pratique pour se rendre au champ des morts, éloigné du centre de la ville, au point que le distingué portier, en lui désignant l'arrêt un peu plus loin, lui a confié, le regard un peu effrayé, *mezza voce*, qu'à Vienne, lorsqu'on dit qu'un homme a pris le 71, c'est qu'il vient de mourir.

Lorsqu'il arrive à destination, il prend conscience de l'immensité de ce lieu voué au repos éternel. Trois cent trente mille morts attendent ici la résurrection. On le dirait destiné à la population tout entière de l'ancien Empire. Il y a ici, littéralement, des couches superposées de défunts triés par le temps, un *bäckeoffe* de crânes et de fémurs, un mélange de carcasses et d'ossements et surtout des reliques prestigieuses, c'est-à-dire des restes de presque rien ou plus de restes du tout. La pensée qu'ils sont nombreux à se bousculer là-dessous, qu'il foule donc *un strudel* macabre constitué de tranches successives de trépassés, les plus vieux au fond, les plus jeunes au-dessus, comme la crème sur un *Wienerkaffee,* qu'il se trouve donc déambulant au milieu d'un peuple d'âmes entassées le fait d'abord sourire. Il imagine un assourdissant babil babélien et souterrain, farci de questions essentielles qui se croisent par-delà les siècles et les vicissitudes de l'Histoire : pourquoi l'impitoyable traité du Trianon nous a-t-il été imposé ? Qui est Charles, le dernier empereur ? On a joué du Berg, vous connaissez ? Comment va le nouveau chancelier et est-il vraiment juif, ce Bruno Kreisky ? Les Russes sont toujours là ou bien sont-ils enfin repartis ? Le dernier concert du Nouvel An était-il réussi ?

Le sourire s'éteint lorsqu'il aborde le carré qu'il est venu spécialement visiter, indiqué en gras sur le plan qu'on lui a remis à l'entrée. Sous quelques arpents de terre reposent, côte à côte, en un joyeux désordre de caveaux, Beethoven, Schubert, Brahms, Strauss ainsi que d'autres reliques de moindre réputation devant lesquels le visiteur qui se veut amateur cultivé ne saurait s'attarder. Devant ces tombes qui sont pour beaucoup des cénotaphes, l'espace et le temps s'évanouissent, laissant la place à une éternité de rythmes, d'harmonies, de mélodies. Tout

46

amateur de musique finit par croire entendre ici un fabuleux concert, une symphonie immense quoique funèbre qui se diffuse en lui.

C'est la voix, lointaine et, par éclats, de Frieda Silberberg qui parvient à Gellman, comme lorsqu'on se réveille brusquement d'un songe interrompu, mettant en valeur tel mot ou telle rime d'un poème de Goethe en égrenant les subtilités harmoniques d'un lied de Schubert ou de Schumann. Il se surprend à avoir les larmes aux yeux, lui à qui on a parfois reproché de ne pas savoir s'émouvoir ou de ne le faire qu'à contretemps, de se livrer trop rarement. Il est conscient, à ce moment précis, d'aimer la vie, ce que ne voit pas son entourage déconcerté par sa timidité, sa retenue, ce quant-à-soi qui volait justement en éclats, en ces années 70.

# 5

Ce « on » qui ne le comprenait pas ou le comprit trop tard, ce fut d'abord Janet. Il pense encore à elle car, comme tout homme abandonné - mais est-ce lui qui a été délaissé ou bien lui qui renonça ? - il se demande ce qui s'est passé. Ils avaient vécu ensemble dix-huit mois, à Hampstead, dans cette banlieue qui déjà s'embourgeoisait, juste après l'obtention de leurs diplômes. Les parents de la jeune femme y possédaient par héritage d'abord puis par acquisitions opportunes plusieurs appartements, ce qui les rendit riches dans un pays où la finance et les activités de service en développement renchérissaient l'immobilier et enrichissait les rentiers.

Janet et « Ferenc » étaient partis pour Vienne. Leur séjour était destiné à faire découvrir à la jeune anglaise un monde auquel elle était strictement étrangère, le continent dans sa version *Mitteleuropa*. Il tenait à lui faire connaître ces pépites que sont la musique des pays du Rhin et du Danube, la philosophie tempérée par l'humour, la littérature de l'ironie et de l'absurde où elle prospère naturellement en Autriche-Hongrie et même un fumet de physique mathématique de l'incertitude que Gellman avait survolée durant ses études.

Et puis, il n'a pas su la retenir, la Londonienne aimablement délurée et en définitive un peu trop mondaine, attachée sentimentalement à un univers de nouvelles modes, de strass et de paillettes, de musiques inouïes parfois aussi légères que les robes, de papillonage professionnel et de rumeurs. Peut-être parce qu'à cette époque de la vie où l'on croit pouvoir croquer dans toutes les pommes, elle avait fini par n'en avoir vraiment goûté aucune. Elle s'était perdue avec son tourbillon de gens et de fêtes, avec son carnet d'adresses dont elle ne rayait aucun nom, un signe irréfragable d'ennui et de peur de l'avenir. Elle était même parvenue à le faire moins rêver que les filles attachantes et sans attaches avec qui on peut parcourir les grands espaces, prendre des allers sans retour et visiter, en couple précaire, les villes du bout du monde. Car s'il éprouvait à l'endroit de la jeune femme une forte attirance physique, à cet âge où les élans du corps concurrencent avantageusement tous les autres, le désir battit en retraite quand il ne rencontra

pas chez la jeune femme ce qu'il a toujours profondément recherché sa vie durant : un visage
avec un regard invitant à approfondir, des paroles pesées, une conversation qui invite parfois
à des silences habités quand il est opportun de se
taire. Une douceur associée à du caractère qui
n'exclut pas, bien au contraire, les fous rires. Une
tenue, en somme, un maintien. Une colonne vertébrale qui ne fléchit pas, sauf au moment de
l'amour. Il avait fini par croire, lorsqu'il l'enlaçait,
qu'il tenait une aimable, séduisante et inutile
poupée de chiffons désarticulée.

À ce jour, en ce lieu, il s'interroge sur ce qui,
chez lui, a autrefois fait fuir celle qui est probablement devenue entretemps, après les illusions
adolescentes d'une vie qui serait uniquement pétrie d'amour et d'eau fraîche, une épouse modèle
et une honorable mère de famille. Là, au milieu
de l'amas innombrable des tombes, il se sent em-
pli d'une tristesse infinie, prenant conscience de
l'avant-garde de petits filaments gris campant à
présent sur ses tempes, de son front plus tout à
fait aussi lisse qu'auparavant, des premières ri-
dules, tous ces signent qui annoncent qu'il n'aura
pas le temps de tout entendre, de tout jouer.

Comment résister à la tentation de prolonger sa promenade dans ce lieu éminemment propice aux méditations et aux doux regrets qu'est un cimetière ? Tout à coup, il aperçoit une silhouette au loin, une dame en noir qu'il a le sentiment de reconnaître, même si les formes frêles sombre sont fréquentes en ces lieux et qu'on puisse aisément se tromper de veuve... Ne serait-ce pas Frieda Flanaghan, cette ombre qui marche à petits pas pressés, vers une partie du terrain dépourvu de tombes et de monuments, un carré dit du souvenir ou plutôt, comme on dit ici, *au quatuor des Anonymes* parce que précisément ceux qui sont couchés-là ne peuplent plus les souvenirs de quiconque, une parcelle sans chapelle, déserté de tout, à peine agrémenté d'un gazon ras ? Il renonce à s'approcher d'elle qui eût été alors indécemment dérangée. Il ne faut aborder personne dans un cimetière, on ne sait jamais sur qui l'on *tombe*, si on peut dire. On pourrait se méprendre, prendre un vivant pour un mort ou, pis, l'inverse. Il retourne sur ses pas et s'éloigne sans jeter de regard en arrière.

Que faire quand on a quelques heures à perdre avant de repartir ? Comme n'importe quel touriste d'occasion, Gellman effectue le parcours classique puisqu'après tout, se divertir, c'est d'abord oublier. Le Prater, sa grande roue et le parc où l'on observe, commente et se salue, le *Kunsthistorisches Museum* et ses peintures si sombres de Brueghel ou Rembrandt, et pour finir la *Hofburg*, avec ses tables dressées en vue de repas qui ne rassasieront plus personne, avec son étiquette désormais désuète, humiliée puisque réservée aujourd'hui à de pâles chanceliers qui ont osé la bannir. Enfin il se recueille longuement dans l'impressionnante crypte où, à côté de quelques morts moins gradés ou moins nobles, dorment *Kaiser* et *Kaiserinnen*.

Ce pèlerinage est aussi un hommage à son grand-père magyar, qui en avait lu le grandiose cérémonial dans son cher *Daily Telegraph*. Il en avait conservé le numéro daté de ce jour-là, un exemplaire devenu historique. Le journal, quoique l'Angleterre fût en guerre contre l'Autriche, était plus monarchiste qu'il n'était obtusément nationaliste. Il avait donc rapporté scrupuleusement l'enterrement de François-Joseph le 30 novembre 1916. Bien qu'il fût un zélé partisan de la royauté britannique, Sandor Gellman ne cachait pas, à cause de ce rite impressionnant qui apprend si bien l'humilité, un reste d'admiration pour la puissance impériale patrie de ses pères qui, embarquée dans une guerre qui la

52

dépassa bien vite, n'était pas devenue pour autant belliqueuse. Il avait donc évoqué devant son jeune petit-fils le décorum de la cérémonie.

Peut-être cet homme issu d'un milieu populaire et d'origine étrangère, d'ascendance juive de surcroît, l'avait-il décrit plus tard à William entrant dans l'âge adulte afin de le mettre en garde contre l'arrogance et la morgue qu'on apprend si bien entre les hauts murs d'*Oxbridge*. Car les attitudes d'imbécile supériorité qu'on décèle chez ces petits rejetons des collèges n'empêchaient pas malgré tout de mourir et, qui plus est, de mourir bêtement, salement, dans des tranchées, en pleine mer ou encore en plein ciel, et pour des questions méprisables puisqu'essentiellement continentales. Les prestigieuses universités et collèges, que « le monde entier envie aux Britanniques » assurait-il, ajoutant « il faut que tu y entres » sont les fabricants de cette sorte d'hommes à qui il manque parfois l'indulgence pour les peuples qui ne sont ni nobles, ni rentiers, ni marchands ni marins, des peuples paysans qui vivotent de l'autre côté de la Manche et de la mer du Nord. Lui-même avait quitté la Hongrie pour des raisons variées, jugées par lui toutes impérieuses. Il s'y mêlait le sentiment que l'antisémitisme était moins vif sur les bords de la

Tamise que sur ceux du Danube, que la mer et les vastes espaces nordiques lui manquaient, que le talent d'un bon tailleur, un métier plus facile à emporter avec soi qu'enseignant, était mieux reconnu et plus rémunérateur à Saville Row que sur l'avenue Andrassy.

S'agissant donc du cérémonial funéraire, le grand-père avait raconté que le capucin gardien des lieux, devant la lourde porte de bronze, demande au chambellan préposé aux funérailles et qui conduit les prestigieuses dépouilles de se présenter : qui demande à entrer ? D'une voix forte, le héraut égrène alors interminablement la longue litanie de leurs titres nobiliaires, par ordre d'importance décroissante, royaume, principauté, duché, faisant ainsi rêver la foule silencieuse qui se prend à croire qu'il est toujours du devoir de l'Autriche de régner sur le monde, accomplissant son destin conforme à sa devise n'égrenant que des voyelles - *AEIOU, Austria Est Imperare Orbi Universo, Alle Erde ist Österreichs Untertan* ? La porte ne sera finalement ouverte par l'inflexible geôlier des morts que lorsque le maître de cérémonie aura presque murmuré le seul titre qui vaut sésame immédiat : « pauvre pécheur ». Corps glorieux tapis dans leurs cercueils, ou terrés au fond de leurs canopes ou bien

54

encore ailleurs puisque leurs tombeaux sont souvent des cénotaphes, il leur est difficile désormais de s'opposer à leur dernier et irrémédiable déclassement.

Gellman quitte Vienne sur un profond sentiment d'échec, source d'abattement. Échec à convaincre une femme dont la force de caractère l'a déstabilisé et dont les raisons de refuser sa proposition lui paraissent incompréhensibles. Échec qu'il n'a pas le courage d'annoncer tout de suite à ses supérieurs et d'avouer que l'enregistrement qu'il leur avait annoncé ne se fera peut-être pas. Il songe naturellement aussi à ses débâcles antérieures. Les souvenirs de nos défaites sont comme de longues guirlandes de Noël, en enfilade, qu'on aurait rendu tristes en les peignant en noir, cette couleur qui absorbe toutes les autres et qui laissent malgré tout laisser passer un peu de lumière. Son engagement dans l'armée rapidement dénoncé. Sa relation avec Janet qui s'est achevée sur des promesses non tenues, sans doute des deux côtés il est vrai. Ses rapports distendus avec des parents qu'il ne voit plus guère, faute du temps qu'il ne se donne pas. La rareté ou plutôt l'absence de ses échanges avec un frère brillant qui l'a toujours déconsidéré. L'échec est le creuset des amertumes…

Londres le console alors de Vienne. En ces années heureuses, nonobstant des difficultés économiques, la capitale anglaise, surtout à la saison où le printemps explose dans les parcs et se fête quotidiennement dans les pubs, séduit tout ce qui pense, créé et imagine. Il trouve que, même si elle reste conservatrice sur bien des plans, elle a raison de jeter sa gourme en s'octroyant une révolution de mœurs, lancer les modes, inonder le monde de couleurs, aduler des jeunes gens aux longs cheveux qui inventent de nouveaux sons en les hurlant parfois, de faire et défaire les réputations artistiques, ainsi que quelques autres, d'ailleurs. Gellman s'en est convaincu quelques jours plus tôt lorsqu'il a aperçu un couple qui marchait main dans la main : le jeune homme était en kilt plissé singeant une jupe et la fille en pantalon. Un troc perturbant pour qui tenait encore à un certain ordre du monde. La capitale britannique est assez généreuse et tolérante avec les artistes, peut-être seulement avec eux. Son rôle revendiqué va, à cette époque, jusqu'à définir la modernité, certes pas partout, pas dans tous les genres, et surtout pas dans toutes les couches ou plutôt les *classes* de cette société orgueilleuse indéfectiblement empesée. Le contraire de Vienne, au fond, réactionnaire sur bien des plans et cependant plus révolutionnaire sur le fond, avec ses compositeurs dynamiteurs Berg, Webern, Schönberg qui ont fait éclater rythme, mélodie, harmonie afin que puisse naître un autre monde, celui, discordant, hideux et déstructuré d'après la Grande Boucherie...

Aussi, lorsqu'il retrouve la pluvieuse cité des changeurs, des marchands et des adolescents déchaînés ou encravatés, il a le sentiment d'une fenêtre qui s'ouvre sur un paysage serein et libre et qu'un air discrètement parfumé pénètre enfin dans une pièce où il était confiné depuis quelques jours. Ce paysage bouge si bien qu'il a fini par comprendre l'expression de *swinging London*. Hyde Park ou Saint James Park semblent des espaces verts et ouverts, contrepoids aimables et bourgeois aux froideurs habsbourgeoises du parc de Schönbrunn qu'on ne dirait accessible au peuple qu'avec la réticence que met la noblesse d'épée à accepter celle de robe. Les pubs de Soho, enfumés, où soufflent les vents du large, où hommes d'affaires et armateurs férus de calcul inventaient deux siècles auparavant les principes de l'assurance et de l'actuariat, se révèlent comme des lieux infiniment plus accueillants que les *Heurige* provinciaux et enclavés de Grinzing.

Avec un sentiment de malaise, il a souvent ressenti cette contradiction entre l'amour porté à la capitale britannique, symbole d'une avant-garde, d'une liberté de ton à laquelle il tient par tout son être et l'amour non moins fort qu'il voue, indistinctement puisqu'elles sont sœurs jalouses, à Vienne et Berlin, ces ventres féconds où sont nées les musiques et les arts qu'il apprécie tant, et d'où sont sorties aussi, selon ce lieu commun qui l'a constamment tarabusté, quelques bêtes immondes. Ces villes sont indispensables à tout honnête homme qui cherche, comme lui, à comprendre la face sombre et sérieuse de l'Europe, tandis que le reste du Vieux Continent, qui borde à tous égards la Méditerranée - Paris, Rome, la France, l'Italie, la Grèce, l'Espagne, les pays du soleil, du blé et du vin-satisfait sa soif inextinguible de clarté.

# 6

Lorsqu'il rend compte de l'échec de sa mission à la direction de sa société, il est surpris et finalement satisfait de la réponse : « Ce n'est pas l'habitude de ne rien révéler de l'artiste, mais on sortira le disque malgré tout. Après tout, ce n'est pas bien grave de n'avoir rien sur elle, ça ajoutera une touche de mystère. On a déjà dû traiter avec des gens qui entretenaient bien des rumeurs autour de leur vie. Le public leur concède le génie plus facilement qu'aux autres. Les clients achèteront. On trouvera de quoi les appâter, avec des accroches comme : « on ne sait rien d'elle, pourtant… », « une chanteuse de génie méconnue ». De toute façon, ce n'est pas ta faute si elle ne veut rien dire. Et puis, on n'aura pas besoin de verser d'argent, non ? ».

Gellman comprend, au ton plus élevé et cauteleux employé par son patron, que c'est ce dernier argument qui a tout emporté. Il adresse une lettre à Frieda Flanaghan en personne, l'artiste n'ayant plus d'agent artistique depuis longtemps.

*Londres, le 14 juin 1972*

Madame,

*À la suite de notre entretien à Vienne, la compagnie phonographique à laquelle j'appartiens a décidé, si vous en êtes toujours d'accord, d'éditer vos meilleurs enregistrements sur disque microsillon 33 tours. Le critère retenu n'est pas celui de la qualité artistique d'ensemble, incontestable, seulement celui de la qualité technique des prises effectuées à une époque où les outils de conservation et de restitution des sons étaient rudimentaires. Il en est certaines, peu nombreuses heureusement, qui ne peuvent hélas être retenues, étant inaudibles ou irréparables.*

*La direction, après avoir entendu mes remarques, a décidé de ne faire figurer aucune sorte d'indication biographique. Nous le regrettons certes, car nous sommes attachés à l'éducation artistique au sens très large et tenons donc à ce que nos pochettes fournissent à nos clients le plus d'informations possibles sur les compositeurs et les interprètes. La mesure que nous prenons présente donc un caractère exceptionnel qui prouve notre attachement à ce projet. Vous trouverez en annexe ci-après un exemplaire du contrat que vous aurez l'amabilité de nous retourner. Osons-nous vous demander d'effectuer ces formalités assez rapidement afin que le disque soit disponible pour les fêtes de Noël, ce qui lui assurera une diffusion plus forte ? Cela devrait être possible puisque vous avez renoncé de vous-même aux droits d'auteur. Cet abandon facilitera la conclusion rapide de l'affaire.*

*Veuillez agréer, Madame…*

Si le caractère de Frieda est bien ce mélange compact de rigueur et de sérieux qu'il imagine, Gellman ne devrait pas avoir à attendre longtemps la réponse. La cantatrice n'est manifestement pas du genre et d'une époque à pratiquer et supporter la procrastination, s'agissant d'elle-même et des autres.

Dans les jours qui suivent, il est repris par la routine de son métier. On n'a pas fréquemment la surprise de la découverte d'une nouvelle Callas, d'un autre Rubinstein. Ce retour à l'ordinaire est facilité par les conditions agréables de son travail. Son bureau est situé sur la chère et élégante Abbey Road, non loin d'un studio d'enregistrement installé dès les années 30 et créé par une société d'éditions phonographiques aux ambitions planétaires. Les artistes peuvent y enregistrer librement, il est doté des équipements les plus perfectionnés. Cet environnement professionnel est appréciable dans ce monde de *jobs* parfois très rude, puisque la cité est vouée aux prestations de services soumis à l'impérium tré-pidant du marché et des modes. De loin en loin, son travail suscite chez lui des doutes vite réprimés. Car après tout, discuter des mérites de tel ou tel ou entrer dans le détail, souvent abscons pour le profane, d'enregistrements dans lesquels l'artiste a mis tout son art et qu'il faut malgré tout discuter sans indulgence peut sembler très vain. Est-ce le dilemme que rencontre tout critique ? Être juge de prestations que l'on est bien incapable de réaliser soi-même est au moins paradoxal... Il prend la mesure d'une certaine superficialité de sa profession, n'osant se l'avouer franchement. Après tout, il faut bien vivre, même grâce à ce qui est frivole, superficiel, ou inutile, bref, tout ce qui est devenu essentiel dans le monde. Il y a bien des métiers moins honorables que celui-là. S'il avait ressenti des réticences trop fortes, sa morale l'eût fait alors démissionner face à la contradiction de vivre matériellement d'une activité qu'il aurait, au fond de lui, méprisée ou réprouvée.

Silence de Frieda Silberberg pendant quelques mois. Gellman y pense parfois, trouvant des excuses faciles à ce retard - « elle n'a pas eu le temps de lire, signer et renvoyer le papier, elle est occupée ailleurs, c'est la période des vacances... ». Au fond de lui-même, une petite voix lui susurre qu'elle décline la proposition au point qu'elle refuse d'y répondre franchement. Serait-elle parvenue à cet âge où la politesse et la courtoisie ne sont plus ce qu'ils étaient, des impératifs catégoriques de la vie convenable en société ? Un jour, son supérieur lui rappelle que ce contrat est toujours en instance. Il convient de conclure ou d'abandonner. Car le temps presse désormais, la date de diffusion dans le public est capitale dans le succès d'un nouveau disque. Il faut bien choisir sa saison, la fin de l'automne ou le début de l'hiver sont privilégiés. Il envoie donc une lettre de relance respectueuse, reprenant la substance de la première missive, s'excusant d'insister, renouvelant les précautions épistolaires afin de la rassurer et de la convaincre.

## 7

Un matin de fin d'automne, il a la surprise de trouver, dans le courrier professionnel de la firme qui l'emploie, une épaisse enveloppe adressée à son nom. Elle est bordée de noir. Il se doute immédiatement de ce que ce liseré sinistre signifie, le silence de la cantatrice s'explique de la façon la plus brutale, la plus définitive.

*New-York, 9 décembre 1972*

*Monsieur,*

*Il y a quelques mois, vous avez eu l'amabilité d'adresser un courrier à mon épouse Frieda. Vous l'avez renouvelé à l'identique il y a peu. Je l'ai trouvé à l'occasion du rangement que j'effectue dans les affaires qu'elle a laissées, après son décès il y a quatre semaines. Je ne sais quelle a été la teneur exacte de vos entretiens dans la capitale autrichienne. Quoiqu'il en soit, elle est rentrée à New York bouleversée et ne s'est pas vraiment remise de son séjour viennois. Loin de moi l'idée que vous ayez été en quoi que ce soit responsable de sa disparition. Elle était* mélancolique et sombre depuis quelques années déjà, désagréable avec beaucoup, sauf avec moi. Du reste, j'avais été étonné de son désir de se rendre seule dans une ville dont elle m'avait dit une fois avec force qu'elle ne souhaitait jamais plus la revoir - « jamais, tu entends », où des souvenirs de plus en plus douloureux au fur et à mesure qu'elle prenait de l'âge rendaient le sujet même impossible à aborder.

J'avais justement vu dans cette rétractation inattendue la volonté de faire un pèlerinage aux sources un peu inquiétant, de ceux qu'entreprennent en effet les êtres fragiles qui doutent d'avoir encore devant eux un long avenir et choisissent avec avidité de retrouver le passé. Pouvoir revenir encore sur les traces de la jeunesse est un puissant fortifiant lorsque les forces abandonnent le combat exténuant de la survie. Par conséquent, je ne m'étais pas opposé à son intention de voyager car j'en croyais deviner, hélas, la raison. Peut-être aurai-je la confirmation de ce que je suppose, dans quelque message ou quelque document à découvrir très bientôt dans ses archives. Elle m'a juste affirmé, à son retour, qu'elle avait fini par dire « au revoir » à des personnes qu'elle n'avait pas pu saluer une dernière fois. Cette explication m'a suffi, j'ai toujours eu une confiance totale, absolue, en elle. La réciproque a été vraie, qui passait par une identique discrétion de ce que chacun faisait de son côté – peu de choses en vérité, et de *moins en moins. La main droite ne doit pas savoir ce que fait la main gauche, affirme la Bible.*

*Mais j'ai été obligé de constater qu'elle était différente, à tout point de vue, à son retour dans ce Nouveau Monde qui était devenu totalement le sien. Il y avait en elle une nervosité, une irritabilité (sauf heureusement à mon égard, je le répète), et surtout un profond sentiment d'angoisse que je ne lui connaissais pas depuis plus de trente ans et qui troublaient son sommeil. Décidément, le Vieux Continent qui l'a vu naître, l'a vu grandir et où elle s'est formée ne l'aura jamais épargnée, et ce jusqu'à la fin...*

*Il n'est pas question que je reprenne en quoi que ce soit ses projets que la mort a voulu interrompre. D'une part, je suis dorénavant assez peu concerné par les activités artistiques qu'elle exerça il y a maintenant de si nombreuses années, oserais-je dire avant même que j'existe. La musique, depuis pas mal de temps, n'était plus publiquement notre art favori. Nous la réservions à notre intimité, nous assistions à un ou deux concerts par an tout au plus. J'ai effectivement été, à un autre moment de mon existence, un artiste et un amateur d'art. Aujourd'hui, lectures, promenades et plus rarement sorties au théâtre constituent notre distraction principale. Vous ne le savez pas, Frieda aurait pu aussi devenir écrivain. Elle y aspirait, aimait coucher ses impressions, notamment esthétiques, sur un papier qu'elle envoyait ensuite à des journaux — c'était là finalement son métier - mais qu'elle pouvait aussi garder par devers elle, pour le plaisir. La passion des mots ne l'a jamais quittée.*

*Enfin, quand j'écris « constituent », il faut que je m'habitue à rédiger à l'imparfait, ce temps si parfait de la nostalgie et des regrets... D'autre part, des pans entiers de la vie de Frieda me sont toujours inconnus et durant les quelques trente-deux années que nous avons été unis, je n'ai absolument pas cherché à les connaître, trop respectueux du silence qu'elle a scrupuleusement observé à cet égard. Je ne sais même pas s'il lui reste une famille lointaine et son degré de parenté avec elle. Elle ne m'a fait aucune confidence, je n'en ai provoqué aucune. Je suis seulement parvenu à connaître les pseudonymes qu'elle a portés, cela faisait partie moins de sa fantaisie de romancière virtuelle que de son destin de juive errante.*

*Je l'aimais. Totalement. J'ai toutes les preuves qui me permettent d'affirmer que cet amour était partagé. L'amour véritable supporte bien que ceux qui s'aiment vivent avec, en eux, des secrets inavouables parce que l'amour lui-même est, aux yeux des plus ardents ou des plus honnêtes amants, un secret. Une existence n'est pas autre chose qu'une mine de secrets, misérables, honteux, doux, glorieux, ce sont les meilleures pépites quel que soit le métal exploité.*

*Je vous demande donc instamment des respecter ma décision, partant, ma peine. Je vous fais l'honneur de croire que cette recommandation, sur le long terme, est inutile. Ne cherchez pas à me compromettre plus avant dans une entreprise qui ne me concerne plus, je ne vous aiderai plus en rien, je ne répondrai plus à vos courriers. Je ne sais si vous êtes chrétien comme je le suis profondément demeuré, ce qui pourrait sembler paradoxal puisque Frieda était juive quoique largement déjudaïsée. En fait, seul le nazisme avait réussi à lui redonner le sens profond du mot juif. Ce n'est pas un paradoxe, le phénomène de retour aux origines a été fréquemment observé chez les émigrés d'ici. Quoi qu'il en soit, vous connaissez certainement l'exorde néotestamentaire que l'on trouve dans les évangiles de Matthieu et de Luc et qu'il faut mettre en pratique en l'espèce, « laisser les morts enterrer les morts ». Cette aventure esthétique, je ne peux bien entendu vous interdire de l'achever. Mais ce sera vous seul ou avec vos seuls collaborateurs. Sans moi.*

*Respectueusement, adieu.*

*Jack Flanaghan*

*P.S. Je vous joins le texte de l'annonce de décès parue dans deux quotidiens de New-York, le 4 novembre. Ces quelques mots m'ont servi à n'en informer que les amis. Les européens étant morts, ils étaient tous américains. Ils n'ont pas pu assister à un enterrement dont j'ai été, en accord conclu depuis longtemps avec elle, l'unique organisateur et quasiment l'unique participant. « Le 26 Octobre dernier, Frieda Flanaghan est brusquement décédée. Que ceux qui l'ont aimée l'aient aujourd'hui en pensée. Elle fut cantatrice, autrefois, elle fut d'abord, une femme, discrète et raffinée. D'abord professionnelle, pratiquante assidue de la musique, elle ne s'en occupa ensuite qu'à travers les autres qu'elle conseilla et forma. Elle se dévoua à l'éducation esthétique, car elle aimait par-dessus tout la beauté et tenait à la faire partager. Elle a été pour moi une épouse, une compagne, une amie absolument parfaite. Elle fut, elle fit mon bonheur. Qu'elle repose en paix. »*

Il relit l'annonce, qui ne ressemble pas tout à fait à celle que l'on lit dans ce genre si délicat de l'inscription obituaire. Au-delà de l'émotion contenue, il est frappé par l'absence d'indication de ces dates qui encadrent strictement une vie, entre les eaux fœtales et celles du Styx. Aucune mention précise d'une famille ou d'amis, de ceux dont on se dit que, s'ils vous aiment encore un peu, ils viendront à vos obsèques par tout moyen et quel que soit le lieu où elles se déroulent. Absence de toute référence religieuse, absence des patronymes successifs qu'elle a adoptés et qu'elle avait reniés. Absence de toute indication de sa dernière demeure devant laquelle se recueillir.

Peut-être a-t-elle été incinérée, un destin cependant incompatible avec la foi juive qu'elle semblait avoir retrouvée. Son existence était-elle si retirée, si étriquée, à la fin, qu'on avait pu la confiner dans ce maigre faire-part ?

## 8

Gellman se trouve devant une énigme entourant une femme mystérieuse. Sa passion de la vérité et son caractère opiniâtre l'incitent à la résoudre. Sans doute retrouve-t-il l'état d'esprit qui l'animait lorsqu'il s'était essayé, au sortir de ses études foutraques de journalisme, de musicologie, de sciences et de littérature, au travail de reporter.

À cet égard, on ne peut compter pour négligeable sa toute première expérience professionnelle, effectuée sous l'uniforme à l'école des officiers de Sandhurst, juste après ses études. Car, c'est la règle dans cette école militaire d'élite prudente dans son recrutement, on fait d'abord ses preuves intellectuelles, on s'engage ensuite dans le métier des armes, si on en a encore l'envie. Il a été affecté dans un régiment trimbalé au gré des besoins de Whitehall, de Malte au Malawi, de Chypre aux Falklands, en passant par ce qui restait des lambeaux d'Empire. Ses pas l'avaient d'abord logiquement amené dans les terres de conflits, ouverts ou larvés. Sa période strictement militaire, d'une durée même limitée, l'avait endurci sur tous les plans, le physique comme le mental. Elle lui avait donné une carapace, c'est l'objectif premier de toute éducation.

Puis il s'était lassé des expéditions lointaines, fatigué de suivre, appareil photo ou caméra à la main, un groupe de jeunes hommes parfois hagards et souvent un peu ivres, fieffés idéalistes ou cyniques désespérés qui ne tirèrent guère de coups de fusil. Il avait été naturellement affecté au service d'informations des Armées, un service dit culturel quoique peu regardant sur la vérité des informations. Juste après cette époque, il s'est résigné à voir se déliter ses amours.

Il existait donc une continuité logique à adopter l'enviable profession de *journaliste indépendant* – une belle expression pour qualifier un pisse-copie payé à la pige, en situation précaire. Comme il s'était fait une petite réputation dans le domaine de la culture, ayant signé des critiques bien accueillies dans des journaux locaux, il avait réussi à être chargé de cette rubrique dans un quotidien suffisamment prestigieux pour qu'il y ait nécessairement des lecteurs intéressés. Les candidats de toute façon étaient rares, le sujet n'intéressait qu'un nombre limité de scribouillards. Il avait donc obtenu le poste sans peine.

Ses employeurs ont bien soupçonné une détermination et une ténacité d'autant plus appréciées qu'elles n'étaient pas ostentatoires. Il avait affirmé un jour à des collègues horrifiés, avec l'humour brutal et le cynisme de ceux qui ont vu des violences, sous l'effet de l'âge et de la routine qui rabougrit tout même les goûts esthétiques, qu'il n'y avait pas de différence entre une partie de la musique contemporaine et la guerre, cette dernière étant juste moins bruyante.

Quelques jours après, Gellman obtient un entretien avec son patron. Glenn Connelly, se présente comme « éditorialiste - producteur de musique - homme de media culturels » - il n'avait pas lésiné sur la copieuse garniture de sa carte de visite. C'est un de ces hommes aux professions imbriquées à une époque où la presse papier, en particulier les revues de critiques musicales et les productions phonographiques sont florissantes. Il fait partie d'une espèce rare, étant de père américain et de mère anglaise. Chez lui, tout s'équilibre à peu près, les mœurs américaines parfois abruptes ne l'emportant pas immanquablement sur la retenue, l'excentricité et la bonne éducation britanniques.

Malgré tout, le critère essentiel de ce qu'il appelait la réussite demeurait l'argent qu'on retirait de l'activité, la dimension de l'affaire que l'on avait créée et le plaisir qu'on prenait à la diriger. Bien campé sur ses grands pieds négligemment vautrés sur son bureau lorsqu'il était de joyeuse humeur, jovial, fumeur de cigarettes occasionnel mais compulsif aux moments cruciaux, presque toujours en bras de chemise, manches retroussées, légères auréoles aux aisselles d'une *Hawes and Curtis* blanche ou finement rayée, montrant sans effort un enthousiasme communicatif, le bourreau de travail surnommé par certains de ses collaborateurs d'un improbable totem scout « Hurricane intelligent » possède des qualités et des défauts excessifs. Et pourtant, il peut devenir soudainement émouvant lorsqu'il évoque un air des *Noces de Figaro* ou un quatuor de Beethoven. Tout ce qu'il y a de grossier chez lui disparaît aussitôt dans le silence qu'il s'impose et exige fermement de son entourage si un disque tourne sur la platine. Alors, le regard bleu s'élève avec une extase non feinte et se voile, parfois, d'une larme sincère, cherchant un bout de ciel auquel brusquement il croit résolument, remerciant *in petto* le compositeur de lui redonner Dieu.

Gellman lui propose de retourner sur le continent, en Allemagne et en Suisse, puis de se rendre aux Etats-Unis, à la recherche de toutes les traces de cette émigration artistique « dont la compagnie pourra tirer profit, en en exploitant l'héritage sonore ou visuel » - un argument auquel Connelly est sensible. Il rappelle aussi à ce patron à l'oreille exercée et doué en affaires qu'au Nouveau Monde épargné par la guerre, les restes mémoriels de l'Europe fixés sur des images ou des bandes magnétiques parfois empruntées sans retour aux archives des radios des pays qui furent occupés et le sont encore, sont plus vivaces que dans le Vieux Continent irrémédiablement ravagé. Ces chants, ces danses, ces langues, ces legs musicaux avaient été apportés par des émigrés ou plutôt des réfugiés non pas au bout de leurs souliers éculés ou au fond de leurs poches toujours trouées mais sur les ailes de leur esprit où la nostalgie, les regrets, l'abattement avaient cédé à l'injonction de continuer, lorsque la corde, le poison, le revolver ou les barbituriques venaient d'être finalement écartés comme solutions possibles à un irrépressible désespoir absolu.

Il a pris soin de dresser la liste de ceux dont il veut retrouver les traces pour mieux s'approcher de l'étrange Frieda Silberberg ou Flanaghan ou Schleider ou même Ausländer - il ne sait plus par lequel de ces noms la désigner. La vive réaction de cette femme excite sa curiosité, souligne-t-il. Pourquoi a-t-elle si violemment réagi lorsqu'il lui avait demandé des renseignements personnels anodins ? Elle a sûrement présenté de multiples visages, mené de multiples existences, esquissant de multiples destins possibles, au sein d'une vie éclatée dans l'histoire et la géographie chamboulées du siècle tourmenté. Il a pris soin de détailler un budget prévisionnel très serré pour ses frais de transport et d'hôtel, gage du sérieux de sa démarche. Soufflant un gros nuage de fumée bleue, Connelly lui lance, sans excès de précaution oratoire :

-Tu as envie de faire un tour de l'autre côté de l'océan, hein ? L'Autriche, t'en a assez, trop petite ? Désolé on n'a pas le budget pour ce type de déplacement, on a du monde là-bas il faut bien les occuper, les New Yorkais, le téléphone suffit… Ce n'est pas définitif, on verra plus tard. Ne m'en veux pas, je ne fais qu'obéir aux instructions. Et puis, essayer de comprendre tout ce qui est arrivé à cette femme relève surtout d'un intérêt personnel et intellectuel, non ?

Gellman ne répond pas à celui qu'il surnomme en son for intérieur « la voix de son maître ». La décision est compréhensible, elle n'exclut pas sa déception. Il sait bien qu'on est économe, avare parfois, dans les groupes anglo-saxons. Il est résolu, sachant bien que l'Amérique a la réputation d'être un pays où la réussite passe par les occasions saisies, à en saisir une si elle se présente. Libre de toute relation ou presque à Londres, et malgré son attachement pour cette ville, il se verrait bien déménager quelque temps outre-Atlantique, nonobstant la petite voix qui lui murmure avec insistance « l'Europe, ce n'est pas rien, réfléchis bien… » Certes, outre Atlantique, à part l'exception importante de New York, bouillonnante excroissance de ces vieux pays où l'on peut entendre symphonies et concertos, la musique qu'on commente n'est pas celle qui l'a fait vivre jusqu'à présent. Les mélodies sont bousculées et les rythmes qu'on y balance sont plus chaloupés : jazz, country, blues, rock et, quand cela tangue trop, Gellman perd un peu l'équilibre, même si incidemment, il apprécie la bonne musique des espaces, des bars et des églises du Tennessy ou de Caroline, surtout noires. Et puis ne redoute-t-il pas un dépaysement profond, puisqu'il sait bien que le Royaume Uni et les Etats-Unis sont deux pays séparés par la même langue ?

Sur ces entrefaites, il apprend que la société nationale de radiodiffusion allemande, la

*Deutschlandfunk,* vient de recevoir des enregistrements, enfin libérés par l'énorme compagnie soviétique *Melodya* qui les avait « empruntés » à la *Reichs-Rundfunk-Gesellschaft*, la radio nazie. Doivent s'y trouver, pense-t-il, des trésors de ces artistes qui, partisans du régime ou opposants politiquement sourds et muets, avaient donné des concerts ou des récitals en ces temps noirs. Si rien de tangible concernant madame Flanaghan, ne peut être rapporté, il y aurait au moins quelques lots de consolation dont se satisfera certainement son patron.

Gellman passe deux mauvaises nuits, consacrées à rassembler et vérifier des adresses, entre deux comptages de ces moutons qui peuplent les nuits des insomniaques ou des voyageurs. Il n'oublie pas de sélectionner des rendez-vous, collecter des références de marchands de disques, sans oublier les spécialistes en piratages, choisir dans les annuaires professionnels quelques noms qui lui serviront à passer des portes étroites ou habituellement closes…

Le lundi suivant, il part pour Berlin.

# 9

Berlin, à cette époque, est une ville qui impose le silence. Elle provoque inévitablement chez le visiteur une sorte de malaise et du reste, ce qui le frappe à son arrivée, c'est que les passants font la plupart du temps grise mine. Davantage même qu'à Paris. Pourtant, après quelques jours - conséquence des grues qui griffent le ciel, des grands magasins opulents malgré leur laideur de façade, des nombreux restaurants et débits de boissons ouverts très tard le soir ? - Gellman sentira un air d'optimisme le gagner. Contraste saisissant avec Vienne qui paraît tout sourire en apparence, laisse cependant le sentiment de ne continuer à se projeter qu'avec une sorte de réticence intime à exister, parce que l'avenir n'intéresse pas – ou plus. Lui qui revient depuis peu de la tranquille capitale autrichienne se dit que les événements y rendent toujours la situation désespérée et un peu ridicule, qu'elle n'est jamais vraiment grave parce qu'au fond, rien n'est important, sauf la musique justement viennoise et le café *mit Sahne*. Tandis que dans

l'ancienne capitale du Reich, en toutes circonstances, on veut faire croire que la situation est
toujours très grave, quoique jamais totalement
désespérée. Dans cette ville créée par des protestants prussiens pour des protestants français et
quelques autres réfugiés, avant qu'elle ne devienne à un moment hostile à tous les étrangers,
on y est persuadé que le sérieux, le travail, la ca-
pacité de résistance et la détermination opiniâtre
préserveront l'essentiel et sauveront de tout, sauf
du gris du ciel, des décombres encore visibles,
d'un mur aveugle et de la tristesse profonde des
*Kneipe,* ces cafés sombres et enfumés faits seulement pour l'hiver, les seuls endroits où la chaleur
des corps et des cœurs se réfugie.

Ainsi s'explique enfin pourquoi, fort des enregistrements qu'il connaît, que finalement on y
joue mieux les valses, moins d'abandon languide,
de sensualité de pacotille, davantage de tragique
vrai et d'exactitude rythmique. À ses oreilles, la
musique à Berlin consiste à mettre de la rigueur,
de la classe et de la tenue dans le négligent et le
laisser-aller, ce péché mignon de leurs rivaux
musicaux d'outre-Inn.

L'hôtel qu'il a choisi est situé *Fasanestrasse* non
loin du *Kurfürstendamm* au centre de la ville. Rien

à voir avec le luxe du palace viennois, seulement du fonctionnel correct. La ville allemande n'a pas besoin des ors et des lambris que réclame depuis cinq siècles la capitale autrichienne. La guerre a fait le ménage, un peu de dépouillement et d'esprit de garnison ne nuit pas. On économise et on travaille efficacement en se passant du superflu.

Le premier rendez-vous doit avoir lieu au siège du *Sender Freies Berlin*, contacté par lettre expédiée depuis Londres. C'est le seul organisme public de radio et télédiffusion émettant depuis Berlin-Ouest. Disposant de temps, Gellman décide de s'y rendre à pied. Car si la cité est étendue, son plan est simple, et il a été rendu simplifié à l'extrême en 1945. Les traces de l'effondrement de l'ex-capitale du Reich en ce début des années 1970 subsistent en nombre. Il suinte, de ces espaces cabossés et fouaillés, de ces béances, de ces trous dans la chaussée, des herbes rases entre deux blocs d'immeubles élevés à la va-vite, de ces façades griffées par des balles ou des obus, de tous ces terrains vagues parsemés jusqu'au cœur de la cité, une irrépressible angoisse. Quant à la zone proche de la frontière avec l'Est, il est tout à la fois dévasté et militarisé, voué aux touristes avides d'observer cette extrémité du monde, aux confins d'empires qui se regardent en chiens d'acier. On ne contemple qu'un seul et même horizon, une muraille qui semble, dans des rues rectilignes, infinie. Un rempart de béton gris surmonté de cylindres de ciment empêche l'escalade. Au bout d'une pelouse qui tient surtout de la steppe s'avachit la masse informe et inutile du Reichstag. Le gros bâtiment est balafré comme un étudiant allemand du début du siècle après ses combats au sabre.

La cité lui apparaît comme un panoptique du néant, un observatoire qui ne permet guère d'observer en raison du no man's land s'étendant derrière le mur, et plus encore du désintérêt croissant manifesté par chacune des deux hémisphères urbains pour le sort de l'autre : sur les panneaux urbains de l'ouest pas plus que ceux de l'est, apprend-il, on ne fait pas figurer le plan de la moitié manquante. Le sentiment de déprime est alors exacerbé par le temps froid, les nuages bas, les rares passants, emmitouflés, qui se protègent d'un vent aigre dont on dit aigrement que ces maudits Russes et ces damnés Polonais l'ont laissé passer.

Il arrive sur la hideuse place Theodor Heuss, au siège du SFB, un bâtiment sans âme, plantée exclusivement d'immeubles de bureau sans grâce eux aussi. Il sait bien que la station qui diffuse principalement des programmes de propagande occidentale n'est pas le centre principal de la collecte et de la conservation des documents sonores d'autrefois, notamment de l'époque nazie. Il reste convaincu, néanmoins, que sa phonothèque pourrait lui réserver quelques bonnes surprises, car elle a récupéré des archives inédites. À l'accueil, on lui affirme que sa lettre a bien été reçue, on sait l'objet de sa démarche. Malheureusement les dépôts historiques, qu'ils se rapportent à la musique symphonique ou à l'opéra sont dispersées entre Berlin Ouest et Berlin Est, Wiesbaden et Potsdam, entre l'Ouest et l'Est. Gellman mentionnait expressément Frieda Silberberg, précisant que le nom semblait avoir été « peu fixé dans le passé, en revanche que le prénom était, d'après ses sources, constant, ce qui pouvait aider, en cas de recherche approfondie ». Cependant, puisqu'il est ici et qu'il avait pris la peine d'annoncer son déplacement par écrit - une initiative appréciée dans ce pays où le formalisme compte - une certaine Fräulein Grühn va le recevoir, qui « fera bien sûr tout son possible pour l'aider ». Il se retrouve dans un bureau impersonnel, à peine décoré de quelques gravures et meublé sévèrement. Une jeune femme, avenante, main tendue et l'invitant à s'asseoir, après une présentation expédiée, ne s'embarrasse pas de circonlocutions :

- S'agissant de ce que vous recherchez, des enregistrements et des informations sur Frau Silberberg. Nous n'avons rien trouvé jusqu'ici. Cependant, j'ai le plaisir de vous annoncer que, la musique franchissant les barrages des hommes, nous échangeons avec nos *alter ego* de l'autre côté du mur. On vous communiquera ce que nous possédons et ce qu'eux possèdent. Par chance, l'embargo décidé par les communistes ne concerne pas les données de la vie artistique. Nous-mêmes appliquons sans hésiter une *Ostpolitik* - il n'y a pas de traduction anglaise - qui passe par l'échange d'éléments de notre patrimoine commun... enfin, presque tout le patrimoine. Notre chancelier Brandt a pas mal décanté la situation. En tout cas, nous ferons tout pour vous les procurer, quelle que soit la partie de l'Allemagne où ces reliques reposent. Je vous recontacterai très vite.

Deux jours après, il reçoit d'elle un coup de téléphone. Elle lui demande de passer à son bureau, ne souhaitant pas livrer d'informations par téléphone, ce qui surprend son interlocuteur. Il a compris que ce Berlin de vingt-cinq ans après l'année zéro, quand il n'est pas indifférent ou servile et malgré l'attrait pour les cigarettes, le Coca Cola et des musiques enfumées, imagine encore que les murs ont des oreilles et se montre méfiant à l'égard de tout ce qui vient des vainqueurs, quels qu'ils soient, que leur drapeau soit rouge avec faucille et marteau ou cinquante fois étoilé ou tout autre. Sauf peut-être des Français, justement parce qu'ils n'étaient pas vainqueurs. Mademoiselle Grühn, toujours souriante, est moins détendue que lors de leur précédente rencontre.

-J'ai eu un peu de temps à vous consacrer, Herr Gellman. Dans nos archives, j'ai retrouvé quelques bribes de nouvelles concernant Frau Silberberg. On la mentionne deux fois, engagée dans des productions d'opérettes à partir de 1925.

- À partir de … 1925 ? Vous êtes sûre ?

- Oui, c'est ce que j'ai dit, j'ai vérifié. Puis, sa carrière prend son essor, on la trouve dans des représentations        surtout        mozartiennes,

85

notamment un triomphal *l'Enlèvement au Sérail* en mars 1931. S'ensuivent encore deux Mozart entre 1931 et mars 1933 puis deux Verdi, un Weber aussi. N'oubliez pas qu'elle a pu être engagée ailleurs, dans de petits théâtres et aussi hors d'Allemagne, dans les pays limitrophes. Beaucoup d'artistes, notamment les opposants silencieux au régime, en ces temps-là, faisaient l'aller-retour entre Vienne et Berlin, y ajoutant parfois, quand ils le pouvaient, Zürich et Stockholm, ne serait-ce que pour tâter le terrain. Ce mouvement pendulaire, en somme, s'est prolongé longtemps, même après l'Anschluss, puis pendant la guerre jusqu'en 1945. Bon, certes, il fut très limité dans les deux dernières années du conflit, sauf avec la Suisse.

Elle s'interrompt un bref instant et poursuit, d'une voix assourdie.

- On retrouve son nom ensuite, à partir du printemps 1933, sur des programmes du *Kulturbund*...

Gellman lève un regard interrogateur.

-Le... *Kulturbund* ?

La jeune femme allume une cigarette après avoir négligemment demandé si la fumée ne le dérange pas.

-Il s'agissait d'une organisation un peu spéciale…

Elle se lance dans un discours dont, au choix hésitant des mots, Gellman devine qu'il n'est pas aisé à développer :

-Les nazis avaient fait voter dès avril 1933 une loi, la *Gesetz zur Wiederherstellung des Berufsbeamtentums* - la loi sur la reconstitution du service civil, quelle hypocrisie, n'est-ce pas, entrée en application dès le mois de juillet suivant. Issu de ce texte, le *Kulturbund Deutscher Juden* était une structure, d'ailleurs débaptisée presque immédiatement - on a supprimé le mot « deutsch », vous comprenez pourquoi - qui avait pour mission de regrouper tous les juifs actifs dans les milieux artistiques, de directeur de théâtre jusqu'au plus petit accessoiriste, au plus humble suppléant d'orchestre. Beaucoup de monde pouvait prétendre à en faire partie, puisqu'était juif toute personne de parents ou de grands-parents juifs... Ces employés étaient autorisés à donner des représentations d'opéras, des concerts, des manifestations artistiques…

Après un instant de silence, elle conclut.

-En fait, plus qu'autorisés, ils étaient encouragés puis progressivement obligés à œuvrer dans ce qui était familièrement appelé le *Kubu*. Ils pouvaient au moins travailler, et donc survivre, beaucoup d'autres professions leur étant interdites. Cependant, leur activité était rigoureusement limitée à ce cercle. Les échanges, les concerts, les représentations étaient, comment m'exprimer, … endogamiques. Ils se voyaient imposer un mélange bizarre de tolérances peu nombreuses et d'interdits innombrables, qui concernait aussi bien le répertoire, le public et évidemment les lieux. Certaines œuvres leur étaient tout à fait défendues car, déclarées spécifiquement plutôt aryennes, elles ne pouvaient être montées dans le cadre d'un projet par construction enjuivé. Evidemment, il restait certes Mendelssohn et Mahler joués en privé, ce qui veut dire devant un public exclusivement juif dans un endroit ghettoïsé. Ces deux compositeurs-là, pour ce qui est de l'opéra… Quant à Meyerbeer, c'est faible. Tout de même, il restait Verdi et Puccini qui n'intéressaient pas les nazis sauf pendant quelques mois, pour des raisons non musicales - c'était le début du rapprochement avec Mussolini. Il y avait aussi Mozart, bien sûr, quoique pour lui, il fallait prendre garde : l'autorisation n'était pas toujours accordée, cela dépendait de l'humeur du fonctionnaire chargé de délivrer la... *Zulassung.* Wagner, en revanche, était strictement interdit. Cette disposition, du reste, n'avait pas une grande portée : les juifs n'étaient pas nombreux à vouloir le jouer et encore moins à vouloir l'entendre... à cause de ses écrits antisémites. Sauf les chanteurs juifs et wagnériens, souvent excellents - je pense à Emmanuel List ou à Alexandre Kipnis, finalement plus nombreux et doués que ce que les nazis, à leur fureur, escomptaient...

Elle a un petit rire nerveux et poursuit, après avoir allumé une autre cigarette.

-J'en arrive à votre chanteuse. Le responsable de cette organisation était un chef d'orchestre amateur, Kurt Singer. Il n'était pas volontaire, qui l'eût été dans ces conditions ? Quand les autorités l'ont nommé, il a accepté le poste. L'argument, entendu partout en Europe, était qu' « ainsi on sauvera les meubles, on préservera au moins l'essentiel », à condition d'y mettre tout ce qu'il fallait d'intelligence et de ruse. Singer n'en manquait pas, car il était d'abord médecin neurologue et également philosophe, polyglotte ; la musique était seulement son hobby, pratiqué assidument, bref, il excellait en tout. Le *Kubu* devait être dirigé et financé exclusivement par des artistes et un public juifs, d'Allemagne ou de la diaspora – les nazis cherchaient les devises d'où qu'elles viennent. Comble de cynisme, le *Bund* était tenu de verser une sorte de loyer mensuel à l'Etat, officiellement pour l'occupation de locaux qui pourtant n'étaient jamais publics. Certains artistes affiliés à cette organisation, au début du moins, continuaient en même temps à se produire dans le circuit aryen, plus ou moins discrètement, selon le degré d'adhésion à l'idéologie et le courage des metteurs en scène ou des chefs. Si je vous ai cité Singer, c'est parce qu'il est avéré que Frieda Silberberg l'a connu, nous disposons en effet d'affiches où les deux noms existent, lui était au pupitre, elle dans la distribution et généralement à la place d'honneur. L'association compta des dizaines de milliers de membres, imaginez-vous… Nous n'avons pas de traces de tout ce qui fut organisé sous son égide ni de tous ceux qui en firent partie. Tout ça était tout de même discret. Madame Silberberg a arrêté ses activités en 1938, officiellement en tout cas. Les spectacles réservés aux juifs se sont néanmoins poursuivis, au compte-goutte. De spectacles, après janvier 1942, il n'en a plus été donnés. S'agissant d'elle, mes brèves informations s'arrêtent en fait beaucoup plus tôt, au milieu de l'année 1937. Son nom n'apparaît plus jamais dans mes archives. Cela ne veut toutefois rien dire, elles ne sont pas nécessairement complètes. L'incognito devait impérativement être préservé, ces artistes étaient en danger permanent.

Elle s'arrête, tire longuement sur sa cigarette, ferme les yeux. Elle rejette d'un geste élégant son visage harmonieux en arrière, secoue légèrement la tête, ses longs cheveux blonds dansent légèrement autour de son visage. Étrange jeune femme tout à la fois sensuelle et sévère, se dit-il, qui ne s'épanouit sans doute pas dans son travail d'archiviste : elle ne met à jour que des histoires vieilles et tragiques. Soudain, Gellman doit fournir un effort pour l'écouter alors même qu'il les imagine tous les deux ailleurs, détendus, dans un bar ou un café, dans un théâtre ou un de ces nombreux parcs qui font respirer la ville.

## 10

Gellman est surpris de recevoir une lettre trois jours après. Il y trouve un petit mot de Frau Grühn. « Je dispose encore d'un élément sans doute utile : une adresse, à laquelle avait été envoyé un double du contrat d'engagement, en juin 1933 : Kantstrasse 45. Je vous en joins la photocopie. Je ne saurais vous dire pourquoi nous l'avons conservé, un de ces mystères qui entoure toute bureaucratie. Si vous voulez vous rendre à cette adresse, allez-y, ce n'est pas loin d'ici. Peut-être rencontrerez-vous des personnes qui pourront vous donner des renseignements. »

Il la remercie chaleureusement et décide de se conformer à cette suggestion, sans trop savoir pourquoi. Quel prétexte en effet invoquer pour glaner des informations dont il n'imagine pas, au demeurant, la teneur exacte et même l'intérêt ? À quoi bon aller voir l'un des appartements de cet immeuble ? L'espoir est infime que l'occupant actuel puisse le renseigner utilement sur ses précédents locataires ou propriétaires. D'ailleurs, il ignore même de quel appartement précis il s'agit. On peut seulement compter sur la chance. Toutefois, désœuvré, Gellman n'a guère d'autres pistes pour le moment afin d'en savoir un peu plus sur madame Silberberg.

Il arpente peu après la *Kantstrasse*, une chaussée triste située non loin du joyeux *Kurfürstendamm*, l'artère la plus animée de l'Ouest, dominée par l'église au clocher tronqué de biais, une église dite du Souvenir, une relique conservée témoignant de « l'année zéro ». La rue est typique de ce qui fut à Berlin la reconstruction d'après-guerre. Aussi large que les Champs-Elysées parisiens, mais la comparaison avec la célèbre avenue de la capitale française s'arrête là. Car pour le reste… Des immeubles identiques, tous datant de la fin des années 40 et des années 50. Ce ne sont que des cubes d'une géométrie dépourvue de toute imagination, aisés à construire, peu coûteux en dépenses d'architecture, fonctionnels, permettant de loger une dizaine de familles, pas davantage. On trouve en nombre ces maisons que l'Allemagne des années de la résurrection érigeait à la hâte, des demeures à qui on tentait de faire reprendre un peu les formes et les couleurs d'autrefois. Des boutiques assez quelconques, de petites supérettes, des échoppes qui assurent l'alimentation et les besoins élémentaires d'une cité, qui, en raison des contraintes géostratégiques et des destructions, est désormais dépourvue d'hinterland.

Au numéro 45 se tient une maison qui, à la surprise de Gellman, ressemble à celles que l'on distingue sur les vieilles cartes postales du Berlin d'autrefois. Elle appartient à cet ensemble restreint des bâtisses ayant survécu à la destruction massive de la ville ou aux arasements destructeurs qui suivirent. Si l'Ouest a fait un grand ménage par le vide de ses ruines, chicots plantés dans la mâchoire en miettes de la cité, l'Est a pris soin de garder davantage de constructions anciennes, sauf les plus voyantes et les plus emblématiques d'un ordre ancien. Elles étaient les plus intéressantes, églises gothiques et baroques, et au premier chef le palais vestige du royaume de Prusse. Tout fut joyeusement dynamité, on voulait faire table rase d'un passé honni et nié.

La façade, que l'on a souhaité conserver comme témoin d'une époque révolue et préserver des agressions des gaz d'échappement, a été recouverte d'un nouveau crépi et repeinte dans ces tons dont les architectes de cette période faisaient grand usage. Il était nécessaire de donner des couleurs méridionales à cette enclave triste et déchue du Nord de l'Europe. La maison n'est pas très haute, aux plus huit appartements, en deux volumes de quatre. Gellman se poste devant elle, adoptant la pose naturelle du touriste attendant quelqu'un. À peine se dit-il qu'il pourrait s'installer dans le café situé en face, de l'autre côté de la rue, qu'un facteur rentre dans la maison. Profitant de l'ouverture de la porte d'entrée, il se glisse dans le hall, crânement. L'employé lui accorde un regard soupçonneux, se dispense de lui adresser la parole mais semble ne rien perdre de ce qu'il observe…

Huit boîtes aux lettres vertes, ornées de l'écusson symbole de la Poste allemande, sont identifiées avec leurs noms des familles, découpés dans des cartes de visites. Il remarque que l'une d'entre elles, celle des Görlitz, avec ses beaux caractères d'imprimerie, est jaunie. Il sort et immédiatement derrière lui, un jeune couple avec une poussette. Il se retourne et s'approche doucement, s'excuse trois ou quatre fois d'interpeller le jeune homme et la jeune femme de façon si cavalière, les prie de ne pas s'effrayer. Il sert un petit discours en allemand préparé soigneusement, récité avec précaution, en y mettant toute la politesse du monde, exagérant un peu un accent comme pour se faire pardonner. D'un débit rapide, assurant qu'il ne veut pas retarder la promenade que le couple venait d'entreprendre, il se présente comme le rejeton d'une famille ayant vécu dans l'immeuble juste avant la guerre, en se vieillissant de quatre ou cinq ans. Ce n'est pas son seul mensonge : il ajoute qu'il n'a pas de souvenirs précis, juste des impressions et des images fugaces, car il était vraiment trop jeune, ses parents ayant quitté l'Allemagne pour des cieux plus cléments outre-Manche. Le couple se détend très vite devant un bel homme blond qui a beau déclarer être américain, ses bonnes manières et sa distinction rassurante attestent à leurs yeux ses origines certainement germaniques. La mère de famille, entre vingt-cinq ans et trente ans, née pendant ou juste après la guerre, est ravie de bavarder un peu, passant volontiers à la langue de Shakespeare, s'excusant à son tour de ses maladresses. Elle lui décrit avec la brièveté soupçonneuse qu'on met dans les confidences de rencontres les autres occupants de la maison. Quant à son mari, il regarde avec une sympathie immédiate ce touriste affable qui vient de loin pour rencontrer son passé et qui a pris soin de s'extasier gentiment devant son jeune fils. Gellman, habilement, fait préciser à la jeune femme à quel étage résident les plus anciens habitants de l'immeuble, qui pourraient donc le renseigner.

-Oui, nous avons ici des retraités, ils sont en effet assez âgés, soixante ans passés. Ce sont nos voisins du deuxième. Charmants… Vous savez, ils nous ont déjà proposé de garder notre enfant en cas de nécessité… Ils étaient là pendant la guerre, semble-t-il. Ils n'en parlent jamais, d'ailleurs.

Elle finit néanmoins par poser une question peut-être pas sans arrière-pensée, dans un Berlin encerclé où le soupçon se tapit dans la plus banale conversation, la plus anodine rencontre.

-Pouvez-vous répéter votre nom, *mein Herr* ? Je ne l'ai pas compris. Nous pourrons parler de vous à ces vieux voisins, les Görlitz, si nous les voyons.

Il ne s'attendait pas du tout à la question, ne pensait pas obtenir une probable confirmation si rapide de son intuition. Pris de court, il improvise, jetant le premier nom qui lui vient à l'esprit, endossant ainsi une filiation dangereuse, ce qu'il réalise trop tard :

- John Silberberg. Euh… ne vous ennuyez pas à parler de moi… Je me présenterai à eux, à l'occasion, entre deux rendez-vous professionnels.

Il attend une journée. Une journée d'errance et de promenades dans cette ville qu'il trouve bizarrement de plus en plus attirante au fur et à mesure de ses pérégrinations. Et consacrée à quelques visites à des disquaires, des brocanteurs et des antiquaires, nombreux puisqu'on cherche ici à se débarrasser de beaucoup de choses… Est-ce l'effet résultant de son statut de parfaite enclave où, par définition, le monde d'où l'on vient s'efface puisqu'on ne lui appartient plus ? Est-ce parce qu'elle a eu, avant toutes les autres, un avant-goût d'apocalypse et que plus rien, dès lors, n'a de réelle importance ? Elle est parée d'une séduction morbide, étrange et un peu malsaine, où tous les chemins semblent conduire à des murs, où toutes les avenues semblent mener à des terrains vagues, au mieux à de grises et froides rues portant inévitablement le nom de fleurs, d'animaux, de sites à visiter, de bienfaiteurs de l'humanité et de personnages historiques innocents et oubliés.

Le lendemain, il s'est revêtu de son plus beau costume trois pièces, chemise blanche, cravate gris perle, unie, coiffure soignée. Un « Friseur » lui a fait une coupe au bol, histoire de se faire un peu la tête de l'époque. Il a l'air d'un ambitieux capitaine de la *Hitlerjugend* qui aurait prolongé abusivement son contrat, avec ses cheveux ras sur le côté.

Profitant de l'entrée d'un habitant dans l'immeuble, il monte jusqu'à l'étage qui lui a été si obligeamment indiqué. Une porte de bois sombre. Une carte de visite avec le nom Görlitz sur la porte. Gellman a un goût acre dans la bouche, cette sensation qui prend au ventre avant un examen universitaire difficile, ou au moment d'entreprendre une mauvaise action, de braver un interdit. À son coup de sonnette hésitant, une silhouette rétrécie quoique très distinguée, droite, pas encore vieille et déjà sèche, qui peut avoir entre 60 et 75 ans, avec un teint rose inattendu, entrouvre la porte en se cachant à moitié derrière elle et derrière un sourire. Le visiteur est charmé par le casque strict de cheveux gris peignés avec soin et le beau visage régulier d'austère diaconesse. Elle impressionne, avec son maintien impeccable, plus d'un demi-siècle de vie saine et de préceptes impératifs qui façonnent une silhouette et forgent un tempérament. Il a sérieusement préparé sa présentation en allemand :

-Madame Görlitz ? J'espère ne pas vous déranger. Je m'appelle John Silberberg, je suis anglais, je voulais vérifier un point d'histoire personnelle : une partie de ma famille a vécu ici, il y a très longtemps... J'étais tout petit, je n'ai aucun souvenir de ce temps-là. Je ne veux pas vous importuner...

Il n'a pas voulu changer de nom, le jeune couple a pu avoir le temps de parler de lui. Dans le doux regard passe subitement un vent arctique, une lueur de haine et de terreur mêlées vient de zébrer l'œil de la femme. Un silence minéral s'établit soudain entre eux. Il n'aura pas le temps d'inventer une bonne raison pour justifier sa visite, pas le temps de pouvoir entamer une discussion, de formuler des questions. Elle retrouve d'un coup une énergie juvénile. Dans un assez bon anglais auquel il ne s'attendait pas, d'un ton mesuré et poli, un pâle sourire aux lèvres, elle répond :

-Silberberg... Je vois. Je ne vous laisse pas entrer, ne m'en veuillez pas, le ménage n'est pas fait. Il n'y aura rien ici qui puisse vous rappeler quoi que ce soit : à l'âge que vous semblez avoir, vous n'étiez pas né ou bien vous ne pouvez avoir de souvenirs. Tout a été jeté, tout a brûlé à la fin de la guerre, les papiers... Mon mari n'est pas là pour l'instant... alors vous comprenez... Partez maintenant. Il n'y a rien pour vous ici. Je vous souhaite une bonne journée.

Elle ferme doucement la porte. Rentré à l'hôtel, il est saisi d'un doute, s'en veut d'avoir surestimé sa force de conviction. Croyait-il sérieusement que sur sa bonne mine, on lui offrirait le passé et ses ténèbres sur un plateau, avec sympathie, thé et petits fours ? Comment pouvait-il, un instant, supposer qu'il serait bienvenu et accueilli sans réticences chez des gens qui cherchaient, comme beaucoup ici, à conjurer des fantômes ? À raisonner froidement, elle avait raison, la vieille Berlinoise qui en a tant vu, de vouloir rejeter les ombres pour profiter pleinement de ce qu'elle sait être ses derniers bons moments de lumière.

Il donne quelques coups de téléphone à sa direction à Londres. Il souhaite entendre quelques voix connues sinon amies pour se rassurer, avec un peu d'humour - « Je suis à Berlin, entier et toujours vivant. Ce n'est pas facile, pourtant j'avance ». Il saura évidemment « utiliser son temps libre pour le plus grand intérêt de la compagnie. » Que faire ? Il en profite pour visiter plus avant la ville amputée. Il passe même de l'autre côté, une excursion qu'il peut faire assez librement en tant que sujet de Sa Majesté bénéficiant d'un statut favorable, afin de flâner sur la célèbre *Unter den Linden*, qui était, avant la partition, l'avenue la plus prestigieuse de la cité et sur laquelle on trouve des étals de brocanteurs et de vendeurs de partitions. Sur cette large chaussée se situaient avant l'année zéro les plus grands musées, les plus beaux hôtels, quelques grands ministères régaliens et légations étrangères, la britannique notamment. Elle croisait alors l'artère commerciale et culturelle la plus importante de la ville, avec ses théâtres et ses cinémas, la célèbre *Friedrichstrasse*, coupée en deux aujourd'hui par un poste frontière où on inspecte beaucoup et on ne sourit guère.

Gellman s'arrête longuement devant l'imposante façade de l'ambassade soviétique, élégante comme un bunker assiégé, bâtie d'énormes blocs de pierre plaquée sur du béton armé, avec ses colonnades et grandes baies vitrées derrière des volets toujours fermés. Il admire la tour de la télévision de trois cent cinquante mètres, la construction la plus hardie de la ville, censée symboliser le dynamisme de l'autre Allemagne qui prétend privilégier la réussite technique au succès mercantile, avec son restaurant soi-disant gastronomique au sommet, qui tourne sur lui-même. À son pied, il retombe sur la triste réalité d'une cité vide de tout, de piétons, de voitures et de magasins, il se heurte aux barres grises de déprimants immeubles collectifs.

Pour lui, désormais, la seule solution possible, à cette étape d'une enquête qui s'enlise dans les impasses du temps, des mémoires défaillantes et des témoins qui disparaissent, est de s'adresser à Paul Seymour. Adjoint du commandant en chef des forces britanniques de Berlin, cet ancien compagnon d'armes occupe des fonctions qui lui assurent un certain pouvoir dans la capitale occupée. Gellman et lui étaient sortis la même année de l'école des officiers de Sandhurst. Seymour, resté dans l'armée et après une formation complémentaire, avait choisi l'arme la plus prestigieuse à ses yeux, emblématique d'une Angleterre dominante, la *Royal Navy*. Il avait souhaité embrasser à vie la carrière des armes, mû par la volonté de maintenir quelque chose, animé encore du rêve romantique d'un Empire à sinon à reconquérir, du moins à consolider, des Pitcairns aux Falklands. Quelques problèmes de santé avaient ensuite décidé les autorités militaires à le cantonner à des tâches administratives. Après quelques mois à Belgrade puis à Vienne où on lui avait fait jouer à l'ambassade le rôle de conseiller militaire, « un poste d'une grande responsabilité dans des pays où la façade maritime est d'un intérêt stratégique évident » comme il l'affirmait en éclatant de rire, il était rentré en Angleterre. Un peu par paresse, un peu par reste d'idéalisme, et aussi parce qu'il avait goûté au plaisir de la diplomatie et des services secrets, Seymour avait néanmoins persévéré dans la carrière. Il avait souhaité ensuite « voir du pays » car le Commonwealth, même en décomposition assez avancée, offrait encore quelques sinécures exotiques et des occasions de plaisir. Certains disaient même qu'il ne perdurait, vidé de sa substance sérieuse, que pour ces raisons-là. Faute de guerre, la désastreuse expédition de Suez oubliée, il fallait bien gagner ses galons quelque part, en fait non dans des lignes de front mais dans la logistique et la paperasse afin de s'enrichir d'expériences lointaines sinon de livres sterling. C'était facile dans un monde en relèvement qui se cherchait un avenir puisque le passé l'horrifiait.

Les servitudes militaires et ses choix personnels avaient fini par le mener à Berlin à la fin des années soixante. Ses compatriotes qui s'y trouvaient également éprouvaient, officiellement, le sentiment d'être utiles à la Couronne. Un ennemi quasi héréditaire, pays vaincu, désormais allié qu'il fallait aider à se rebâtir, qu'il convenait de réorganiser, de protéger contre un ennemi à l'Est et contre lui-même, avec un risque limité d'avoir à fourbir ses armes à tout bout d'un champ d'honneur que l'on devait à ses pères, c'était là une mission assez paisible, pour tout dire pantouflarde, qu'il n'était pas donné à toutes les générations de soldats d'accomplir. Officieusement, son choix avait aussi d'autres motivations, moins glorieuses. Amateur passionné de femmes, déçu par ces anglaises excentriques ou revêches, Seymour avait fantasmé sur les Berlinoises de l'époque dont il pensait avec cynisme et bêtise que beaucoup d'entre elles cherchaient un protecteur généreux au sein des troupes baptisées de libération - le mot occupation finissait par indisposer - afin qu'il leur fasse voir du pays. C'est-à-dire qu'il les emmène loin de la brumeuse Spree pour les entraîner plutôt vers la brumeuse Tamise, plus dévergondée et surtout beaucoup plus éloignée de l'Union Soviétique. Il s'imaginait qu'elles étaient prêtes à bien des sacrifices,

105

celui de leur vertu étant le moindre, dans le but honorable d'échapper aux tâches exténuantes d'un relèvement entamé et loin d'être achevé. Il croyait fermement qu'elles fuyaient à tout prix l'ambiance obsidionale d'une ville soigneusement encerclée. Le mur était assez récent, modifiant le comportement d'habitants désormais prisonniers, lassés de faire le tour, le dimanche, de leur petite prison urbaine. Accessoirement, il préférait, le traître, la bière fraîche des *Krauts* à celle de son pays, tiède et fadasse. C'est une raison très suffisante pour prolonger le séjour.

William et Paul avaient gardé de bonnes relations. La fraternité des uniformes à défaut de celles des armes, chez tous les peuples au long passé militaire et colonial, n'est pas un vain mot. Un sentiment sans doute encore plus vrai chez les Anglais, qui ne s'en vont en guerre qu'en dernière extrémité. Seymour n'est donc pas étonné outre-mesure de recevoir un coup de téléphone, il l'est davantage d'entendre son camarade lui dire, après politesses et banalités d'usage :

-J'aurais besoin que tu me rendes un service.

-Mhhh … C'est bien la première fois que je t'entends formuler une demande de ce genre. Ça doit être grave. Tu sais qu'à mes oreilles, l'expression sonne mal. Je déteste l'idée, pas de passe-droit ni d'entorse à la légalité.

- C'est tout ce qu'il y a de plus légal et correct, et sans passe-droit, c'est seulement compliqué... Peux-tu obtenir, auprès d'une de cette bonne administration dont les Allemands ont le secret, les péripéties, politiques et autres, des habitants du 45 *Kantstrasse*, durant les années 30 ? Je t'envoie un petit mot avec les noms des occupants que je piste.

-Il n'y pas que les Fritz qui ont la recette des administrations inquisitoriales. Nous-mêmes, ici ou ailleurs, je pourrais t'en raconter. Ce devrait être possible, si les archives existent encore. Sache que les nazis et leur police étaient meilleurs pour ce genre de job que les Allemands démocratiques... Je dois dire qu'en détruisant leur petit joujou en 1945, on a beaucoup gâché. Bon, j'attends ton mot, c'est important. Si cela ne te fait rien, une petite explication en supplément, au bas de ton billet, sera la bienvenue. Oh, ce n'est pas pour me couvrir, c'est plutôt pour que je puisse comprendre où tu mets les pieds.

Il ajoute, sur un ton moins badin :

- Je te mets en garde. La ville est dangereuse, c'est une tectonique de plaques dure aux indiscrets, elle les broie.

Un peu penaud, William avoue :

-Oui, je sais… J'ai essayé de mon côté, tout seul, mais j'ai échoué.

-Arrête tes bêtises, je ne tiens pas à ce que tu entraînes le Royaume-Uni dans la IIIème guerre mondiale. Je m'occupe de ton affaire à condition que tu ne remues plus rien.

Une courte missive plus tard, avec un nom lâché, Silberberg, une courte explication des raisons de son séjour - « en savoir plus sur cette femme, une artiste encore vivante pleine de secrets et dont je souhaiterais savoir ce qu'elle est devenue » - il s'occupe à d'autres tâches. Téléphone et télex lui permettent de travailler et de rester en contact avec son employeur.

Passeport en poche, il se rend deux jours plus tard au commandement des forces britanniques. À son air dégagé et aussi un peu raide, et certes au vu de ses papiers d'identité, on le laisse entrer sans excès de formalités dans le bureau de son camarade. Il le reconnaît, inchangé, malgré des kilos superflus et une concession à une mode d'outre-Manche suscitée par quelques acteurs adulés à l'époque, en l'occurrence une fine moustache ornant sa lèvre supérieure. Elle le fait définitivement ressembler à une gloire cinématographique *very british* et déjà très vieux-jeu lorsqu'il était jeune, Trevor Howard. Pas loin d'une caricature d'officier de l'Armée des Indes dont on s'attend qu'à la fin d'une péroraison, il finisse par soupirer après la perte regrettable de l'Empire et la décadence des mœurs. La ressemblance avec le bel acteur est voulue : son image plaît aux locaux qui n'ont pas le droit d'avoir la nostalgie du militaire quand il est allemand, mais sont autorisés à la ressentir quand il vient d'une autre nation.

-J'ai eu du mal à satisfaire à ta demande, ce sont des informations qui sont toujours sensibles. Même moi, au rang où je me trouve - on ne refuse pas grand-chose à un officier supérieur de Sa Majesté, les Allemands sont légitimistes… Tu as levé un lièvre bizarre, il faut dire que dans ce foutu pays, l'étrange ne l'est jamais tant que ça.

-Que veux-tu dire ?

-Deux des familles occupantes de l'immeuble auquel tu t'intéresses s'y sont installées parce qu'elles ont, disons, remplacé des familles juives, vers la fin 1936. D'ailleurs, on ne leur a pas demandé leur avis, on leur a attribué un appartement dit « aryanisé ». Les juifs en question ont disparu quasiment du jour au lendemain, on perd leur trace. C'était avant la Nuit de Cristal de novembre 1938, qui a conclu une période de persécutions commencées auparavant et inauguré une époque plus dure encore. Après la guerre, les occupants des lieux n'ont pas été chassés, les anciens propriétaires ou leurs descendants n'étant pas revenus réclamer leur bien, ce qui fait qu'on les a légalement dépouillés. Quant à ces braves gens, ils sont sûrement passés en douce au travers des tribunaux de dénazification, on n'a plus rien sur eux, après... Ni vus, ni connus, ils étaient trop naïfs, trop jeunes, de tout petits poissons alors qu'on cherchait les requins. Pour les saloperies, les plus jeunes n'avaient pas tous eu le temps. Si l'intelligence ne pardonne rien, la jeunesse excuse tout, elle sert même à qualifier les erreurs. Ici, elles ont été si poliment, si respectueusement assumées, avec tous les crimes : excusez-nous, *mein Herr,* nous obéissions, nous exécutions... Sans jeu de mots atroce.

Il soupire et précise :

- Les Görlitz étaient mouillés, mais rien de méchant, vu la période. Lui a été *blockleiter* à 27 ans - chef de l'immeuble, si tu préfères, nommé par le Parti pour surveiller et punir tous les habitants du pâté de maisons. À cet âge-là, c'est une performance, si l'on peut dire : normalement on les prenait plus mûrs, ce qui veut dire plus lâches. Comme ils avaient plus à perdre, on comptait sur leur fidélité au régime, quel qu'il soit. Sa femme l'aidait un peu. Hermann Görlitz n'était pas assez en forme physique, au début, pour aller faire le coup de feu en France ou ailleurs. Avec la *totaler Krieg* de février 43, il a dû partir aussi, il n'avait pas plus l'étoffe d'un héros que l'enveloppe d'un athlète. Il est resté à Berlin, a obtenu un petit grade, a fait partie des derniers défenseurs, avec recul sans doute puisqu'on ne sait pas exactement ce qu'il a fait au printemps 45. Il s'est peut-être simplement planqué. Il a reparu quand les temps devinrent moins rudes.

- Et rien sur madame Silberberg ?

-Si. Il y a eu deux familles juives, d'après les noms et les destinées. Une famille Meyer et une autre, les Silberberg, justement. Pour les Meyer, la question a été réglée d'une façon que tu

111

imagines puisqu'on ne sait plus rien après 1942 et la solution finale. Pour les Silberberg, ce sont justement les Görlitz qui ont obtenu leur appartement. C'est à peu près tout ce que l'on a, beaucoup de documents de cette époque ont été perdus, ne t'en étonne pas.

Il marque un temps d'arrêt et dit, plus pour lui-même qu'à l'adresse de William :

-Les Silberberg… Il est fait état de l'existence de deux femmes, une assez jeune femme et sa fille. Pas de trace d'un père, d'un homme, d'un protecteur. On ne sait pas trop. Les deux femmes ont disparu au début de 1937, à une date impossible à préciser plus avant.

Il s'interrompt un instant, ses sourcils en accent circonflexe, comme s'il commençait lui-même à s'intéresser à l'affaire :

-Comment a-t-on appris leur existence alors qu'elles ont disparu ensuite ? Les deux occupantes sont mentionnées dans un rapport de police criminelle établi juste avant leur disparition. L'enquête n'a pas abouti, il ne nous en reste que des éléments disparates. Les archives criminelles de cette époque sont incomplètes, ou plutôt trop complètes parce qu'elles chevauchent les archives de la police politique, la Gestapo. « Police criminelle », cela veut dire simplement qu'il y eut, à un moment, un meurtre. En fait, un homme avait été assassiné quelques semaines auparavant et les occupantes ont été interrogées. Tout cela n'est pas précis, il faudra s'en contenter, on n'a rien d'autre pour l'instant. Et pour après, plus rien...

Il ajoute, avec une sorte de remords dans la voix :

-Si tu ne peux plus avancer dans cette direction, j'ai un autre atout dans ma manche. Je ne t'en parle pas maintenant, ce serait prématuré. Bon, je dois te laisser.

Gellman prend congé, se sentant tout à la fois frustré et comblé. Il ne s'attendait pas à tant d'informations, aurait espéré qu'elles ne s'arrêtent pas en si bon chemin. Beaucoup de détails l'intriguent. La plus jeune des deux occupantes ne peut physiologiquement avoir commencé une carrière de chanteuse lyrique et enregistré à un âge où l'on joue encore à la poupée. Frieda, si c'est elle, ne peut être que la plus âgée des deux femmes même si les dates et les âges ne sont pas absolument cohérents. Cette jeune fille, quel âge a-t-elle exactement, avec qui Frieda l'a-t-elle eue, s'agit-il d'une fille biologique ou seulement d'une parente ? Ont-elles vécu ensemble et si oui, combien de temps ? On peut imaginer une nièce, une parente éloignée dont elle a pu avoir la garde momentanée ou définitive. Pourquoi Frieda n'en a-t-elle pas fait mention lors de leur entrevue ? Certes, ils n'ont pas eu le temps de discuter de questions autres que musicales, le moment n'était pas propice aux confidences et aux révélations intimes, la dame ne l'aurait pas toléré. Même s'il avait eu connaissance de l'existence de la jeune fille, Gellman n'aurait pas osé poser de question à son sujet.

L'Anglais s'est pris à ce jeu de pistes. Ce qui était d'abord une simple question professionnelle est devenu un défi personnel posé à sa ténacité de chien de chasse ou de bouledogue, un chien typiquement britannique. Des informations complémentaires plus précises sur les dates et les occupants de la maison sont nécessaires. Il faudrait retrouver des actes d'état civil, il se doute que ce n'est pas ce qu'on a cherché à préserver en premier dans le Berlin de 1945. De plus, ils ne sont pas communiqués facilement, même aux puissances occupantes.

Il décide alors d'user d'une autre voie d'approche, peut-être plus difficile et aléatoire, qui lui permettrait néanmoins de rassembler les legs sonores des artistes juifs réfugiés hors de la zone germanique : retrouver essentiellement en Amérique les protagonistes encore vivants du *Kulturbund* et de toutes les associations comparables, s'il en restait...

## 11

C'est sans difficultés majeures qu'il fait retrouver les coordonnées de deux de ces groupes
de New-York. Elles sont aisément identifiables -
les noms, les adresses et le descriptif cursif de
leurs activités. Car Frau Grühn lui a confirmé
que le *Kubu* a continué de fonctionner plus cahin
que caha après la guerre, destiné dès lors à venir
en aide aux artistes israélites qui, légèrement dé-
çus par l'Europe et l'Union Soviétique, se cherchaient activement, lorsqu'ils en avaient encore
la force, une patrie américaine ou israélienne. Ou
plutôt un havre éloigné du Vieux Monde. Cet
étrange cercle culturel a donc fini par prendre le
large et s'est arrimé au port du Nouveau Monde
le plus proche de l'Europe, agrégeant les débris
du « *yiddishland* », perdant un peu de vue ses objectifs primitifs pour devenir avant tout un lieu
d'entraides, de souvenirs, de mémoire. Gellman
se dit que, en ce milieu des années 70, les
membres les plus anciens, ceux qui ont précisément la mémoire vive du conflit, risquent de
commencer à disparaître, à plus ou moins court
terme. Il comprend aussi, à la lecture entre les

lignes de quelques articles de presse, que l'association ne répugne pas, et bien au contraire, à collecter des renseignements sur les anciens nazis qui se terrent outre-Atlantique, fournissant aux services israéliens du Mossad et aux groupes pourchassant les assassins nazis des renseignements de première main. Il sent au fond de lui que le temps presse, pour les anciennes victimes et les anciens bourreaux.

Un nom, au détour d'un annuaire plus détaillé, lui paraît presque familier : Kurt Bauman. Il l'a déjà lu auparavant, au fil de quelques articles. L'homme occupe désormais un poste très élevé dans ce qui paraît être, selon ses informations, un groupe d'associations de réfugiés juifs de l'est de l'Europe. Son nom figure souvent dans des compte-rendu de réunions ou d'articles de journaux de l'époque.

Bauman avait été démis dès février 1933 de son poste d'assistant metteur en scène et chef d'orchestre dans l'un des principaux théâtres de Berlin. On l'autorisa à exercer son métier quoique dans un espace très réduit, limité aux frontières d'un ghetto moins physique qu'intellectuel. C'est lui qui avait à organiser les diverses manifestations dont il négociait également l'autorisation. Il avait codirigé l'association culturelle avec celui qui avait été peu auparavant son supérieur au *Städtische Oper* de Berlin, Kurt Singer. Les deux responsables avaient vu une preuve d'humour dans le fait que les hommes à la croix gammée avaient désigné en même temps deux Kurt, un rare prénom, très allemand, comme *kukhers* du groupe. Ils étaient les Führers du groupe juif en quelque sorte, une expression reprise dans un journal yiddish de l'époque qui avait gardé un peu d'ironie et tous ses journalistes, pour peu de temps. Singer a par la suite eu moins de chance que son ex-adjoint, son réseau de passeurs ayant été moins discret ou efficace, il a été assassiné au camp de *Theresienstadt* fin 1944.

Afin de se protéger davantage, Gellman téléphone à New-York au principal organisme au sein de *l'American Jewish Committee* pour prévenir qu'il s'apprête à envoyer une lettre à Bauman, qui précisera plus nettement sa demande. Il y joint toutes ses coordonnées. On lui confirme qu'il a bien fait de mentionner sa missive future car rien de ce qui concerne l'association ne peut être indiqué par téléphone. On attend donc sa demande avec impatience et aussi « avec un peu de circonspection », lui a-t-on dit franchement. Il lui est précisé qu'il lui sera répondu par écrit.

À peine rentré dans la capitale britannique, il est informé par un court message que Bauman, chargé de quelques missions en Europe, fera un détour par Londres et sera ravi de le rencontrer dans deux jours, s'il est disponible, bien entendu. Un hasard bienvenu et une décision bien rapide, sur lequel il ne s'interroge pas plus avant…

L'homme qui se présente au bureau de Gellman est impressionnant. Kurt Bauman est un solide sexagénaire ou jeune septuagénaire, doté d'une barbe digne d'un hidalgo peint par El Greco. Il est habillé de noir, chemise blanche soigneusement repassée, kippa discrète vissée sur un crâne au cheveu fourni, avec cependant cet air paternel et très sévère rencontré chez les hassidiques. Une silhouette vigoureuse qui serait sortie à plusieurs reprises du *shtetl* pour se frotter énergiquement et successivement aux mondes germanique, polonais, russe et enfin américain. On comprend tout de suite, à quelque chose d'éperdu et de glacé dans ses yeux bleus, qu'il a la tête parfois dans les étoiles parfois près du bonnet. Gellman se fait un portrait rapide de son interlocuteur : jeune homme ordinaire et même joyeux drille quarante ans plus tôt, devenu homme pétri de religiosité par la suite, un effet secondaire ou un dommage collatéral de l'Apocalypse sans doute. Berlinois refusant dorénavant d'être allemand, il est new- yorkais par amertume et nostalgique de l'Allemagne de sa jeunesse dans laquelle il a mis peut-être autant d'illusions que de véritables souvenirs. Il est à l'instar de beaucoup d'hommes ayant survécu à tout un mélange probable de brutalité, de rouerie, de méfiance, de méchanceté parfois, avec peut-être encore un peu de bonté très enfouie parce qu'elle a été rageusement foulée au pied.

- Merci de me recevoir et pardonnez-moi si j'ai un peu forcé votre porte, j'ai profité du fait que je me trouve très souvent en Europe. Je rends souvent visite à… Simon… un ami de Vienne qui vérifie que les bourreaux en noir ou en vert de gris étouffent bien sous le poids de leur conscience.

Il poursuit, une lueur sceptique voilant soudain son regard :

-Pourquoi vous intéressez-vous à cette histoire et à cette femme-là ? Vous êtes jeune… Ce n'est pas votre passé…

Gellman se revit en un éclat de mémoire, à Berlin, devant une femme qui disait la même chose, avec un ton certes différent…

-C'est professionnel, ainsi que je vous l'ai indiqué dans ma lettre.

-Oui, je l'ai bien lue. Je veux dire : la raison profonde de votre voyage. Les affaires ou le *bizness*, cela ne m'intéresse pas. Avez-vous un intérêt personnel ou familial dans cette affaire ?

La question n'était pas aimable, Gellman improvise une réponse :

-Appelez cela comme vous voudrez, j'aime les choses étranges. La dame pose une énigme, je suis amoureux non de la dame, bien sûr mais de la vérité, et je veux connaître sa vérité.

Bauman éclate de rire.

-Oy oy oy, les grands mots ! Quelle grandiloquence, pour votre âge. La vérité d'une femme… Vous aimez les oxymores. Il n'y a pas de vérité en dehors des vérités scientifiques et des vérités divines pour ceux qui croient encore malgré tout ce qui s'est passé. En la cherchant, vous faites peut-être œuvre d'indiscrétion.

Il se rembrunit aussitôt. Le ton redevint très grave.

- Je vais vous dire ce que je sais, ni plus ni moins. Ne comptez pas sur moi pour trahir un secret - il en est qui perdurent même après des années et des millions de morts. J'ai connu Frieda Silberberg à Berlin presque aussitôt après avoir créé le Kulturbund. Enfin, créé… Nous nous comprenons... Goebbels et les autres ne nous ont pas laissé le choix, ils nous ont imposé une organisation qui nous a évités de crever tout de suite qui valait surtout pour la galerie, c'est-à-dire l'opinion publique internationale, les Suisses et leur foutue Croix-Rouge, bien inutile alors. Pendant… disons… quelques années, on a pu faire de la musique et du théâtre. Entre nous. Dans l'urgence et dans la peur. En débordant un peu, discrètement, on se produisait aussi chez les plus courageux. Peut-être que certains d'entre nous n'ont alors jamais été aussi bons chanteurs, aussi bons acteurs qu'à cette époque. L'urgence les poussait et ils chantaient ou jouaient comme si leur vie en dépendait, ce qui était très exacte-ment le cas. La peur est un exhausteur de talents quand elle ne les détruit pas.

Il continue, semblant plutôt soliloquer.

-Voyez-vous, nous étions libres, mais d'une certaine façon seulement, comme sont libres les rats dans leurs roues mobiles, libres de rester sur place, de faire les cent pattes ou de tourner dans leur misérable cage. Et la liberté nous a exaltés et emportés au-delà de nous-mêmes. On a recruté des sommités. On a même eu le rabbin en chef de Berlin, à la voix de basse prodigieuse. Il faisait office d'hazan, chantre attitré de la synagogue. Il s'appelait Leo. Leo Beck. Il aurait pu chanter du Wagner : Wotan… Je me souviens - il a un sourire triste lorsqu'il prononce ces mots - que lorsque j'ai approché celui qui, pour peu de temps encore, était le principal critique musical de la capitale du Reich de mille ans, juif aussi, il m'a dit, d'un air terrifié comme s'il s'adressait à un de nos talmudistes courroucés : "*Dürfen wir denn das ?*" — engager des chantres pour se produire en spectacle. A-t-on le droit de faire ça ? On ne savait plus ce qu'il fallait faire, ce que l'on devait faire, ce que l'on pouvait faire. Je sais que je ne devrais pas dire ça, mais l'Instance Supérieure, celle qui n'a pas de nom parce qu'Elle en a une infinité, était muette, comme elle l'est restée plus tard à Auschwitz, une surdité commode sans doute.

Il poursuit, d'une voix très basse.

- Silberberg était une extraordinaire mezzo-soprano. Peut-être la voix la plus pure que j'aie entendue dans ce registre, indemne de tout vibrato désagréable, dotée d'un legato liquide, jamais heurté. Elle aurait pu développer sa carrière en abordant d'autres rôles, elle disposait d'un ambitus exceptionnel, lui permettant de tout chanter car lorsque je dis « mezzo », elle pouvait descendre en alto et monter jusqu'au soprano. Elle n'en a pas eu le temps et puis la carrière ne l'intéressait pas tant que cela : quand on est jeune artiste, on ne pense pas à l'avenir, on croit tous les jours qu'on a l'éternité devant soi. Le peu que je l'ai connue m'a suffi pour cerner sa personnalité. Elle était, comment dire, sans compromis, sur son métier, sur le plan musical, et aussi sur le plan personnel. Au premier abord, elle était même... dure... oui, on peut dire ça comme ça, dure avec les autres. Plus encore avec elle-même, elle ne se pardonnait rien. Infecte par moments. Ensuite, on se rendait compte que l'on avait en face de soi une femme merveilleuse, d'un courage exceptionnel. Si elle voulait faire quelque chose, elle le faisait, à fond, y compris du chant assez, disons « léger », dans des endroits populaires. Elle aurait pu faire de la comédie musicale, qu'elle a peut-être chantée... je crois.

Il eut un sourire entendu, puis continua :

- Sinon, je l'ai peu fréquentée, elle n'était pas toujours fréquentable, au sens où elle ne se laissait pas approcher. En conséquence, je ne sais pas grand-chose d'elle, de sa famille ou ses amis intimes. Elle était très discrète. Elle venait, elle répétait, n'a jamais failli, une vraie professionnelle, avec en plus la modestie propre à ceux qui sont au sommet... Chez nous, elle a été un merveilleux Chérubin, elle a aussi été Marceline, dans des *Noces de Figaro* que je n'oublierai jamais. Des *Noces de Figaro*, à cette époque, quand j'y pense... En mars 1935, j'ai vérifié, ma mémoire me joue des tours. Les opéras ont eu grand succès, c'était sous la direction de ce drôle de type, un Polonais d'origine, Joseph Piatkovski... C'est lui que vous devriez contacter, il vous en dira beaucoup plus. Il habite Brooklyn.

Gellman ose un commentaire involontairement insolent :

-Ah, lui aussi ?

-Dites-moi, lequel d'entre nous, les rescapés de désastres successifs, n'habite pas cette ville-refuge ou n'y viendra pas un jour ? C'est là que tout finira car dans cette cité tout se désagrège très vite.

Il se pencha alors, comme s'il craignait d'être écouté de quelqu'un qui aurait l'oreille collée à la porte.

-Vous savez, une partie de moi-même est restée là-bas. Je ne peux pas oublier ce qu'une grande majorité des Allemands ont fait. Ou plutôt ce qu'ils ont laissé faire avec une approbation silencieuse ou une réprobation si intérieure que le silence en fut assourdissant. Certes, c'est un peu moins grave que d'avoir commis le crime… Quant à pardonner, c'est le travail de Dieu ou le travail involontaire des amnésiques. Je ne me sentirai jamais américain. L'Allemagne, la langue, la pensée, des poésies, des chants… je m'y sens chez moi… Enfin, je devrais mettre ça à l'imparfait. Il y a une Allemagne qui est morte en nous tuant. Définitivement. Aujourd'hui, cet héritage, c'est nous qui en prenons soin ici, dans ce pays impitoyable et c'est ici que je me sens complètement juif. J'en porte, si je puis dire, l'uniforme alors que, aux yeux des plus intransigeants, ceux qui ne peuvent plus entendre un seul mot de cette langue, je ne suis qu'un demi-solde. Je ne souhaite pas retourner en Allemagne, j'ai embarqué ce pays en venant sur ce côté de l'Atlantique. Pourtant, jamais je ne dirai « jamais je n'y retournerai », car dès lors le petit-caporal meurtier-de-masse aurait définitivement gagné.

Il rit, dans une sorte de hoquet.

-L'histoire joue de drôles de tours. Savez-vous que la devise officielle de Brooklyn est « L'union fait la force » ? Dans nos associations, nous y croyons, c'est grâce à ça que les plus anciens ont survécu. Alors, quand certains ici même nous reprochent de nous regrouper et de constituer un ghetto, de privilégier les liens au sein de notre communauté, ils oublient le passé, ils oublient pourquoi nous sommes rassemblés ici, sur une terre éloignée de nos racines… J'envoie à Piatkovski un mot de recommandation à votre sujet, je vous donne ses coordonnées, celles qu'il a consenti à me donner. Il a un parcours un peu …désordonné. Si vous allez à New York, ne vous y rendez pas sans l'avoir prévenu, il est méfiant, paranoïaque. Je n'aime pas faire appel à ses services, vous comprendrez pourquoi lorsque vous ferez sa connaissance. Il faut toujours se méfier des Polonais (il sourit). Mais enfin, après tout… Quant à ce que je sais de

Frieda… Ça tient sur un quart de feuille de papier que je vous ai récité.

Il soupire enfin :

-Pardon, j'étais bavard ce matin, en veine de confidence. Sans doute parce qu'on ne rencontre pas tous les jours un chasseur de fantômes. Adieu.

Gellman a compris que l'entretien a pris fin, qu'il n'y en aura pas d'autre. Bauman lui serre la main, longuement, puis prend la porte.

## 12

Quatre jours après, le temps que la lettre express soit parvenue à son destinataire, il essaie de joindre Piatkovski. Il se promet d'évoquer le « parcours désordonné » afin d'en savoir un peu plus sur l'originalité de ce désordre-là, dans un siècle qui ne fut qu'un immense foutoir où des millions de destins furent chaotiques quand ils n'étaient pas anéantis.

La sonnerie retentit dans le vide. Le silence se prolonge plusieurs jours. Il finit par envoyer un télégramme à l'adresse qui lui a été fournie. Il reçoit un appel l'après-midi même. La voix est éteinte, froide, voilée, vieille. Bauman l'avait décrit, dans un éclat de rire, comme un « Eric von Stroheim de la baguette, il est désagréable, bien qu'il ne soit pas juif - ou peut-être un huitième ou un quart, il vous dira peut-être ».

Au téléphone, il attaque bille en tête.

-Je ne sais pas exactement ce que vous cherchez. Mes amis du Kulturbund ont eu la délicatesse de m'indiquer en termes vagues l'objet de votre demande, je ne sais pas ce qu'ils vous ont dit et donc je ne suis pas sûr de pouvoir ajouter quoi que ce soit d'utile à votre recherche. Ils ont insisté, alors…

Gellman précise son projet phonographique et résume, en quelques mots, les éléments qu'il a pu glaner. Piatkovski semble se calmer, sa voix est moins rogue lorsqu'il répond.

- Frieda était de tempérament très secret. L'époque exigeait aussi qu'on disparaisse, dans toutes les acceptions du terme…

-Quand l'avez-vous connue et dans quelles circonstances ?

-Je l'ai rencontrée pour la première fois en mars ou en avril 1934, je ne sais plus très bien, tout cela est si loin. Je travaillais déjà à Berlin, je suis devenu allemand quoique je sois d'origine polonaise lointainement par mon père et directement par ma mère et que je me sente citoyen de pays, ce que certains collègues me rappelaient méchamment à l'envi… Passons. Frieda s'est présentée à moi en prétendant avoir déjà travaillé à l'opéra de Vienne, ce qui fut avéré par la suite. J'étais méfiant au début, je pensais avoir affaire à un second couteau que l'on avait renvoyé pour incompétence. Quelle erreur… Je lui ai proposé de me suivre loin de la Spree, en juillet 1936. Enfin, professionnellement, je veux dire…

Il marque une pause, choisissant ses mots avec lenteur.

- Elle est effectivement partie… Pas avec moi, elle, ce fut vers l'Ouest…

- Et vous … l'Union Soviétique sans doute ?

Il éclata d'un rire triste.

-Je suis parti dans un pays qui ne connaît pas le mot juif, qui n'en a pas abrité ou très peu alors même qu'il y règne un antisémitisme latent, profond et stupide. Le plus drôle est qu'on me prenait pour un juif, je ne l'étais pas… enfin… mais j'ai laissé dire, j'ai même fini par revendiquer. La haine du nazisme était la simple et seule raison de mon départ. Un pays qui historiquement, a toujours hésité entre l'isolement hautain et l'ouverture prudente, parfois agressive. Un pays dont je ne parlais pas la langue, fascinante par le mélange de douceur et de violence, un gazouillis aussi élégant que le drapé de ses femmes prudes outrageusement fardées. Je me suis d'ailleurs appliqué à l'apprendre rapidement. Un pays, enfin, qui ne suscitait pas plus de sympathie que l'Allemagne, que je ne pouvais que haïr puisqu'il était justement son allié le plus sûr : le Japon.

Il s'arrête quelques secondes, pas mécontent d'avoir provoqué la stupéfaction de son interlocuteur.

- Le pire est que je m'y suis bien plu. Les Japonais ne m'ont à aucun moment inquiété, ils m'ont permis de travailler dans de bonnes conditions. Ils m'ont témoigné un respect - j'oserais dire un amour- que je ne n'ai jamais connu auparavant ni retrouvé plus tard nulle part. Au point que j'y suis resté même après la guerre, même après que ceux, chez qui d'ailleurs je vis aujourd'hui la plupart du temps, ont envoyé leur petite bombe de *Vernichtung*... d'anéantissement. Et j'y suis resté, tout en sachant ce que je savais, la cruauté, les barbaries et les raffinements dans le mal. Sans fausse modestie, j'y ai fondé le meilleur orchestre de l'archipel, qui commence à se produire partout dans le monde. J'ai eu pour élèves les deux ou trois chefs nippons dignes de ce nom, je les revois parfois encore, ceux que je ne considère plus comme des élèves car ils sont diablement doués. Lorsqu'ils me revoient, ils me saluent en faisant la révérence et en se courbant jusqu'à terre. Quand ils prennent congé, c'est à reculons, se cassant à l'horizontale ainsi qu'ils le feraient devant le *Tenno*.

Il prend une longue inspiration.

-Vous voyez, les choses sont toujours plus compliquées que ce que l'on croit. Les haines et les amours ne s'adressent jamais à un ensemble ou une collectivité. J'ai rencontré et aimé des Japonaises et des Japonais, pas forcément le Japon et d'ailleurs, je n'ai rencontré que des Japonaises et des Japonais, pas un Japon. En fait si, j'ai aimé l'écriture, la langue, le *hanami,* vous savez, cet éveil de la nature au printemps, donc j'ai aimé le Japon. Nos émotions ne concernent pas les groupes, elles se portent seulement sur les individus, les choses, les paysages, la culture. Seule la raison permet d'épanouir son empathie à une collectivité humaine tout entière. À la fin, avec le temps, nos passions, joyeuses ou tristes quelles qu'elles soient, deviennent assez vastes pour finir par tout englober, y compris l'innommable qu'elles dissolvent dans l'oubli, les regrets...

Il s'arrêta de parler et parut se perdre dans des souvenirs frappés, en arrière-plan, de blanc en fond d'un soleil rouge.

133

-Je considère que, dans leur ensemble, les Japonais sont un peuple exceptionnel, un peuple qui rêve et prie, qui crée et fabrique pour s'arrêter, pour respirer, un peuple qui méprise et admire tant la mort qu'il est capable de parfois l'infliger outrageusement. Mes compatriotes européens m'en veulent de mon amour jugé indigne. Au fond, ils m'ont renié, tant pis pour eux.

Il laisse un silence s'installer dans lequel se profilent regrets et haines.

- Mais j'en reviens à votre demande. Frieda, comme je vous l'ai dit était très sérieuse. C'était d'ailleurs, dans mon souvenir, une femme si austère qu'elle ne savait pas toujours s'attirer la sympathie ou susciter l'amitié. Elle était surtout une femme de tête, une caractéristique pas si fréquente chez les chanteurs qui ne devraient pas sortir de leur scène, parfois. Elle est venue scrupuleusement aux huit répétitions d'*Aida* où elle était Amnéris, naturellement. C'était entre, voyons, le 7 juin et le 12 juillet 1934, quelque chose comme ça. Elle pouvait encore chanter assez librement, bien que les nazis aient été au pouvoir depuis un an et demi. Pourtant, Frieda pouvait être aussi douce, avenante, lorsqu'elle avait accordé sa confiance...

Gellman se retient de lui faire remarquer que pour quelqu'un qui prétend avoir perdu la mémoire, il en a encore de beaux fragments...

-Et puis comme je vous l'ai dit, nous avons eu *Les Noces de Figaro*, quelques autres Mozart, Verdi, Donizetti, Bellini même. Vous imaginez ? Du bel canto, des roucoulades, des fioritures pendant qu'on préparait des bûchers. Dieu, paraît-il, aime toutes les musiques, Il est toutefois parfois sourd à certaines d'entre elles, surtout aux bruits de fond.

-Savez-vous où elle habitait, si elle avait une famille ? On m'a parlé de deux femmes, vivant Kantstrasse...

Il se referme brusquement, les réponses deviennent lapidaires :

-Non, je ne sais pas... Peut-être... Oui... C'est étrange, vous avez l'air d'en savoir autant que moi. Tout ça est si loin... Je crois que beaucoup de gens avaient intérêt à la disparition des informations, y compris des personnes concernées par l'événement. La guerre n'a pas tué que les peuples, elle a aussi anéanti les papiers et les traces. Il y a les choses que l'on sait et que l'on retient, et puis il y a celles que l'on sait et que cependant l'esprit doit absolument oublier pour ne pas devenir malade. Les dieux rendent fous et surtout amnésiques ceux qu'ils veulent perdre et l'oubli est nécessaire à l'équilibre mental de chacun, à plus forte raison, à celui de nations tout entières. Le fleuve Alphée des souvenirs est celui dans lequel on se noie le plus volontiers. Je ne donne pas cher de la peau d'un ruminant de la mémoire, il ne lui restera qu'à se saouler ou se suicider. Je répète, je ne peux rien vous révéler, parce que je ne sais pas ou bien je ne sais plus. Quant à la mort, elle ne délivre pas de tous les secrets et de tous les silences. Ce que je peux vous dire en revanche, c'est qu'avant de partir aux Etats-Unis, Frieda a choisi d'aller en Autriche, qui était son autre pays de naissance. À cette époque d'avant l'Anschluss, les artistes juifs pouvaient encore travailler assez librement, du moins sans les plus lourdes contraintes qu'imposait le Reich allemand. De plus, l'Autriche est proche de la Suisse, où on pouvait espérer émigrer, en tout cas, si on était y invité, et si l'on avait un peu d'or ou d'argent pour démarrer. On ne part pas de zéro dans ce pays, sauf ceux écrits sur les chèques émis par une banque sérieuse en échange d'espèces sonnantes ou de lingots. Nous avons réussi à correspondre un peu, pas très longtemps d'ailleurs. J'ai su qu'elle avait réussi à franchir l'océan, je ne sais plus comment j'ai eu cette information... Elle a changé une première fois de nom et prit celui de Schleider, lorsqu'elle a quitté Berlin pour Vienne. Ensuite, je ne sais pas.

-Oui, on a du mal à faire le lien avec le précédent patronyme, elle a pris des précautions. Savez-vous pourquoi elle a choisi ce nom ?

- Accessoirement, elle avait une sorte de rivale berlinoise, pas juive mais fidèle à un mari qui, lui, l'était. Rivale et aussi amie très chère. Frida Leider, sans « e » dans le prénom, a donc quitté l'Allemagne à son tour. Elle est partie aux Etats-Unis, elle a d'ailleurs donné un concert dit « d'adieu » il y a peu. Adopter un nom si proche de quelqu'un de connu était risqué, quoique notre Frieda allant en Autriche, elles ne risquaient pas de se marcher sur leurs robes longues.

Il poursuit.

- Frieda avait à la fois beaucoup d'humour, une immense discipline intérieure, et aussi le sens de l'observation. Elle avait aussi une maîtrise de soi remarquable. Elle savait que l'adjoint de Singer, avait eu à négocier avec un sinistre personnage, un SS ignoble nommé Hans Hinkel, « intendant de la culture du Reich », principal collaborateur du beau Goebbels. On vous a peut-être déjà parlé de lui. À l'époque, j'ai rencontré une ou deux fois cette brute stupide qui, à lui seul, justifiait que l'on quitte l'Allemagne - quelqu'un comme lui à la culture, c'est comme si on avait mis le Pape responsable de programmes d'avortements. C'est Hinkel qui, avec Singer, avait établi en avril 1933 les statuts du Kulturbund. Cela sonnait un peu bureaucratique. Un nom plus charmant, *Kultur Lige*, était déjà pris. Il s'agissait là aussi d'une organisation juive laïque dont le but était de promouvoir l'éducation, la littérature, le théâtre et la culture en yiddish, créée à Kiev en 1918. Vous imaginez ? Reprendre la dénomination d'un truc juif, et communiste en plus, c'était chercher le cumul des malédictions et de gros ennuis. Heureusement, on n'y trouvait pas beaucoup d'homosexuels déclarés ni de fieffés francs-maçons, Goebbels en aurait fait une crise cardiaque. Remarquez, ça nous aurait arrangés… Quoi qu'il en soit, Hinkel… Ironie de l'histoire, il porte le même nom, à un « y » près, que le petit personnage du barbier Hynkel joué par Charlie Chaplin qui, malgré lui, endosse les habits du dictateur dans le film éponyme. Bref, ce colosse borné, mais travailleur méthodique et diplômé de l'université - les salauds parcheminés sont les pires engeances - avait été chargé par Goering lui-même de la Commission Prussienne des théâtres. Il avait autorité sur toutes les manifestations, y compris celles organisées par le Kulturbund. Il devait normalement assister à toutes les représentations que ce dernier montait afin de vérifier que rien d'aryen n'était souillé sur une scène youpine.

Piatkovski éclate d'un rire énorme et franc, il en est soudainement moins antipathique.

-Le pauvre... Un nazi qui s'est farci tous les spectacles faits par des juifs pour des juifs. Tous, sans exceptions. Une torture, en somme... Il aurait dû demander des dommages et intérêts à l'Etat d'Israël en 1948 ; jugé bien plus tard, il a été condamné à une peine symbolique. Il est passé entre les gouttes, il est mort dans son lit. Conclusion, il y a un Dieu pour les salauds. Et les gouttes, parlons-en. Beaucoup n'en furent pas mouillés. Sans doute fallait-il dispenser la justice ou la vengeance avec parcimonie, en raison du nombre de nécessiteux.

Il redevient aussi soudainement sombre. Son regard s'embrume quelque peu et poursuit sur un ton indéterminé entre ironie ou gravité.

-La seule chose que je peux vous dire c'est qu'elle n'a pas honoré son contrat qui prévoyait une représentation en mars 1937. Elle me la doit. Après de dures répétitions de janvier, cette année-là, qu'elle n'a pas assurées non plus. Il est vrai qu'elle a fait, dit-on, des *Noces de Figaro*, je n'en sais pas plus, je me demande si ce n'était pas avec une troupe « normale », vous voyez ce que je veux dire… Bien sûr, on devait impérativement trouver de quoi manger et payer un loyer aux aryens. Il a fallu une raison impérieuse pour qu'elle agisse ainsi, elle a dû avoir la possibilité de fuir.

Après quelques instants de silence, il laisse tomber :

-C'est terminé. J'ai trop parlé alors que je pensais ne rien dire. (Un long silence). Vous m'avez fait plus de bien que je ne l'imaginais, j'ai le sentiment d'avoir rajeuni. Débrouillez-vous.

Il se ravise :

-Une dernière chose. Je l'ai revue, en fait, une seule fois, à New -York. Enfin, « revue » est un bien grand mot. Une circonstance étrange. J'y suis revenu à la fin janvier 1961 pour diriger du Wagner. *Tristan et Isolde*. Vous connaissez, vous aimez certainement, c'est une des plus belles musiques jamais écrites. La mort d'Isolde … la mort d'un monde dans une ivresse d'amour. J'étais dans la fosse et juste avant de lever ma baguette, je me suis tourné vers le public, une tradition bien ancrée et là, j'ai senti, devant moi, à trois ou quatre rangées, un regard insistant. Pourquoi celui-là ? Sans doute le fameux sixième sens des musiciens, celui qui leur permet d'anticiper les catastrophes de mise en scène et les faux départs des chanteurs ou des trompettes. Lorsque j'ai brièvement salué à la fin du premier acte, j'ai l'ai revue se tenant bien droite au fond de son fauteuil, légèrement souriante. Elle m'apparut, dans ce court instant, toujours aussi belle.

Le ton de sa voix se fait plus sombre, plus tendre.

-Je ne l'ai pas reconnue tout de suite et vous savez pourquoi ? Parce que, justement, *elle n'avait pas changé*. C'est cela qui m'a frappé, elle aurait dû tout de même accuser sensiblement quelques années de plus. Et puis je me suis dit que j'avais tort, que l'illusion que j'avais eue de son physique inaltéré et de son immarcescible allure était due à la pénombre. C'était bien elle, j'en suis désormais certain, j'ai eu l'impression qu'elle m'a adressé un petit signe de la main tout à la fin de la représentation, lorsque je saluais. Puis elle s'est levée brusquement, elle est partie très vite… Et depuis, je ne l'ai plus jamais revue et je n'ai plus entendu parler d'elle. Au revoir, cher monsieur.

Piatkoski, sur ces mots, raccroche brusquement.

Gellman hésite à poursuivre l'affaire. Il n'y a plus grand-chose à glaner, à son avis. De surcroît, chaque information paraît difficile à obtenir de la part d'interlocuteurs réticents à parler. Il s'obstine toutefois à trouver la possible connexion entre la rupture du contrat, l'enquête criminelle dont on lui avait parlé et dont il ne savait rien et enfin le refus de Frieda de laisser paraître l'intégrale documentée de ses disques, bandes magnétiques et autres legs. Rien à voir avec la musique, en somme. Alors, il se ménage une pose afin aussi d'éviter le reproche qu'elle ne devienne une obsession préjudiciable aux autres projets de la société.

Il se plonge alors dans des enregistrements réalisés avec des débris de membres d'orchestre ou de solistes échappés de prisons, de camps ou de pelotons et qui se retrouvaient en Suisse, en Angleterre, aux Etats-Unis. Ou parfois, ironie du sort, en Allemagne parce qu'ils n'avaient pas eu accès à des havres de repli et qu'il fallait bien vivre, même dans le pays qui vous avait condamné à mort quelques mois plus tôt. Un altiste a eu un ton affreusement triste, en confiant à William ce jeu de mots terrible : « On courait désespérément le cachet parce que sans ça, on crevait… Ces cachets-là n'étaient pas de la médecine… Sauf ceux avec de l'acide prussique qu'absorbaient précisément ceux qui ne voulaient plus jouer, faire de la musique, se produire, parce qu'ils ne voulaient plus survivre… »

## 13

William reprend une routine qui le rassure. Il écoute les enregistrements envoyés par les missi dominici de la compagnie qui ont écumé les brocantes et vide-greniers, répond au courrier en retard, parcourt les marchés aux puces et ne rechigne pas à une fouille de quelque poubelle. On trouve parfois des trésors en bakélite ou en plastique vinyle souillés d'ordures et de gloire posthume qu'il faut restaurer. Ses supérieurs ne lui posent pas encore de questions sur l'état d'avancement du projet « Silberberg », elles viendront bientôt. Se souvenant que Seymour lui avait offert de suivre une autre piste de recherche si cela s'avérait nécessaire, il se résout, mortifié, à faire appel à lui une fois de plus. Son interlocuteur, après un petit rire cynique, lui confirme :

- Oui, j'ai peut-être une autre solution, je ne te garantis évidemment rien… Tu sais, ou tu ne sais pas, que l'Office Allemand contre le banditisme a été créé par nous les Anglais, au début des années 1950. Le *Criminal Police Office for the*

*British Zone* est devenu le *Bundeskriminalamt*. On leur a au moins laissé cela en héritage, quel paradoxe, tout de même. Il vaut mieux que ce soient nous qui formions leurs policiers plutôt qu'eux les nôtres. Le plus drôle, si je puis dire, est que ça s'est passé à Hambourg, une ville si anglophile que Hitler ne la visita jamais et que notre RAF avait copieusement rasée, détruite à 90%. Avec des bombes au phosphore qui brûlaient tout. Tu vois, les Allemands ne sont pas très rancuniers.

Il s'interrompt, peut-être choqué par son propre discours et poursuit :

-Bon, la coopération a continué, dans des formes plus discrètes quoique pas moins solides et suivies. Les hasards des affectations font que j'y ai un camarade d'armée, Henderson, qui a démissionné de l'armée pour les aider à constituer leur police criminelle fédérale sur le modèle du Yard. Ce copain a trouvé une belle Allemande, lui. Elles n'étaient pas toutes farouches et beaucoup d'entre elles étaient persuadées de pouvoir ainsi échapper à l'opprobre universel. C'est lui, le distingué British chimiquement pur, qui a fini par s'établir chez les Kraut ...

Sa voix se charge d'un grincement ironique :

145

-Il est même devenu allemand. Qu'est-ce qu'on ne ferait pas par amour, l'esprit de vengeance passe comme le reste. Je vais malgré tout essayer moi-même de chercher encore, c'est plus sûr. J'espère qu'il pourra retrouver le dossier, s'il y en a un.

Gellman s'oblige de son côté à recourir à d'autres sources d'informations. À quel titre, en effet, pourrait-il s'adresser à la police ? Elle est trop occupée à résoudre les crimes du jour et trouvera curieux sinon suspect, qu'on s'intéresse à une affaire aussi ancienne.

Une autre approche, toute simple, est envisageable afin de recueillir des informations plus précises et il s'en veut de ne pas y avoir pensé plus tôt : la consultation des archives des journaux, surtout celles des quotidiens d'intérêt local lorsqu'elles sont disponibles - la guerre, là encore, a fait le tri…. Les seuls qui semblent répondre à ces critères concernant Berlin et sa banlieue sont le *Berliner Zeitung,* et le *Berliner Morgenpost* qui, presque sans interruption depuis la fin du XIXème siècle, ont réussi à survivre aux années noires. Gellman ne se présente pas comme journaliste spécialisé dans les questions culturelles, mais comme romancier passionné

146

par les affaires criminelles, « inépuisables sources d'inspiration pour un écrivain », comme il le rappelle un peu emphatiquement dans sa demande.

Le *Berliner Morgenpost* décline d'emblée toute demande, se réfugiant derrière la charge de travail, le faible intérêt de cette démarche « sauf pour des historiens attitrés, ce que vous n'êtes pas, si nous avons bien compris ». Il a plus de chance avec le *Berliner Zeitung*. Sa demande de renseignements sur une affaire datant de 1937 et classée sans suite depuis 1938 suscite d'autant plus l'étonnement qu'il l'a qualifiée d'« assez urgente », s'attirant un ironique « vous avez une conception étrange de l'urgence. » Il reçoit trois jours après une liasse de photocopies d'articles de journaux. Un mot très court accompagne l'envoi, où on explique qu'il n'y a pas eu beaucoup de meurtres à cette époque - ironie involontaire, sans doute. Ils pouvaient n'avoir pas été déclarés soit pour des raisons politiques, soit parce qu'ils étaient triés soit parce qu'on ne s'occupait pas des cas jugés « sans intérêt », les Juifs, les homosexuels, les handicapés, bref les importuns, les parasites, les asociaux de toute sorte. Un extrait du journal daté du 17 janvier 1937, attire enfin son attention.

*Herr Heinrich Krönig, 37 ans, a été retrouvé poignardé, hier, dans son appartement de la Hardenbergstrasse. Un voisin, le blockleiter Hessert, s'est inquiété de ne pas avoir vu durant 24 heures cet homme réputé pour ses habitudes régulières. Il est alors monté à son appartement, a frappé sans obtenir de réponse et, saisi d'une intuition funeste, a immédiatement prévenu la police. Honorablement connu dans le quartier, en bons termes avec ses voisins, membre actif du NSDAP, on ne lui connaissait pas d'ennemi. Il habitait seul. La police ne dispose pour le moment d'aucun indice et n'exclut aucune hypothèse. La piste du crime crapuleux de rôdeur ou de voleur est largement privilégiée, l'appartement ayant précédemment fait l'objet d'une tentative de cambriolage. Les lieux étaient dans un désordre total.*

Une mauvaise photo de la victime, un portrait destiné à illustrer des papiers d'identité, accompagne l'article. On y distingue toutefois une jolie tête, avec l'inévitable raie sur le côté séparant une chevelure assez rase d'une couleur claire indéfinissable, des yeux clairs eux aussi, les joues creuses d'un chat affamé. La date à laquelle la photo a été prise est certainement antérieure car le jeune homme du cliché ne peut être âgé de 37 ans.

Quelques jours plus tard, à sa grande surprise, il reçoit un appel de quelqu'un qui parle toujours anglais avec, feinte ou réelle, une très légère pointe d'accent allemand.

-Gellman ? Henderson. J'ai eu quelques indications concernant votre enquête et vos coordonnées par notre ami commun. J'ai préféré prendre les devants en vous appelant. Ma conscience est tranquille, je ne viole aucun secret, il y a prescription. J'ai eu en effet accès, difficilement d'ailleurs, aux affaires non résolues de la Brigade Criminelle de Berlin. J'ai dû téléphoner à Wiesbaden où les archives sont entreposées et secouer un peu mes interlocuteurs, même si elles sont plutôt complètes. On les connaît, en Hesse, pour être un peu indolents. J'ai pu constater que nos amis allemands remontent jusqu'au début du siècle, c'est assez impressionnant. Quelle mémoire du mal, une tradition, probablement... Cela dit, vous allez être déçu. Il n'y a guère plus d'informations que celles diffusées par les journaux. Nous disposons seulement d'un procès-verbal d'interrogatoire de Frieda Silberberg. Je vous l'envoie : l'affaire ayant été classée, le crime est prescrit, même en Allemagne où ils sont plus pointilleux que nous sur l'imprescriptibilité. Il faut dire qu'ils ont de la matière, sur ce plan... Je vous en envoie le duplicata. Faites-en un usage discret. Votre recherche est officieuse, même si tout cela est ancien, certains protagonistes ou leurs descendants peuvent être encore vivants. Ici, on fait très attention au respect de la vie privée et des libertés individuelles. Ne riez pas, l'Allemagne est maintenant au moins aussi démocratique que l'Angleterre.

Il ouvre deux jours plus tard la grande enveloppe contenant le procès-verbal d'audition.

*Rapport d'Enquête sur le meurtre du camarade Heinrich Krönig par l'officier de police Otto Schwarzenrath, en présence de l'adjoint Gebhardt Werner.*

*17 Janvier 1937*

*Il a été procédé à l'audition de Frieda Silberberg et de sa fille Clara ce jour. Les deux femmes, de race juive, semblent avoir été en relation avec la victime Heinrich Krönig d'après son carnet d'adresse retrouvé dans sa bibliothèque.*

*Frieda Silberberg a confirmé qu'elle était liée amicalement à cet individu, a précisé qu'ils n'entretenaient pas de relations intimes. Il lui a été rappelé que la loi interdit les rapports intimes entre aryens et juifs. La fille Clara,* née de père inconnu, a confirmé qu'elle connaissait la victime, qu'elle voyait une ou deux fois par an, toujours avec sa mère. Madame Silberberg et Herr Krönig se connaissaient en revanche depuis leur enfance. Leur emploi du temps devait être vérifié avec d'autant plus d'attention que l'on peut s'émouvoir qu'un Allemand sain et patriote puisse avoir été assassiné par une juive.

Les deux femmes ont toutes deux un alibi qui a été vérifié. La fille Clara était chez elle au moment du meurtre, qui a été commis le 15 janvier entre 18 et 21 heures. Les voisins confirment qu'il y avait de la musique à l'heure du crime dans l'appartement : la jeune femme a été vue et entendue descendre la poubelle vers 20 heures puis jouer du piano. La mère a également un alibi incontestable puisqu'elle se produisait à ce moment à l'Opéra, pour une représentation (tolérée à titre exceptionnel pour remplacement d'un personnel défaillant).

Il a été procédé à une fouille de leur appartement. Aucun objet qui aurait pu appartenir à la victime n'a pu être découvert ni aucune somme d'argent liquide suspecte. Elles ont été informées qu'elles restaient sous surveillance policière. Les voisins évoquent enfin des rapports parfois difficiles entre les deux occupantes, « on entendait souvent des disputes, notamment au moment des leçons de musique prodiguées par la mère ».

*L'enquête devrait être orientée désormais vers un crime crapuleux. Le nombre de bouteilles d'alcool vides laisse penser à une querelle d'ivrognes. On ne peut éliminer la possibilité d'un crime occasionnel commis par une rencontre de hasard qui aurait pris soin de maquiller son forfait en dévastant les lieux. Il pourrait aussi s'agir de la récupération d'une dette de jeu.*

*La serrure n'ayant pas été forcée, il a été fait usage d'une clé. On envisage aussi par conséquent un crime de mœurs commis par une ou plusieurs prostituées habituées des lieux, ou un homme de mauvaises mœurs. La victime, toutefois, ne semblait pas adepte de pratiques perverses. En raison du nombre de camarades de Parti parmi ses amis, certains ont pu détenir des clés ou en obtenir une copie. Dans ce contexte, une dispute d'ordre politique n'est pas à exclure.*

C'est tout ce qui reste de cette ténébreuse affaire dont l'investigation s'est arrêtée en janvier 1938, un an après les faits. Les événements survenus durant toute cette période, en particulier la multiplication du nombre d'affaires criminelles et crapuleuses, a justifié que ce dossier, jugé mineur, ait été clos officiellement assez vite. Les malfaiteurs faisaient passer leurs méfaits pour des règlements de comptes politiques et la priorité donnée aux investigations de cette

152

nature a alors occupé une police débordée, surveillée par les autres organes de répression - Gestapo, SS et SA.

Gellman, dépité, décide alors de clore lui
aussi cette affaire, au moins momentanément.
Jusque-là, elle a été vaine, malgré le temps passé
et les moyens engagés. Il se sent dans la situation
du joueur de casino, qui, ayant perdu de l'argent,
continue néanmoins de miser parce qu'il pense
se refaire. Ce n'est pas « se refaire » qui lui importe désormais, c'est se défaire du souvenir de
Frieda Flanaghan.

## 14

L'année 1972 est terminée, le printemps et l'été suivants sont vite passés, déjà l'automne 1973 pointe son nez de frimas. De nombreux projets musicaux ont pris beaucoup de retard. Cependant, rien ne presse vraiment si aucune annonce prématurée d'édition n'a été faite à la presse. Les choses suivent donc un cours mesuré. Pour ce qui est de feue madame Silberberg, on recense ses enregistrements, avec minutie, sans s'occuper de quoi que ce soit d'autre, de l'artiste elle-même, de sa vie et de ses secrets. D'autres échéances s'imposent désormais. C'est si simple d'oublier, il suffit de travailler et se distraire. L'histoire revient se rappeler à lui, sous la forme d'une lettre.

*New-York,14 novembre 1973*

*Monsieur,*

*Vous ne me connaissez pas, du moins je ne pense pas qu'on vous ait parlé de moi. Je m'appelle John Samuel Schlagdenhauffen. Je suis tout à la fois le légataire* universel et l'exécuteur testamentaire de Frieda et Jack Flanaghan.

Laissez-moi vous apprendre que Jack est décédé au début de l'année. Je peux vous assurer que sa disparition, sans bien sûr qu'il l'ait lui-même provoquée, est la conséquence logique, inévitable, de la mort de celle qu'il chérissait par-dessus tout. Il ne pouvait envisager l'existence sans elle, il a simplement lâché prise, s'est laissé disparaître. Leur amour a été absolu, il ne lui a littéralement pas survécu.

Je me suis décidé à vous écrire après la découverte de votre correspondance avec eux. Ils n'ont ni héritier ni parent proche. Je tiens à préciser tout de suite, afin que vous ne vous mépreniez pas sur mes motivations, que je n'ai aucun intérêt financier dans cette affaire : outre le montant limité de leur héritage, je n'aurai pas le temps d'en profiter puisqu'un médecin honnête m'a prévenu que mon vaillant cancer « se portait très bien ».

J'ai connu Jack alors que nous étions enfants et je suis sans doute resté son plus vieil et ancien ami, le plus constant d'entre eux. Nous avons fréquenté la même école secondaire (j'ai un an de moins que lui), nous nous y sommes ennuyés ensemble pendant de longues années, notre scolarité n'ayant pas été sans heurts. Nous sommes restés ensuite en contact étroit pendant nos communes périodes de formation générale, qui ont aussi comporté un *volet musical puisqu'il a reçu d'excellentes leçons de piano et moi-même de peu efficaces leçons de violoncelle. Nos maîtres venaient d'Europe, ce continent qui, avec patience et détermination, a su si bien exporter ses talents en se débarrassant de ses génies, quand il ne les avait pas anéantis. Il était d'origine irlandaise et à cette époque, dans la « grosse pomme », la rivalité entre les habitants d'origine italienne et ceux d'Eire était très forte, et pas seulement dans les milieux de la pègre.*

*On me prenait en effet pour originaire de la Botte. Nègre blanc, macaroni, j'ai essuyé toutes les aimables insultes si fréquentes entre les adolescents, engeance sans pitié. Alors que je suis d'origine de l'Est de l'Europe, au vu de mon physique, brun et râblé, Jack a logiquement cru, au début de notre amitié, que j'étais un « rital », nonobstant mon nom. Lui ne m'a jamais insulté, il en était incapable. Nos relations ont connu, avec l'adolescence, des hauts et de rares bas. Les esprits s'échauffent vite dans nos cultures respectives, les poings se sont serrés dans nos poches cependant que, finalement, ils ne servirent pas : nous avons eu l'intelligence d'échanger des mots plutôt que des coups qui ne sont que le substitut du langage employé par ceux qui ne le maîtrisent pas.*

*Je viens en partie d'une famille juive, par mes grands-parents. Ils parlaient surtout yiddish, donc vaguement allemand. Cette partie israélite de moi-même s'est ensuite dissoute dans le christianisme des autres branches de mon*

156

*arbre généalogique. La famille côté peuple élu si vous me passez l'expression, provenait certes d'un pays d'Europe, on ne sait d'ailleurs pas très bien lequel, les frontières, comme les noms, fluctuent beaucoup. Elle est arrivée à Ellis Island il y a plus de soixante-dix ans.*

*Lorsque j'ai fait la connaissance de notre chanteuse, elle aussi a fait une remarque amusée sur mon nom, qui signifie à peu près « tape dans le tas ». Je lui ai révélé mes origines ; cela a grandement facilité les premiers pas de notre relation, elle a retrouvé, avec mon histoire, un écho à ses propres déracinements qui comptait davantage, à ses yeux, qu'une pseudo-solidarité de coreligionnaire, du reste très relâchée : le judaïsme et ses rites, chez Frieda comme chez moi, n'était plus au centre de nos préoccupations quotidiennes.*

*Je procède maintenant à la liquidation de leur héritage. Jack a eu le temps de me préciser que, après leur décès à tous deux et vérification de l'absence d'héritier proche, je pourrai en faire ce que je voudrai. Faut-il à nouveau préciser que je n'en attends aucun enrichissement sinon intellectuel ? Je suis un assez vieil homme, veuf depuis 10 ans, le peu de bien que je possède ira à ma très petite famille. Je n'ai qu'un fils, un homme bien installé.*

*Jack et moi avons fréquenté très tôt les mêmes milieux, ceux de la musique surtout classique et aussi, parfois, avec un peu de la joie de la transgression ressentie* quand on commet un péché ou qu'on viole un tabou - du bon jazz. Un plaisir très personnel, caché et honteux. Quoi qu'il en soit, la musique qu'on dit « grande » ou « classique » nous permettait d'allier profondément distraction et travail. Il est d'ailleurs curieux que nous ayons été tous les deux amateurs de cette musique-là car nos parents respectifs y étaient assez indifférents. En fait, c'est à l'occasion de concerts au Carnegie Hall où l'on nous avait procuré des places un peu par hasard que notre commune passion est née - nous y avons entendu Horowitz lorsque nous étions adolescents, également foudroyés par cette perfection technique et musicale.

Nous avons ensuite été journalistes payés à la page, dans des magazines spécialisés en musique, puis plus généralement en beaux-arts. Nous fréquentions des soirées organisées par des mécènes, perdions parfois notre temps dans des conservatoires publics ou privés de Manhattan, de Brooklyn ou de plus loin encore du centre de la ville. Nous avions eu notre jeunesse ensemble, nous avions la vie devant nous, nous étions heureux et ne le savions pas. Nous envisagions avec le sourire la vie américaine, où tout est possible aux gens énergiques. Il n'y avait plus qu'à croquer, à engloutir, à déguster, à profiter.

Nous avons fêté donc nos vingt-quatre ans sensiblement à la même époque, autour de la fin 1942, lorsque les Etats-Unis sont vraiment entrés en guerre. Le pays a dû alors rétablir une certaine forme de conscription peu

158

*après. Nous nous sommes retrouvés en Europe dévastée et vaincue (car si la victoire était anglo-saxonne, la défaite était continentale et globale), après des péripéties dont je vous ferai grâce. Jack est resté seulement quelques mois en Allemagne. Quoi qu'il se soit retrouvé dans la partie la moins détruite du pays, le nord-ouest de la Bavière, une région agricole, en plein secteur américain, il n'a pas supporté longtemps son séjour. Une déprime, une infinie solitude mêlée d'ennui. Son rapatriement sollicité est intervenu très vite. Quant à moi-même, après quelques semaines en France, j'ai été affecté en Autriche. Nos chemins s'étaient donc séparés, et pas seulement géographiquement. Ils avaient divergé auparavant, car Jack avait précisément rencontré Frieda avant que les États-Unis n'entrent dans le conflit.*

*Leur rencontre s'était faite, vous vous en doutez bien, sous l'égide de la musique. Non pas à l'opéra, mais chez un couple de riches mécènes. Frieda y avait donné un récital (Schubert — Schumann, il me semble). Vous voyez, la plus aimable, la plus profonde, la plus tragique musique d'Europe, dans sa plus grande nudité, qui débarque subrepticement sous les lambris dorés et les lustres à pampilles de mauvais goût de Manhattan. La maîtresse de maison était fière d'exhiber « une cantatrice venant de Vienne, vous vous rendez compte ? » Se doutait-elle, cette sympathique parvenue légèrement vulgaire qu'elle sauvait la vie de son invitée ? Car en lui procurant, par l'organisation de ces Schubertiades inattendues, des rentrées financières substantielles, elle lui donnait ainsi l'occasion d'étoffer un carnet d'adresses jusque-là bien dégarni avec des noms, eux, bien argentés.*

*Je les ai donc fréquentés pendant trente ans. De mon côté, j'étais célibataire et le suis resté longtemps. Il y eut des périodes durant lesquelles nos rencontres étaient très espacées. Ils partirent de New York pendant un an pour aller s'enterrer au fin fond du Massachusetts et durent revenir bien vite : ils vivotaient tous les deux de pauvres leçons de musique professées à d'indifférents rejetons de riches familles, de cours dispensés çà et là, de critiques de disques ou de concerts, de textes écrits pour des journaux ou des revues spécialisées, de contrats pour des éditeurs musicaux — bref rien de bien consistant. Vivre dans une grande ville leur était par conséquent absolument nécessaire, il fallait des clients solvables.*

*Même si nous ne nous sommes rencontrés qu'épisodiquement, voire rarement à l'aune de ce que l'on entend par « grande amitié », je considère pourtant que j'étais déjà leur meilleur ami. Je le leur ai dit un jour, ils ne m'ont pas démenti. Ils formaient un couple de passionnés, de professionnels même de la musique qui, curieusement, adoraient par ailleurs le silence, le silence entre eux et le silence avec les autres. Ils existaient pour eux et semblaient parfois se cacher.*

160

Jack s'éloigna progressivement de la musique pour picorer d'autres champs artistiques. Quant à Frieda, vous ne l'avez rencontrée qu'une seule fois, sauf erreur de ma part. Vous avez eu peut-être le temps de constater qu'elle avait du caractère, une façon élégante de dire qu'elle pouvait se montrer épouvantable. Elle savait ce qu'elle voulait et savait comment l'obtenir. Elle tenait tête, qualité essentielle dans ce milieu et a fortiori à cette terrible époque. Une volonté de fer, une culture immense et une intelligence acérée. Mais elle était profondément bonne, généreuse, altruiste et reconnaissante, dévouée à tous ceux que Jack aimait. C'était l'une des meilleures personnes que j'aie connue.

Contrairement à la conclusion béate et mièvre des contes de notre enfance, ils étaient certes heureux et pourtant n'eurent pas d'enfants. Eliminons pour mieux le conserver par devers soi le problème physiologique. Peut-être une descendance était pour eux incompatible avec leur idée du bonheur. L'époque n'incitait pas, il est vrai, à en avoir une. Plus simplement s'imaginaient-ils qu'ils ne pourraient élever des enfants correctement, compte tenu de l'existence précaire qui était la leur et qui l'est longtemps restée. Jack m'avait un jour fait l'aveu qu'il ne se sentait pas excessivement la fibre paternelle, reconnaissait cependant qu'il pouvait changer, peut-être, plus tard. Et puis il y a des couples volontairement inféconds, si je peux employer ce mot affreusement médical. Je n'ai bien entendu

161

jamais cherché à en savoir la raison, qui est de l'ordre de l'intime. Or, comme je viens de vous l'écrire, notre amitié ne s'est pas aventurée au-delà de ce que Frieda et Jack toléraient et leur seuil de tolérance était assez bas.

Au sujet des enfants, tout de même, j'ai eu la confirmation de ce que je soupçonnais et que vous avez-vous-même probablement deviné lors de vos recherches. Frieda avait eu une fille. Je vais vous laisser découvrir dans quelles circonstances elle l'a eue et … je m'arrête. Quoi qu'il en soit, peu de temps avant de disparaître, Jack m'a mandé chez lui. Il était calme, résolu, fraternel. Il m'a montré un cabinet de curiosité, où peu d'objets attiraient la curiosité : le ménage de tout avait été fait, ainsi qu'il le disait. Il me révéla un tiroir secret dans lequel il avait disposé tous les documents importants : le titre de propriété de leur appartement, une centaine de Bons du Trésor, quelques autographes de chanteurs et de pianistes, quelques bijoux sans autre valeur que sentimentale.

C'est là que j'ai trouvé un journal tenu par Frieda, dont j'étais persuadé, jusqu'à très récemment, que son mari n'en avait pas pris connaissance. Vous savez peut-être qu'ils étaient très respectueux, chacun de son côté, de la part de vie de l'autre qui avait précédé leur vie commune. Ce fut même l'un des ciments de leur indéfectible union, ce qui peut paraître paradoxal. J'ai changé d'avis, la toute dernière fois que nous nous sommes vus lorsqu'il m'a dit : « son voyage en Europe, je sais maintenant

162

*pourquoi... Je crois que je l'aime encore davantage si c'est possible ». Cependant, au fond, qu'il l'ait lu avec attention ou non est un détail sans importance aujourd'hui. Ce compte-rendu du temps et d'une époque, de toute façon, n'est pas complet. Il y a prescription pour tout. Vous comprendrez sans doute, à sa lecture, la raison de son voyage à Vienne, vous ne vous offusquerez pas qu'on puisse affirmer que vous rencontrer n'était qu'une péripétie.*

*J'ai jugé que ce journal intime, vraisemblablement un récit autobiographique qu'elle destinait à Jack lui-même - elle m'a glissé un jour discrètement à l'oreille qu'elle voulait qu'il sache tout d'elle et qu'il comprenne enfin mais qu'elle préférait l'écrire et lui donner plus tard, parce que parler, parfois, est impossible. Il vous intéressera. Ce recueil de toutes sortes d'impressions et de souvenirs est constitué en fait de feuilles qui étaient volantes et très disparates au début, qui furent rassemblées ensuite par année. Elles sont parfois largement espacées dans le temps, provenant quelquefois d'un papier déjà utilisé (souci d'économie ? pénurie ?) et qu'elle a même pu retoucher après coup (souci d'exactitude ? désir de renseigner un hypothétique lecteur, dont son mari ?)*

*L'ensemble se rapporte principalement à ses années berlinoises, viennoises et new-yorkaises autour de l'avant-guerre et du tout début de la guerre. Les années antérieures et les années postérieures sont perdues ou ont été*

163

détruites. Le journal peut concerner quelques autres lieux qu'elle a été bien forcée de connaître, vous verrez par vous-même. J'ai un peu trié ces documents, n'y voyez pas une volonté de censure. S'ils commencent assez tardivement alors que Frieda a certainement commencé d'écrire bien avant, s'ils paraissent suivre une temporalité décousue et aléatoire, c'est simplement parce que les papiers antérieurs ainsi que certains de ceux qui furent rédigés à cette époque-là ont été vraisemblablement détruits par les nouveaux occupants de l'appartement berlinois que Frieda a quitté dans la précipitation, sinon la panique. Les papiers ultérieurs ont, quant à eux, suivi le tracé chaotique des fuites et des déménagements de toutes sortes, au hasard des exils. Bref, seulement ce qui s'étend entre janvier 1935 et décembre 1941 a été sauvé, et encore partiellement. Est perdu tout ce qui est postérieur à cette date. Ma préoccupation a été de répondre aux questions que nous nous sommes tous manifestement posées quant aux décisions mystérieuses, aux silences surprenants du couple.

Ces papiers vous décriront le cheminement physique et intellectuel de Frieda. La mort efface tout, les erreurs comme les hauts faits, et vous avez le droit de savoir : la lecture des dernières lettres échangées entre vous et le couple que vous aviez fini par connaître (autant qu'on pouvait le connaître et vous encore moins que toutes leurs connaissances) m'a convaincu qu'en effet vous n'étiez pas indigne de les recevoir. Vous vous apercevrez que le carnet qui a

164

New-York pour toile de fond a parfois été réécrit ou complété par la suite et qu'il s'arrête soudain.

Sur ce brusque silence choisi, j'ai une explication. Lorsque Jack a été incorporé, Frieda est entrée dans une phase de dépression, une sévère tempête nerveuse qui l'a abattue plusieurs mois, surtout lorsque celui qui était devenu son mari est parti pour l'Allemagne. Elle n'a plus repris le chemin de l'écriture par la suite, à ma connaissance, poursuivant peut-être le dessein d'oublier, de nier ce qui était son existence antérieure, ayant la conviction ferme que Jack était revenu à elle pour toujours. Elle s'est arrêtée de coucher les faits sur le papier parce qu'elle a voulu arrêter le temps, ce qui constitue d'ailleurs le but de tout écrivain et qu'il y avait à ses yeux un « avant » et un « après » Jack, et que cet après ne devait laisser de traces qu'au plus secret d'elle-même. Enfin, il y a eu aussi quelques pages que je ne vous ai pas expédiées, rédigées à part et ne présentant aucun intérêt. Elles concernent les choses minuscules du quotidien, les petites dépenses courantes, les visites chez le médecin pour de petits maux sans importance, celles qui sont parfois même griffées d'un « rien à dire » ou « les ennuis habituels ». Je me suis permis de les écarter, puis de les détruire. N'y voyez encore une fois aucune volonté de censure ; cependant, si les paroles, surtout chantées, restent, les écrits, eux, doivent savoir s'en aller. Je vous ai donc envoyé l'essentiel du legs, je vous demande de bien vouloir me le réexpédier ensuite.

165

*Faites un usage modeste de tout cela, bien que je sache cette recommandation inutile. Quant à moi, ces notes, je les ai lues, bien sûr. Elles ne me serviront qu'à mieux comprendre une relation qui me fut essentielle et le temps, désormais, presse pour jauger justement de ce qui a compté. Si j'en ai entrepris la lecture, ce ne fut qu'après une grande hésitation, due à un reste de pudeur, de discrétion et à la volonté de ne pas savoir. Elles m'ont ébloui, horrifié, fasciné. Elles ont révélé une femme très intelligente animée d'une volonté de vivre farouche, d'une force de caractère rare, une femme qui a été capable du pire pour sauver le meilleur. Désormais, seul Dieu (en lequel elle ne croyait pas ou plus mais qui sait ?) sera juge. Pour ma part, je ne sais si je l'aime encore davantage ou si elle me fait rétrospectivement peur. Les deux, probablement.*

*Je ne pense pas vous rencontrer un jour. Si vos pas, toutefois, vous amènent jusqu'à New-York, c'est avec plaisir que je vous verrai. Dépêchez-vous, il me reste peu de temps. Cordialement, avec mes meilleures pensées.*

# Journal

*établi par JS. Schlagdenhauffen à partir des écrits de Frieda Silberberg*

## 1935

**Berlin,** 30 janvier

Deux années que A.H. est au pouvoir, à la suite d'un vote qui l'avait pourtant formellement désavoué - son parti avait recueilli moins de voix (36%) que Hindenburg (53%). Le fait qu'il soit devenu « Kanzler », un chancelier de compromis, est, dit-on, le résultat d'un équilibre des partis qu'il fallait trouver - de la cuisine de politicards, donc. *Chancelier de compromis*, un oxymore, s'agissant du caporal autrichien tel qu'on le devine.

J'ai donné un récital hier en fin d'après-midi, en petit comité. Schubert, et plus surprenant, Beethoven, *À La Bien Aimée Lointaine*, un merveilleux cycle de six lieder rarement interprétés. On m'a dit que j'avais « magnifiquement » chanté alors que, pour moi, c'était une première. Je sais pourquoi. Il s'agit d'une des rares œuvres composées dans la période très sombre psychologiquement et financièrement que traversait alors notre grand sourd., vers 1815. Surdité mise à part, je me suis sentie en parfaite communion avec le compositeur. Le pianiste, Walter Gieseking, est prodigieux, de la dentelle au bout des doigts, qui parfois se mue en scalpel d'acier, idéal mozartien, pas de faute, ni de touche ni de goût. Politiquement, il a pris un risque en se produisant avec moi. Tiendra-t-il la distance si le régime dure ? J'ai bien vite retrouvé Clara qui était sagement à la maison, plus le temps pour des mondanités.

17 mars

Les intentions sont claires : le chancelier proclame la souveraineté de l'Allemagne en violation du traité de Versailles. Il décide la création de la Luftwaffe, la *Reichswehr* devient la *Wehrmacht*. C'est devant une foule fervente et enthousiaste que le ministre de la Propagande, Herr Doktor Goebbels, un homme dont le physique, la morale et le psychique sont en parfait accord, lit le texte de son chef de meute. La décision du Führer est célébrée par de grandes festivités. Que les Allemands se réjouissent du Moloch qui se prépare est incompréhensible, s'agissant du peuple considéré jusqu'ici comme le plus cultivé, le plus éduqué de la planète.

20 mars

Une très bonne nouvelle : un premier programme régulier de télévision dans un pays européen a été diffusé ce matin à partir de la maison de la radio à Berlin. Une nouvelle catastrophique : pour un concert donné par ce media, combien d'émissions de propagande destinées à décérébrer ?

28 mars

Munich se brunit et, partant, se déshonore : il y a deux jours, des jeunes militants de la *Hitlerjugend* ont commencé par provoquer contre des juifs des troubles qui se sont transformés en un pogrom. Les doux Bavarois imitent les Russes et les Polonais, de bons spécialistes souvent déchaînés en la matière. Qu'arrive-t-il dans un pays pour que les agneaux d'apparence se transforment en vrais loups ?

Je me suis demandée pourquoi Clara et moi ne sommes pas plus ostracisées et pouvons encore poursuivre, de façon assez libre, nos activités respectives. J'ai un début de réponse. Un certain Alfred Rosenberg a été nommé l'an dernier à la tête de la « recherche » au sein du Parti – on ne rit pas - il est chargé de la développer vers l'archéologie et l'ethnographie. Il est une des personnalités en vue du pouvoir. Or, en raison de la consonance de son patronyme, ses nombreux ennemis dans le Parti ont prétendu qu'il était d'origine juive. Il a été contraint de s'en défendre vigoureusement. Bien fait, l'arroseur est arrosé. Il est une *montagne de roses*, Clara et moi une *montagne d'argent*. Dans le doute, comme l'argent est plus dur et plus précieux que les roses et comme je suis une femme, ce qui empêche toute vérification physique de ma judéité, on nous laisse tranquilles nous et nos semblables ayant un nom approchant. Pour combien de temps ?

15 avril

Il y a eu hier une première session d'une conférence internationale à Stresa. L'Italie, la France et le Royaume-Uni ont décidé de constituer un front commun contre l'Allemagne qui a violé le traité de Versailles et menace d'annexer l'Autriche. Stresa. Je m'y étais rendue avec Clara pour quatre jours de vacances. Accès facile, proximité rassurante de la Suisse, douceur exceptionnelle du climat, un cocktail parfait. Si seulement ce cocktail pouvait noyer l'esprit régnant en Allemagne…

14 juin

Depuis deux ans et demi, la vie devenait difficile. De difficile, elle deviendra impossible. Ce matin, j'ai voulu faire une course chez un épicier dont je suis cliente depuis bien des années parce qu'il est le plus proche et le moins cher, pas parce qu'il est de ma religion, ce que je n'ai appris d'ailleurs que très récemment.

Lorsque je suis arrivée devant sa vitrine, l'affiche m'a agressée, avec sa mention barbouillée d'un « commerce juif » et à côté, une étoile de David dégoulinante de peinture blanche. Monsieur Kahn m'a regardée d'un œil triste, m'enjoignant bizarrement d'un signe de tête de ne pas rentrer dans sa boutique comme s'il craignait pour ma personne. Depuis plusieurs jours, il n'a d'ailleurs plus grand-chose à vendre, ses fournisseurs se récusent et disparaissent. Y compris physiquement... En face, son concurrent, qui l'était si peu jusque-là, on eût dit plutôt des collègues, a placardé : « Nous ne servons ni les chiens ni les juifs ». Je suis rentrée et j'ai demandé innocemment : « Vous comprenez donc les aboiements ? » Il m'a priée de sortir en me menaçant ...

Depuis quelques semaines, ce genre d'affiches ou panneaux ont fleuri dans notre quartier, comme de vilains chancres syphilitiques. Car même si tout a commencé dès mars 1933, tout le monde n'obéissait pas aux adjurations du pouvoir, au début tout au moins. La vie de quartier, cela voulait dire une petite patrie, *eine Heimat*, un foyer intime aux dimensions de trois ou quatre rues, où on se sentait protégé, reconnu, apprécié. Les dictatures brisent tout, c'est même à ça qu'on les reconnaît.

« Les Juifs dehors, Commerce juif à éviter, Ne servez pas les Juifs », etc... Avons-nous donc empêché les arbres de fleurir ? Le soleil de se lever, le début d'été d'être rayonnant dans les parcs de la ville ? Je me souviens, en ce jour estival, du Shylock du *Marchand de Venise* dont on fit même un opéra - la musique moderne de Reynaldo Hahn, un juif, en est épouvantable. Notre présence à nous les Juifs, rend-elle les *Pfannkuchen* moins succulents, l'avenue *Unter der Linden* moins élégante, la plage de *Wannsee* moins délassante et tentatrice pour les couples en mal d'intimité ? Je me console en me disant que les régimes politiques et leurs chefs finissent par disparaître, tandis les arbres, le soleil, la plage et les amants ont, eux, l'éternité devant eux.

Cependant dans l'immédiat, il y a urgence. Il faut trouver de quoi nous nourrir Clara et moi, sans trop de peine, d'argent, de risques ou de temps.

18 juin

J'ai dû professionnellement rencontrer un chef d'orchestre qui jusqu'ici ne jouissait pas d'une grande réputation, n'étant pas encore parvenu à se faire un nom. La nature a horreur du vide : avec l'instauration du *Kulturbund*, il devient connu dans le cercle évidemment étroit de cette association où, comme l'affirme fièrement un écriteau très drôle qu'il a tenu à apposer à l'entrée du siège, « les goyim (les non juifs) ne sont pas (tous) admis ici ». Combien de temps l'affiche demeurera-t-elle à sa place avant d'être déchirée par les nervis ? Il s'appelle Kurt Singer et m'a fait une bonne impression musicale, après quelques répétitions de Mozart sous sa direction, fluide et précise, pas de graisse si l'on peut dire et pour autant sans brutalité. Je le crois intelligent, rusé, autoritaire et profondément humain : il a ce regard qui signifie qu'on peut s'échanger des secrets d'un seul coup d'œil et se faire des confidences sans se parler.

21 juin

Dans le cadre étroit du Kubu, je commence à m'habituer à d'autres teneurs de baguette que ceux avec qui je travaillais. Sous la pression des événements, ils se comportent d'une façon assez semblable : discrets, ils se cachent, gagnent peu, et sont mutiques en dehors des répétitions.

Outre Singer, il y en a désormais un autre avec lequel je devrai compter, nommé Piatkovski. Apparemment, pas moins intelligent, pas moins fiable, beaucoup moins aimable. Retors, calculateur, habile... Vraiment digne de confiance ? L'impression terrible et insultante qu'il s'en sortira, lui...

Je propose à Clara d'aller nous promener afin de profiter de ces jours d'été. Ma carrière n'a qu'une importance relative, au sens où je lui demande seulement de nous faire vivre ma fille et moi-même. Je me dois à celle-ci et pas à celle-là, elle seule compte à mes yeux. Il ne faut pas seulement penser aujourd'hui à des solutions de repli, il faut commencer à les mettre en œuvre, en l'occurrence *en musique*. D'autant que l'envergure de cette carrière s'est singulièrement réduite avec l'instauration du Kubu, quoique je continue de bénéficier, pour peu de temps sans doute, des invitations des maisons dites « aryennes » manifestement réticentes aux idées nouvelles (très anciennes, en fait) du chancelier et donc imperméables à l'abjection et à la haine de l'autre.

Clara. Je dois me garder de l'empêcher d'exister, de la considérer encore comme une enfant. Puis-je agir autrement dans ce contexte si menaçant pour les faibles, les femmes en général, les handicapés, les tziganes, les homosexuels, les mal foutus et les cassés de toute sorte, au premier chef, bien sûr les Juifs ? Je suis sa mère, je dois tout entreprendre pour la protéger. Nous pouvons tous souffrir d'une tendance inconsciente à empiéter sur la liberté de ceux qui nous entourent et que nous aimons, surtout en des temps troublés. Lorsque j'embrasse mes amis, ce n'est jamais pour les étouffer, ou, si je le fais, c'est bien malgré moi.

26 juin

J'ai reçu une lettre d'Heinrich, d'autant plus inattendue que cela fait presque deux ans que je n'avais pas eu de ses nouvelles directement, depuis que « H » est arrivé au pouvoir. Il faut avouer que je n'ai pas cherché à en avoir. Comment a-t-il eu mon adresse ? Mystère inquiétant…

Il m'informe d'une situation qui ne risque pas de troubler mon sommeil, à savoir que son

passage à un grade plus élevé dans l'organi-
gramme du Parti nazi a été officiellement refusé.
Ce qui m'inquiète, en revanche, c'est la raison
qui a justifié cette décision et qu'il m'a rapportée
avec aigreur. On a su (comment ? un autre mystère, un de ses copains rouge brun a dû faire le
mouchard, après des confidences alcoolisées à
60°) qu'il avait fréquenté une juive, un crime évidemment pendable de nos jours. Quoi qu'il en
soit, il ressent logiquement à mon égard et à celui
de sa fille, dont il regrette désormais ouvertement la naissance, un surcroît de haine. En
d'autres temps, j'aurais traité cette missive
comme le fruit infect d'un esprit dérangé, qu'il
convenait donc de jeter avant qu'il ait eu le
temps de fermenter. Le problème, c'est que dans
un pays devenu universellement malade, les
signes de pathologie mentale d'un homme ne
sont plus symptomatiques de rien. Le normal devient pathologique et le pathologique est érigé en
parangon social de normalité. Je ne parlerai pas
à Clara de ce message sinistre signé par celui qui
est malheureusement (et génétiquement pour la
vie) son père.

8 juillet

Je sors éreintée par les séances d'enregistrements. Car c'est une épreuve physique que ces

prises, un mot parfait pour désigner ces séances de torture. Il faut recommencer et recommencer jusqu'à épuisement, jusqu'à ce que l'essai soit satisfaisant pour tous. Tout cela coûte cher.

Les opéras, surtout Wagner, c'est encore plus difficile, il faut les capter en continu ; pas de droit à l'erreur. Enfin, de toutes façons, Wagner, on le laisse de côté pour l'instant, nous n'avons pas le droit de le monter. Je l'abandonne sans regrets à l'autre Frida, « la Leider », avec son incroyable volume et la plasticité de la voix, elle est LA chanteuse wagnérienne du moment, malgré la norvégienne Flagstad ou la française Lubin. Son interprétation d'Isolde exclut qu'une autre forte femme ne s'y frotte, elle s'y piquerait. Frida est une guerrière qui a fait de sa voix une arme, une amoureuse et surtout une femme humaine, trop humaine. Que va-t-elle décider avec son juif de mari, un éminent et remarquable professeur, un homme doux, distingué et résigné ? Ils vont foutre le camp de ce pays gangréné, à n'en pas douter.

Pour alléger ma fatigue, je peux compter sur des amis, pas tous artistes, pas tous juifs, qui peuvent faire quelques courses, garder Clara qui d'ailleurs ne veut plus qu'on la garde... J'ai invité à dîner, demain, une partie de la troupe, à

177

l'infortune de ma marmite. Personne n'a décliné mon invitation, c'est à noter. J'ai envie de leur servir un jarret de porc au miel, une spécialité de notre bonne ville de Berlin. Le plat les surprendra, venant de ma part. On avouera que les règles de la cacherout sont assez négligées pour le moment. Beaucoup d'entre nous demandons humblement à Dieu de faire respecter d'abord les règles de l'humanité ici, en Allemagne, avant celles de la diététique et de l'obéissance religieuse. Avant de juger de la conformité à la loi mosaïque ce que nous avons dans nos assiettes, qu'IL s'occupe donc un peu d'y mettre quelque chose et de garnir nos estomacs. Je blasphème, ça fait du bien, ça cale même un peu. En tout cas, ma petite Clara adore ce plat roboratif entre tous, plutôt servi l'hiver. Mais qui sait où nous serons toutes deux cet hiver ?

17 septembre

Une certaine Allemagne est morte hier, tuée avec une certaine idée de la civilisation. L'acte de décès a été signé au cours du congrès du Parti, à Nuremberg. Des lois ont été promulguées qui constituent une rupture et décideront de notre avenir à nous, les Juifs.

Une première loi nous a privés de la citoyenneté allemande. Nous ne sommes plus définis juridiquement par notre appartenance religieuse, mais par des critères raciaux. Désormais, seules les personnes de « sang allemand ou apparenté » peuvent être citoyens. La loi définit qui est allemand et qui ne l'est pas, qui est juif et qui ne l'est pas. L'arbitraire élevé en mode de gouvernement et en norme de droit et en critère scientifique.

Par une deuxième loi, dite « sur la sauvegarde du sang et de l'honneur allemand », il est interdit pour un Juif d'épouser ou de fréquenter des Aryens, des citoyens allemands réputés de race pure, à l'image d'Hitler ou de Goebbels par exemple - interdit de rire. Les mariages mixtes antérieurs sont dissous. J'en connais un qui va être content, il pourra renier sa descendance. J'ai compris : notre mise à l'écart prélude notre exclusion physique et mentale du pays. De ce jour, s'est mis en place un compte à rebours.

Une troisième loi, sur la citoyenneté, pourra faire de n'importe qui un citoyen sans nationalité, donc sans droits, donc sans protection, selon le bon vouloir de l'Etat. Un anéantissement social préludant nécessairement à un anéantissement tout court. Le chancelier s'est passé du Parlement pour installer sa dictature. Plus personne pour représenter le peuple, asservi avec indifférence. Avec son propre assentiment ?

24 septembre

Plusieurs productions lyriques nouvelles sont prévues pour la saison prochaine. Je m'en félicite car ces rentrées annoncées d'argent me permettront d'en mettre de côté. Pour me donner de la liberté en attendant de me rendre ma liberté puisque l'argent, c'est de la liberté imprimée, de la liberté frappée par le sceau du pouvoir, de la liberté qui permet de fuir. Je sais toutefois que tous ces projets peuvent exploser en vol.

[Plus tard…]

-Alors comme d'habitude ?

L'épicier, un éclair complice dans le regard, a posé sa question à voix basse. Il n'y avait que lui et moi dans son commerce, ce à quoi il prend bien garde désormais. Une petite filière d'approvisionnement en produits de première nécessité (œufs, beurre, fromage, légumes et son jambon, que j'adore) m'assure encore l'ordinaire en relative sécurité. Certains d'entre nous en profitent également, comme je l'ai appris par quelques dangereuses confidences. Les membres de ce réseau d'entraide sont pour la plupart des chrétiens pratiquants convaincus. Ce qui veut dire qu'ils mettent simplement en pratique les préceptes de leur religion, fille ou cousine de la nôtre. En particulier le boucher qui me fournit en viande de porc et qui sourit toujours lorsqu'il me sert, tout en mimant un geste empathique et charmant de regret et d'excuse. Il n'a rien d'autre à me proposer, toutes les autres viandes sont beaucoup plus rares et donc beaucoup plus chères. Il sait que les règles de ma religion sont donc un peu malmenées. Ah, s'il savait ce que les interdits religieux m'inspirent actuellement… J'arrête d'évoquer de vulgaires problèmes d'approvisionnement, quoique ce soient précisément nos seules véritables préoccupations.

En tout cas, ces gens sont toujours des opposants discrets au nazisme, quoique l'argent les aide grandement à adopter cette attitude courageuse. Aucun ne refuse jamais l'argent qui n'a, comme chacun sait, ni odeur ni religion. Comment leur en vouloir ? Tout le monde doit bien vivre. Personne ne vit bien, sauf la clique des nazis du premier cercle. Pour les plus cupides des gens ordinaires indifférents aux autres, il leur faudra choisir un jour entre leur avidité et leur aveuglement. Ils choisiront l'aveuglement, ils perdront tout, y compris les objets de leur avidité. Leur vie, entre autres, ne vaudra plus rien.

28 septembre

Clara est entrée en classe depuis cinq semaines seulement et le climat semble déjà avoir changé depuis la reprise des cours. Un groupe de jeunes filles adolescentes est une vraie société en réduction, mais qui « bouillonne encore davantage », m'a-t-elle dit avec cette admirable intelligence qui m'exaspère incidemment - le métier de mère, surtout juive, est plus difficile que celui de policier en Allemagne. Dans son groupe, il y a les convaincues, qui forment la minorité la plus bruyante, la plus violente parfois. Il y a les indifférentes, groupe dominant. Il y a les alliées discrètes, qui parviennent à manifester leur solidarité par des petits gestes et enfin, la petite minorité des proscrites. Je lui ai donné le conseil de ne provoquer personne, de ne répondre que par la parole lorsque le silence devient impossible. Je suis convaincue que cette résignation, cette révolte intérieure qu'il faut faire taire ne pourront pas durer longtemps – il faudra soit hurler, soit partir, soit mourir.

En public, la propagande et les insultes contre nous s'atténuent un peu depuis la rentrée. On voit moins d'affiches antisémites, les titres des journaux sont moins insultants. C'est la grande offensive pour redonner à l'Allemagne la popularité nécessaire afin que les Olympiades futures soient un succès diplomatique et surtout économique : le pays a besoin des devises étrangères.

10 octobre

Clara m'échappe un peu tous les jours. Désormais, elle se sent moins aiguillonnée qu'auparavant par les performances scolaires de ses petites camarades au sein d'une compétition qu'elle sait truquée. À quoi bon jouer un jeu dont les règles ne sont ouvertement pas équitables ? Elle ne souhaite pas, à court terme, vouloir établir de comparaison intellectuelle avec les garçons qu'elle rencontre inévitablement quand elle quitte son école. Pour combien de temps ? Et pendant combien de temps encore ne s'intéressera-t-elle qu'à leurs aptitudes scolaires ?

24 octobre

Trois leçons de piano bien rémunérées, puis une répétition, puis une visite à un imprésario. Une deuxième visite à un jeune directeur artistique aryen qui se moque de savoir quelle religion je professe. Il le sait, d'ailleurs, me l'a fait discrètement comprendre. Courageux, il est beau, professionnel, autoritaire, doux, hurlant, charmeur, injuste, exigeant, impossible. J'ai envie de l'embrasser.

Faire quelques courses, remplir des papiers, se renseigner aussi, discrètement, afin d'imaginer les meilleures solutions pour quitter l'Allemagne, trouver un pays accueillant. Car je ne doute pas qu'il faudra partir. Bizarrement, j'ai été aidée par beaucoup de gens, aujourd'hui, un fonctionnaire compréhensif, un policier qui m'a aidée à traverser la chaussée, un commerçant particulièrement aimable. Bien sûr, il y en a de moins amicaux… Et la gentillesse ou la compassion sont des remparts de civilisation peu résistants aux dictatures.

5 novembre

Une *Zauberflöte*, une *Flûte Enchantée* de rêve, par la réalisation (c'est un compliment collectif, toute modestie bue) et bien sûr par le sujet même de l'œuvre. On y parle de magie, d'amour, de bêtes sauvages apprivoisées, de lumières et enfin d'une flûte qui charme les animaux les plus féroces. Qui nous fera cadeau d'un instrument aussi miraculeux, pour faire danser les hordes brunes et noires ? Le fait remarquable est que nous avons eu le droit de chanter Mozart. Discrètement, on fêta la chose, qui ne se reproduira pas avant longtemps peut-être. Clara est venue m'entendre. Je ne peux dire à quel point cela me touche, me réconforte, m'emporte. Et pourtant je vais lui interdire de renouveler l'opération : trop dangereux.

7 novembre

Tous les jours, nous constatons qu'augmente *de facto* le nombre des emplois que l'on nous interdit d'exercer. Au début, les dispositions contre nous n'étaient pas appliquées par tous les gens avec l'enthousiasme attendu par les nouveaux maîtres. Et puis, ensuite, la routine de l'obéissance paresseuse…

Les juifs sont pris dans un nœud coulant qui se resserre très lentement, à l'image de ce supplice de l'étrangleur ottoman qui, en souriant, resserre le cordon autour du cou de sa victime, avec une science consommée de l'art de faire durer le plaisir de faire souffrir, de voir le regard de celui que l'on tient à sa merci se remplir d'effroi devant la douleur et la mort qui s'avance.

Le processus de pourrissement a commencé très tôt. Je suis passée ce matin devant le Conservatoire Stern où jadis j'ai été formée et où j'ai donné moi-même des cours. C'est une admirable maison, créée par de riches familles, assez juives

185

mais pas toutes et pas trop, où l'on travaillait beaucoup même le samedi. L'émulation ne débouchait jamais sur la tristesse, parfois seulement sur le désespoir - la conviction, progressivement intériorisée, qu'on ne sera finalement pas à la hauteur. Le travail, intense et permanent, était cependant allié à un plaisir douloureux d'apprendre, dans un esprit sérieux qui ne se prenait pas trop au sérieux. Or les nazis viennent de réunir au début de cette année toutes les instances musicales berlinoises dans une structure unique et contrôlée. Le conservatoire y a perdu son nom. L'aryanisation concerne non seulement les étudiants et les professeurs qui sont chassés comme des malpropres, elle vise aussi les patronymes. On change les noms, on bannit, on exile, des choses impensées arrivent donnant à la réalité une forme en gestation dont on ne peut pas connaître l'aspect définitif mais qu'on peut redouter…

« *Das Alte stürzt, es ändert sich die Zeit, und neues Leben blüht aus den Ruinen* », le vieux monde s'écroule, les temps changent, et la vie nouvelle fleurit sur les ruines, lit-on dans la pièce *Wilhelm Tell*. Schiller a tout dit. Schiller, que ma Clara a encore le droit d'étudier en classe. Pour combien de temps ?

Les nazis ont déjà interdit le plus grand de nos poètes, Heinrich Heine, qui fut un magnifique jeune homme bien juif, bien blond, aux yeux bien bleus, pour des raisons raciales. Les contradictions ne font plus peur dans ce pays jusque-là si rationnel. Ces imbéciles ont aussi banni Mendelssohn, converti au luthéranisme strict, l'un des plus remarquables et obstinés promoteurs et thuriféraires de l'art allemand en Europe. Leur bêtise est sans limite, leur inculture est sans bornes, leur médiocrité infinie.

17 décembre

Je bénis rétrospectivement ma détermination et mon appétit de musique : durant mes études à Vienne et Berlin, j'ai non seulement pratiqué le chant, étudié la théorie musicale, l'harmonie, le contrepoint, mais j'ai aussi beaucoup fait de piano, au point d'avoir pu raisonnablement hésiter entre les deux carrières. Ce qui me permet d'avoir aujourd'hui plusieurs cordes à mon chevalet et espérer, le cas échéant, pouvoir donc en survivre. Quand il a fallu choisir, j'ai préféré la voix, moins de concurrence, pas besoin de transporter un lourd et encombrant instrument sur son dos pour prouver qu'on est un artiste, et c'est beaucoup plus pratique s'il faut fuir... Singer, Piatkovski et aussi quelques chefs moins

187

menacés qui nous soutiennent en catimini, se comportent admirablement. Certains sont partis sans être menacés, puisqu'ils ne sont pas juifs - Erich Kleiber, Fritz Busch... Leur attitude est donc encore plus digne d'admiration.

Situation surréaliste, tragique : ceux qui sont restés continuent de faire de la musique, de penser musique sans compromission avec elle, pas plus qu'ils ne se compromettent avec le régime, alors que tout peut s'arrêter demain, leur carrière et accessoirement leur vie. S'interroger des heures durant sur le bon tempo, la longueur d'une appogiature ou la tenue d'une blanche, prétendre qu'une fausse note dans Mozart est une catastrophe planétaire, vitupérer contre l'instrumentiste fautif, alors même qu'on peut être brutalement emmené on ne sait où, et que tout autour de soi se délite et meurt, est absurde, magnifique, vital. Juifs ou pas, en tout cas, ils ont tous un sacré caractère et nous nous accrochons quelquefois, sur ces choses essentielles : déterminer le moment précis d'une respiration, accentuer un crescendo ou non, prolonger ou non le legato, fixer l'entrée de la voix, faire la reprise ou ne pas la faire, dire ou jouer le récitatif.

Nous allons entrer dans la période des fêtes, dans la période de l'Avent des chrétiens. Les chrétiens allemands devraient se rendre compte que les nazis, justement, ne sont pas chrétiens, ils en sont même les ennemis résolus. Ils devraient se révolter, leurs prêtres devraient protester du haut de leurs chaires. Serais-je sourde ?

18 décembre

Clara est rentrée à la maison, dépitée, dégoûtée même. Son professeur d'histoire, une matière qui la rebute et l'inquiète, l'a ridiculisée devant ses camarades. Elle fut la seule à avoir subi ce traitement pour une copie ni meilleur ni pire que celle des autres, me semble-t-il. Elle attend la fin de l'année scolaire et l'obtention de son Abitur avec impatience, envisage malgré tout une entrée à l'université. Elle y sera probablement légalement *inadmissible*. Et pourtant, ses notes en mathématiques sont exceptionnelles, une des matières où, surtout les femmes, (Emmy Noether…) avec du travail, on peut planer au-dessus des autres, souvent ennuyés par cette discipline qui élève à des hauteurs où l'on respire mieux parce qu'on y respire seul. Exceptionnelles, ses notes l'étaient jusqu'à maintenant. Son maître se trouve dans une situation impossible. Au fond de lui, content et impressionné, désireux de l'encourager, il ne peut cependant la féliciter ouvertement. Quelque mouchard, jaloux et idiot, serait trop ravi de le dénoncer au directeur au motif de sa suspecte proximité avec la race maudite. Peut-on lui en vouloir ? J'ai pris ma fille dans mes bras. Elle a posé sa tête sur mon épaule, a eu un sanglot vite étouffé et a fait semblant de tout oublier.

20 décembre

L'année 1936 devrait être plus calme, on nous parle tous les jours des Jeux Olympiques qui doivent se dérouler du 1er au 16 août. Ils remplacent ceux de 1916 annulés pour cause de guerre. Il nous reste à prier que d'ici l'été, Hitler n'en aura pas déclenché une. La coïncidence de Jeux deux fois organisés chez nous et deux fois annulés pour la même raison serait amusante si la situation n'était si tragique. On gage qu'ils ne seront plus jamais programmés dans aucune ville de ce pays. Les humiliations infligées jour après jour ont concerné tous ceux qui, à quelque confession ou parti qu'ils appartinssent, protestaient passionnément, beaucoup, un peu contre la chape de plomb. Elles devraient donc s'atténuer pour un temps, pendant lequel nous allons pouvoir réfléchir avec sérénité et vivre un peu.

28 décembre

Nous avons fêté Noël, comme beaucoup de ces Juifs qui jettent sur leur propre religion un regard distancié. « Fêté » n'est pas le bon mot, nous nous sommes réjouis, car ce regard est suffisamment bienveillant, syncrétique et universel pour se réjouir de la joie des autres. La naissance du Christ des chrétiens nous fournit l'occasion d'un bon repas et d'un échange, le 6 décembre, de quelques présents, entre nous et avec nos amis ou voisins chrétiens. Jusqu'à cette année, nous avions ce type de relations avec nos voisins non juifs, je me souviens même qu'autrefois nous prenions un café et quelques gâteaux avec eux sur la *Gendarmenplatz*. Clara, enfant, était fascinée par les marchés de Noël, les guirlandes, les odeurs de cannelle et de vin chaud, les boules de verre multicolores, les illuminations, et je l'y emmenais chaque fois que mes engagements me le permettaient.

Ma fille et moi vivions déjà retirées et solitaires, désormais, c'est le désert. Un désert que, pourtant, nous nous chargeons avec rigueur de maintenir, afin de conserver cette enveloppante discrétion indispensable à la survie. En fait, aujourd'hui, dans cette ville qui fut longtemps la plus ouverte, la plus pétillante, la plus insolente, la plus gaie d'Europe, tout le monde commence à avoir peur de tout le monde. À quoi reconnait-on l'instauration progressive d'une dictature ? Lorsque les hommes sont amenés à se méfier de leur ombre et de leur instinct grégaire, l'un des plus naturels qui soient.

Ma fille me désole, par moments. Allant sur ses seize ans, elle aborde un âge difficile. Elle est belle, physiquement très différente de moi : aussi blonde que je suis brune, déjà plus grande que moi, des yeux bleus couleur baltique alors que les miens sont si sombres. Du coup, moins typée, elle a moins à craindre que moi des voyous casqués en uniformes. Pour employer une terrible expression, elle *passe mieux*. Nous avons des discussions et les éclats de voix ne sont pas rares. Elle me dit qu'elle veut se battre, qu'elle ne supporte pas l'idée de devoir plier, de se restreindre, de limiter ses déplacements. Elle veut vivre, un mot qu'on prononce avec toujours gourmandise à l'orée de sa vie d'adulte. Elle me reproche parfois, sans précautions oratoires, de ne lui laisser que la portion congrue, « ta carrière avant tout ». Comme elle se trompe ! Du reste, elle regrette immanquablement, après coup, de m'avoir fait ce reproche. Elle réalise que le monde autour de nous a changé. Il faut se battre pour sa pitance quotidienne. Nous vivons dans un pays qui s'éloigne du chemin joyeusement cahoteux que nous lui avions tracé après la guerre, une République désordonnée, démocratique et généreuse. Mais aujourd'hui, derrière les voiles d'un ordre apparent et martial, proclamé haut et fort, brillent les yeux d'un chaos réel.

Nous sommes dans cette étrange période entre Noël et Nouvel An. Ce devrait être une période heureuse pour tout le monde, un moment de recueillement, une trêve où l'on oublie la politique pour aller chez les bouchers, poissonniers, et confiseurs, avec ces marchés de rues qui illuminent les yeux et réjouissent les papilles de chacun quelle que soit sa religion. On ne me salue presque plus dans des commerces que, d'ailleurs, je ne fréquente qu'avec réticence. Certains font semblant de ne pas me connaître. Quelques courageux, au contraire, redoublent d'égards et d'attentions, dans une étrange algèbre collective de la politesse, de la lâcheté et de la peur. Le résultat de ce calcul reste largement négatif, hélas. Et Dieu sait si un « bonjour » ou un sourire d'un camarade, d'un voisin bravant une pression collective, valent mille regards baissés et silences gênés de ceux qui allaient jusqu'à se dire parfois mes amis. Personne ne semble vouloir se révolter. La servitude est-elle toujours imposée ou peut-elle être volontaire ?

31 décembre

Ma préoccupation principale, non, ma seule préoccupation désormais : ma fille et son avenir ; moi, je n'en ai plus, ici. La nourrir, l'éduquer, la protéger, parfois malgré elle. Il faudra partir, bientôt, demain, dans un an. Ce sera alors peut-être déjà trop tard. Je ne lui montrerai jamais que je suis angoissée à l'extrême. Comment faire pour partir, où, avec quels moyens ? Réfléchir, ne pas se laisser aller ni au désespoir ni à la fatalité ; ils ne me feront pas devenir folle, je suis beaucoup plus forte que ces barbares. Demain commence une année, qui ne pourra être que meilleure que celle qui s'achève. Sinon, à quoi bon ?

La représentation de ce soir s'est bien déroulée. J'en suis « heureuse », un mot bizarre, qui, à mes propres oreilles, sonne décalé, incongru. La seule chose qui reste, c'est le travail ; l'art peut s'exporter avec nous, on peut en vivre n'importe où dès lors qu'un public existe. Il faut donc s'améliorer à chaque représentation, pour être insurpassables, plus tard, ailleurs, un jour.

# 1936

17 janvier

J'ai marché ce matin, inquiète, dans un Berlin que je ne reconnais plus, malgré une ambiance qui reste traditionnelle en ce début d'année nouvelle, vin chaud et bons vœux aux voisins. Les affiches sont de plus en plus insultantes à notre endroit. L'internationale juive ? La ploutocratie juive ? L'argent juif ? Le bellicisme juif ? La pénétration par les juifs des milieux culturels ? Fantasmes nazis. Nous, les Juifs, avons souvent en commun l'amour du travail et la dévotion à l'écrit et aux livres, compagnons de toujours. Pour le reste, nous sommes trop différents, nous nous jalousons comme les autres, nous entrons en compétition féroce. Il y a aussi parmi nous des ploutocrates, des riches arrogants, des égoïstes, comme il y a des gens généreux et pauvres (ces deux catégories sont souvent confondues) et ces mondes - là se détestent.

Mon père viennois avait trouvé un poste de professeur de musique dans un conservatoire à Berlin, nous avons donc déménagé pour nous établir en Allemagne. J'avais huit ans. Il avait obtenu le poste à la suite d'un concours remporté

195

contre deux autres candidats, l'un juif, l'autre pas. Notre coreligionnaire entreprit des démarches pour contester le résultat tandis que l'autre vint féliciter mon père chaleureusement, sans arrière-pensée. Il demeura un ami de la famille, l'autre, le juif, non...

Je continue d'aimer cette ville, malgré tout. Il doit rester, bien caché, encore quelque chose de l'esprit un peu fou que j'ai connu dans ma jeunesse, pendant et après la guerre. Oh ! Certes, à l'aube de nos carrières, moyens financiers et sécurité matérielle étaient précaires. Ces années où nous recherchions tous la note bleue n'étaient pas vraiment roses. En fait, si.

22 janvier

Il fait très froid, ma fille était d'une tristesse de mer du Nord. Je pense à tout ce qui fut et n'est plus et davantage à vouloir tuer que pardonner. Toute la journée, j'ai sangloté, cela m'a rassurée : je suis convaincue que n'avoir plus de larmes est le premier pas vers l'inhumanité.

La lecture d'un article abject du journal *der Stürmer* où les Juifs sont systématiquement comparés à des bacilles, à des foyers d'infection, à des poux porteurs de typhus qu'il faut donc détruire pour ne pas être contaminés et mourir a fait pleurer Clara. Elle m'a montré le torchon imprimé. J'ai aussi commencé à pleurer ; soudain, en un court instant, les larmes ont fait place à une colère violente et froide. Cette colère me portera, je l'utiliserai, bonne conseillère, à toutes les occasions où elle pourra être utile et efficace.

27 janvier

L'hiver est arrivé. Avec lui, sa cohorte de miséreux tremblants car sans toit. Soyons juste : il y en a moins qu'il y a trois ans, le régime s'en glorifie, la propagande s'en repait, les gens s'en satisfont, les industriels s'en félicitent. Le peuple est sensible à ce discours d'autocélébration, oublieux des tares du régime - les restrictions drastiques de toutes les libertés, le règne de l'arbitraire. Quand les assiettes ou plutôt les écuelles se remplissent, la chaîne autour du cou paraît moins serrée. Une première crise avait éclaté au printemps 1921. L'argent était sans valeur, les valeurs n'avaient plus de prix, sauf les valeurs tangibles qui, elles, ne s'échangeaient plus - la terre, les immeubles, l'or - que leurs possesseurs conservaient jalousement. Le terme des contrats qu'à l'aube de ma carrière je commençais de signer était applicable à la semaine suivante, pas au-delà. On ne savait donc pas ce que l'on jouerait dans un mois, *a fortiori* à plus longue échéance. La crise s'amplifia. Certains appelèrent l'année 1923 l'année inhumaine. On y menait une vie bizarre, faite de joyeuses réunions arrosées, de sorties nombreuses, variées, dans des night clubs comme on commençait à le dire. Dans les dancings s'imposait un melting-pot de valses, de charleston, de fox-trot, de java, de paso-doble, de tangos que certains trouvaient obscènes. Cela leur donnait des idées ignobles : puisque la morale ordinaire qu'ils prétendaient, eux, observer pouvait être mise à l'encan, ils se donnaient, quelles que soit leurs convictions politiques, le droit de la rétablir par tout moyen, avec toute la violence nécessaire. Nous voulions vivre, boire, flirter… Dieu sait si mon milieu ne me prédisposait pas, moi, à la gaudriole.

Pendant ce temps, la vieille société allemande, celle qui continuait à soutenir une guerre finie depuis cinq ans et à en entretenir la flamme prétendument héroïque, n'en finissait pas de s'effrayer d'un monde lointain, l'Afrique, l'Asie, qu'elle n'avait jamais vraiment essayé de conquérir -reconnaissons lui cela- abandonnant les espaces exotiques où le reste de l'Occident continuait de se déployer, les Anglais, qu'on admirait, et les Français, qu'on méprisait. Elle ruminait, elle ressassait la guerre perdue, elle préparait fantasmatiquement la prochaine, elle pétrissait l'humiliation que ressentait le peuple pour faire lever la pâte infecte de l'esprit de revanche.

Une deuxième crise est arrivée tout au début de 1930, en provenance de l'étranger, bien sûr. On accusait tous les autres d'avoir diffusé leur poison monétaire, pêle-mêle les Etats-Unis, l'Angleterre, l'Autriche, la France, pourquoi pas le Liechtenstein et le Vatican. C'est le travail qui a été dévalué, d'abord puisqu'il n'y en avait plus, le peu qui restait était très mal rétribué. Et pourtant, malgré ou plutôt à cause des difficultés, Berlin la prussienne se dévergondait, s'enivrait, s'amusait, faisait l'amour, raillait tout, les institutions et les hommes, s'anarchisait en somme, déménageant en Bohème, pour ainsi dire, puisque comme je l'ai chanté, *l'amour est enfant de Bohème qui n'a jamais connu de loi*. Les premiers succès d'AH ont fait passer la renonciation aux libertés et les persécutions à l'égard des opposants politiques, des déviants de toute sorte et des juifs moins par pertes que par profits puisque les agressions des démagogues ne sont pas considérées au début, comme des pertes.

6 février

Ce soir, je me transforme à nouveau une fois en chanteuse légère. En effet, je me produis depuis plusieurs mois dans un cabaret, une fois par semaine, le Chardon- *der Distel*. C'est un établissement discret, toléré, parce qu'il est selon toute vraisemblance infiltrée par la police. Singer a appris mon dévergondage, je ne sais trop comment, il me l'a dit sans ambages, un peu brusquement certes, avec un petit sourire qui désamorçait le reproche implicite. Il sait bien que nécessité fait loi.

Dans le domaine du strass et paillettes, j'ai de la concurrence. J'ai vu Marlène Dietrich il y a déjà quelques années, jouant au théâtre *Komoedie*, sur le *Ku-damm*, une comédie musicale dont j'ai oublié le nom, un spectacle équivoque, aux allusions sexuelles nombreuses, égrillardes, cochonnes pour tout dire. La diva était inatteignable, une classe extraordinaire dans la vulgarité, l'œil dont l'éclat est à lui-même le gage d'un bonheur très froid ou très brûlant, la température fixée selon le thermostat de son seul désir. La chiennerie dans l'allure, une blondeur de démon, une voix de fumeuse et de buveuse de whisky mais, dedans, au fond de la gorge, là où se trouve la source de tous ses tourments, la gravité, la profondeur, le sens du tragique, les

200

raucités d'une formidable contralto. Je me suis souvenue qu'elle s'était inscrite à l'École de musique Liszt de Weimar et avait pris des cours privés de violon. C'est en réalité une extraordinaire musicienne qui cache ses dons. Depuis, elle est partie, quitté l'Allemagne, d'elle-même, sans y être aucunement forcée, méprisant les offres alléchantes du régime, gorgone imprécatrice, furie germanique haïssant ce que devenait la Germanie. Chapeau, madame, vous êtes une admirable professionnelle, une grande dame, vous qui jouez si bien la pute.

Le cabaret. Je n'ai pas le sentiment de déchoir. Il y a des artistes dits légers qui valent certains piliers vermoulus de la « grande musique ». On ne peut faire de grandes choses que si on sait déjà faire parfaitement les petites. De plus, les bluettes imposées et de qualité me forcent parfois jusqu'au *ut 5*, largement au-delà de ma tessiture naturelle. Quand je dois atteindre la note, ça hurle et ça vibre bien quelque peu. Mais, au cabaret, le public n'est pas toujours difficile ; les hurlements, quand ils proviennent des spectateurs, traduisent davantage une manifestation de plaisir débridé que la bruyante réprobation des insuffisance vocales de l'artiste.

J'ai été stupéfaite la première fois que j'ai beuglé dans l'*Überbrettl*, le plus grand d'entre eux, méprisé par la « haute », adulé par ses clients, quoique ceux-ci se recrutent parfois discrètement dans celle-là. Aristocrates, bourgeois, et aussi ouvriers ayant comme beaucoup de gens en Allemagne le sens quasi inné du chant aiment à se retrouver dans cette construction imposante de l'*Alexanderstrasse*. J'ai eu un sacré auditoire, populeux, connaisseur, amical. Et j'ai pu chanter du Strauss…et alors ? Basta ! Car tout de même, ce n'est pas rien, cette musique que les grands compositeurs admiraient sans réserve. Même les nazis, *in petto*, les adulaient, tous les Strauss, alors qu'ils se murmurent qu'ils étaient juifs, qu'il faudrait donc arrêter de les jouer… En tout cas, Clara me l'a gentiment reproché à mots couverts « le cabaret, tout de même… ». Je l'ai serrée dans mes bras, elle m'a embrassée, en riant. Je lui ai répondu que je ne m'y perdais pas et que cela nous faisait vivre.

C'est aussi là, dans ces lieux de musique et de mœurs légères que j'ai compris que je devais absolument garder un physique avenant. Pour jouer dans un music-hall ou au café-concert, mieux vaut ne pas faire vieille jument sur le retour et ressembler à une amphore sur pieds. Le raisonnement vaut *a fortiori* pour l'opéra : être une jeune première crédible dans Verdi exclut d'avoir le tour de taille d'une matrone. Par ailleurs, recourir à soins esthétiques radicaux garantit l'échec de la prestation à plus ou moins longue échéance, quelle que soit la qualité intrinsèque de la voix. Car leurs effets sont nocifs et fragilisent la peau et les tissus. On finit par le voir, même de loin, du fond de la salle du théâtre. Être Juliette ou Chérubin est plus attirant et efficace, permet de durer plus longtemps à la scène comme à la ville qu'avoir l'apparence d'une Walkyrie. Je dois donc faire attention à ma ligne de corps presque autant qu'à ma ligne de chant : paraître, pour mieux être, aux yeux du public et aux miens. Conclusion : du sport autant que possible et une stricte hygiène alimentaire. Ce dernier point n'est pas trop difficile à respecter pour une juive en Allemagne.

25 février

Qu'est devenue la pagailleuse agitation de la *Pariser Platz*, où sont les embarras multicolores de l'*Alexander Platz* ? Oui, elle existe encore, cette vie foisonnante, quoiqu'à regret. On dirait que les gens et certaines institutions dévouées au plaisir et à la détente se terrent progressivement, comme le feraient des animaux s'apprêtant à une longue hibernation. Paradoxalement, même les années de guerre étaient plus heureuses, en apparence. Au début, en tout cas, Berlin ne souffrait guère, le front était trop loin.

Je me souviens de mon père venant en permission. Il n'était plus très jeune en 1914, il avait déjà dépassé largement les trente ans. Il a servi le Kaiser avec déférence et dévouement. Alors, vers la fin de 1917, quand il a entendu les premières récriminations contre les Juifs, leur supposée traîtrise, leur responsabilité dans le déclenchement du conflit, il a explosé de rancœur à l'égard d'un pays qu'il ne reconnaissait plus et qui ne le reconnaissait plus. Ce pays où, à cette même époque, je rencontrais le père de mon enfant.

J'ai donné deux leçons de piano depuis avanthier. On me les paye, généreusement, de la main à la main. J'ai bien fait de faire confiance à la parole donnée. Mes clients ont tenu leur promesse, ils ont l'air content de mes services. Je mets toujours de l'argent de côté, ce qu'on fait lorsque la vie n'est pas droite.

1er mars

Je marche très tôt dans un Berlin désert, encore froid, dans cet hiver qui devrait commencer à plier bagage. Lorsque j'étais jeune, j'ai moins participé que d'autres à cette joyeuse fébrilité qui caractérise l'avant-printemps, je ne suis pas sûre de ne pas le regretter. Mes études musicales me prenaient du temps, les conservatoires étaient très exigeants et, d'autre part, mon père et ma mère n'étaient guère portés sur la bohème, ni pour eux-mêmes ni surtout pour leur fille.

Pourtant, que de bons souvenirs. Non seulement ceux de mémorables soirées d'opéra mais encore des roucoulades, balancements et métaphonies fraternelles des *Comedian Harmonists*. Je n'aurais pas pu donner un concert avec eux car ils formaient un parfait sextuor vocal de chanteurs. Aucune femme n'aurait pu éclater ce bloc compact, elle aurait déparé. Masculin ou féminin, tout élément étranger aurait disloqué cette perfection du rythme, des harmonies et du contrepoint d'un groupe, qui, pour en arriver là n'avait pas ménagé sa peine. Quelles voix ! À eux six, ils avaient autant d'empan que moi, les voix hautes tenaient aussi bien les notes sopranes et contraltos, ce qui est tout de même surprenant pour des mâles. Clara, toute enfant, les a adorés immédiatement. Il y a un peu plus d'un an, ils se sont sabordés plutôt que de subir l'humiliation d'une dissolution inévitable. Trois d'entre eux étaient des coreligionnaires, il y a des renoncements qui sont des victoires et des abandons qui sont des triomphes. J'ai pu me rendre à leur dernier concert donné à Munich, à mi-chemin entre Berlin et Vienne où j'avais des engagements. Ce fut bouleversant, inoubliable, cela sonnait le glas d'un monde. Tous les spectateurs l'avaient compris. À la fin du dernier accord de piano de la dernière chanson, on entendit seulement quelques sanglots discrets éraflant un silence minéral. Et puis, soudain, une salle levée, des hurlements de joie, de reconnaissance, des applaudissements à tout rompre. Quelques nazis perdus dans le public tentèrent de couvrir le triomphe de leurs vociférations. Situation miraculeuse et inverse de celle qui prévaut habituellement, ils furent expulsés *manu militari*.

10 avril

J'ai vu dans la rue un jeune homme, hélas en uniforme brun, qui ressemblait beaucoup à Heinrich. Du moins au Heinrich d'il y a presque dix-huit ans, dans tout son éclat de gandin. Que toute cette époque me paraît lointaine… Je me souviens du jour où je l'ai présenté à mes parents. J'avais déjà un peu plus de vingt ans, d'aucuns diraient « seulement ». J'ai malheureusement tout de suite aimé ce garçon. Peut-être simplement parce qu'il était le premier que j'aie vraiment fréquenté, qu'il était très beau, cultivé car grand lecteur et intéressé par de nombreux sujets et enfin qu'il était calme. Trop calme, j'aurais dû me méfier mais on ne peut pas savoir ce que les eaux dormantes recèlent de pièges mortels. Papa et maman n'ont pas été d'accord. Comme ils avaient raison... Ils m'enjoignirent rapidement de rompre une relation dont ils doutaient intuitivement de la profondeur et de la durée, de sa part. Ils ont fini par l'accepter, tardivement, sans doute pas au fond d'eux-mêmes. Je leur sais néanmoins gré que le seul argument qu'ils ne m'aient pas opposé était celui de sa foi, il était en effet vernissé de catholicisme, oublié depuis lors. Nous étions tellement éloignés de la religion que je n'imaginais pas un seul instant que cette raison entrât jamais en ligne de compte à leurs yeux. Quoi qu'il en soit, lui et moi fûmes heureux, à cette époque, qui passa cependant vite. Mon père et ma mère moururent avant d'avoir à supporter d'assister au délabrement inéluctable de notre couple.

20 avril

On fête les 47 ans de l'idole moustachue et hurlante. Quand je dis « on » ... Nous sommes nombreux, pour de multiples raisons, à éprouver des difficultés à partager l'enthousiasme dit populaire. Des concerts sont annoncés pour célébrer ce malheureux événement. Y participer ? Nous n'avons généralement pas le droit de contribuer à la liesse générale, même si la nécessité de se nourrir nous poussait à cette trahison.

Certains artistes peuvent être « aryanisés d'honneur », dit-on. On en a parlé à propos de Rudolf Serkin, avec qui j'avais donné un concert de lieder. Le pianiste n'a évidemment pas accepté ce douteux hommage. Il m'a dit, dans un éclat de rire : « Aryanisé d'honneur, ils ne manquent pas d'air et ne doutent de rien, les deux à la fois... ». L'oxymore l'a beaucoup amusé. Il ne va plus souiller longtemps le pur et merveilleux sol allemand ; après ses concerts prévus en Suisse, il ne reviendra pas, il ne le pourra ni le voudra. Destination, les Etats-Unis sans doute.

Furtwängler a réussi à ne pas aller célébrer cette catastrophe en prétextant des engagements antérieurs. Pourra-t-il échapper à ce pensum l'an prochain en se préparant à une maladie diplomatique ? Il a un cuir d'éléphant, une morale en acier sur le fond et a déjà fait preuve d'une aptitude exceptionnelle à la nage en eaux troubles sans se mouiller. On sait que toutes ces manifestations politiciennes lui répugnent, elles ne le dissuadent pas de faire de la musique. Quel degré de compromission acceptable ?

1er mai

Le terrible chef d'orchestre Hans Knappertsbusch, immense, blond couleur de blé, affreuse coiffure crantée, un homme magnifique qui s'enlaidit, monocle vissé sur un œil impitoyable, voix de stentor, romantique, imprécis dans sa battue, physiquement très allemand, détestant les répétitions, ce qui n'est pas allemand, caractère de chien dans un corps de taureau qui sait parfois se montrer gracieux et bien élevé, ne dirigera plus en Allemagne jusqu'à nouvel ordre. Il a un foutu caractère, une indépendance d'esprit absolue et une colonne vertébrale trop rigide pour plier. C'est un homme d'ordre, bien que sa conception de l'ordre exclue l'exclusion, sans parler de l'impunité des crimes, de la haine brutale à l'égard de minorités persécutées. Ce géant aryen un peu antisémite et violemment antinazi - les choses sont compliquées - a eu l'humiliation de voir son contrat qui le liait à vie à l'Opéra d'État de Berlin annulé d'un trait de plume par un pouvoir qui l'a pris en grippe. On voit quelle valeur accorde le nouveau régime à la parole donnée ou écrite, les contrats sont à partir de maintenant des chiffons de papier. Raison officielle : « Kna » ainsi qu'on le surnomme, serait indifférent à l'égard des questions budgétaires et réclamerait toujours plus d'argent pour les décors, les costumes, les chanteurs et, suprême inélégance, rien pour lui-même. Raison officieuse : il a refusé avec hauteur, usant au passage d'expressions assez rudes, de prendre sa carte du parti, qu'il méprise. Raison définitive : croisant une opulente et très médiocre Walkyrie, nazie notoire, pelotant les deux masses de chair formant une poitrine de compétition, il lui a asséné un « enfin, malgré tout ça, il ne sort pas grand-chose ; grâce à eux, vous en êtes arrivée là où vous êtes, mais pas grâce à ce qui en sortait. » Il avait ajouté, en pressant davantage les mamelles : « Au moins, là, vous avez de la place pour une décoration, si vous faites suffisamment plaisir à vos amis ». Il s'est permis de la lutiner un court instant avec une gourmandise d'autant plus obscène qu'il n'y entrait manifestement aucun désir. La dame n'a pas osé le gifler, il lui aurait rendu la pareille, semble-t-il, à en juger par son état de fureur. Parfois l'impolitesse a de la distinction et la goujaterie extrême mérite le respect.

Il m'a déjà dirigée, très bien d'ailleurs, là où on ne l'attendait pas : Mozart, qu'il tricote en dentelle, avec parfois des flèches en acier et des gants de soie. Il est certes plus wagnérien ou brucknérien que mozartien mais, avec ses battoirs, des mains de bûcheron, il sait aussi faire patte de velours et imposer à l'orchestre des pianissimi de rêve. Je vais observer de près le sort qu'on lui réserve, il a peut-être la solution à mon urgent problème, car, comprenne qui pourra, il est encore très bien accueilli et fêté en Autriche.

15 mai

Les difficultés du ravitaillement des laissés-pour-compte du pays, ont ceci de bon que le régime alimentaire que nous, cantatrices, devons-nous imposer pour garder un peu de crédibilité en accorte soubrette ou en amoureuse comblée est désormais plus facile à suivre. Certes, à vaincre sans tentations, le triomphe est aisé. Quoi qu'il en soit, on n'arrête pas de me dire que je rajeunis, dans notre brouet israélite agrémenté d'une louche modeste de chrétiens courageux. En tout cas, je laisse dire… Seuls ceux qui ont commencé avec moi en Allemagne ou à Vienne il y a des années savent que je ne suis plus à l'orée de ma carrière.

Rajeunir. Combien savent que je suis née il y a maintenant bien des années ? J'ose à peine mentionner le fait par écrit tellement je voudrais que ce ne fût pas vrai. Je voudrais effacer la date de tous les registres, de toutes les mentions, je voudrais recommencer en sachant ce que je sais… Je suis de 1899, donc née une petite respiration avant ce siècle effroyable. J'ai 37 ans, on ne me dit pas que je ne les fais pas, puisque personne ne me pose la question. Curieuse expression : « faire son âge » comme on « fait sa toilette » ou ses courses. Qu'est-ce que cela veut dire ? Si je « fais » mon âge, cela veut-il dire que je le façonne ? Un usage passif d'un verbe qui désigne habituellement plus que tout autre l'action volontaire. Bizarre.

18 mai

Berlin… Quand j'avais presque vingt ans, le plus bel âge de la vie quoi qu'on en dise, celui où l'on n'a pas encore eu le temps d'avoir des regrets, où l'on peut se passer de nourriture et oublier les repas deux jours d'affilée sans se plaindre, celui où l'on peut se goinfrer sans être nauséeux des heures durant, celui où l'on peut beaucoup boire sans être hébété le surlendemain, celui où l'on peut avoir une nuit d'amour sans se dire que l'on ne connaîtra jamais personne d'autre et qu'on n'aura plus le choix, celui où toutes les gares sont ouvertes pour toutes les destinations possibles, c'était la ville où il faisait bon d'avoir des rêves. Ce Berlin-là est mort. Pas pour Clara, que je laisse libre de ses mouvements. Je sais qu'il subsiste des interstices, dans cette ville, où la jeunesse perdue, sacrifiée sur l'autel de la puissance armée, menée à la baguette sur des stades ou au contraire vouée à la relégation et à l'exil intérieur, trouve les moyens d'oublier.

22 mai

On a eu des nouvelles de « *Kna* ». Hitler, dont nous connaissons les immenses compétences artistiques et les goûts esthétiques accomplis, aurait déclaré que ce chef n'était qu'un chef pour fanfare militaire, notamment en raison de ses tempi lentissimes. C'est la première fois et sans doute la dernière que le chancelier me fait rire aux larmes. Un musicien, à ses yeux et ses oreilles expertes, disqualifié parce qu'il aurait des attitudes ou des réflexes de soldat ? Incroyable. Dans notre pauvre pays, l'hôpital peut se foutre de la Charité, le nom français du plus grand lazaret de la capitale. En tous cas, *Kna* est engagé à Vienne pour la saison prochaine et plusieurs productions ; c'est une merveilleuse nouvelle. Je réfléchis et je prépare.

8 juin

La voix est rauque, embrumée par les cigarettes dont on respire avec dégoût la fumée froide.

-Alors, ta fille, tu t'en occupes bien ? J'ai quelque chose à te demander…

Il oublie que Clara est aussi *sa* fille. Heinrich avait exigé un rendez-vous urgent avec moi, qu'il a obtenu, je crains trop les conséquences d'un refus que je lui opposerais. Il est, aux très rares et brèves occasions de nos rencontres, de plus en plus cassant et odieux. Nous n'avons plus rien à nous dire, il ne supporte plus d'être vu en ma compagnie. L'unique motif de nos rencontres est l'avenir de Clara, il acceptait jusque-là de donner un tout petit peu d'argent en maugréant. Ce ne sera bientôt plus le cas. Son amour s'étiole comme ce qui reste de démocratie dans ce pays, avec détermination et rapidité. Il se désintéresse de tout ce qui n'est pas lui. Sa violence ne s'exprime heureusement qu'en paroles. Pour le moment, du moins. En actes et à jeun, il n'oserait pas, de toute façon. Trop lâche, une qualité qu'il a acquise récemment et qu'on inculque en plus haut lieu.

Que s'est-il passé ? Comment le doux, le charmant jeune homme que j'ai connu idéaliste et romantique, à la fin de la boucherie de 14-18, celui qui avait peur de tout et envisageait sérieusement de lutter contre sa peur afin d'essayer de façonner sa vie, a-t-il pu changer à ce point ? Est-ce la défaite de notre pays alors même que les troupes du retour du front croyaient revenir en vainqueur ? Est-ce simplement l'alcool, ce refuge discret des désespoirs intimes qui n'est qu'une conséquence de troubles profonds que je n'ai pas perçus et qu'il n'a aucunement exprimés ? Est-ce la faiblesse de son caractère, qui l'a alors rendu perméable aux idées étranges qui font des autres, les étrangers, les juifs, les communistes, les « infiltrés et sales planqués de toutes sortes », les responsables de ces « malheurs dus à la traîtrise », pour reprendre les termes empruntés à ses vils maîtres à impenser ? Est-ce son intelligence défaillante qui a permis que l'esprit et la volonté se mettent à battre la campagne, celle où errent les loups, les vilains trolls et les mauvais génies ? Je mesure ce que cette question a tout à la fois d'insultant pour lui et d'humiliant pour moi-même puisqu'elle révèle la défaillance terrible de ma lucidité. En fait, je n'exclus pas d'avoir été mystifiée : j'ai appris incidemment qu'il avait commis quelques délits, juste avant de me rencontrer et qu'il avait recommencé alors que nous nous connaissions déjà, toutes choses jamais avouées et que je n'ai jamais sues. Sa jolie frimousse, qu'il a tout de même déformée consciencieusement en avalant chaque jour toutes sortes de liqueurs plus ou moins fortes et sa candeur faussement naïve sont celles d'un excellent comédien.

Je le vois à chaque fois se plaindre, gémir, accuser, invectiver davantage. Jusqu'où descendra-t-il ? Que s'est-il donc passé dans cette pauvre tête ? La seule chose à laquelle je veille strictement, c'est qu'il ne s'attaque pas à Clara. Je fais semblant de ne pas redouter de sa part des pulsions indignes, de celles qu'on ne devrait pas à avoir à envisager d'un père à l'égard de sa fille et dont on sait hélas qu'elles existent depuis la nuit des temps. Cependant, ce que la propagande dit des juifs est si abject que chez certains esprits faibles, le plus élémentaire esprit critique et le plus infime sens moral n'ont plus cours. Ils sont prêts, avec plaisir, à gober n'importe quoi. C'est une époque troublée où le pouvoir encourage délits et crimes, les barrières d'une démocratie d'apparence, flageolante et moribonde, limitant à peine et pour peu de temps sans doute ces transgressions.

Éprouve-t-il seulement encore ce qu'on appelle communément des sentiments ? Je ne crains pas qu'il puisse l'enjôler ou qu'il la détache de moi en se l'attachant à lui : elle éprouve visiblement, à l'égard de ce père réduit à une dimension purement biologique, une méfiance croissante. Je ne souhaite pas que celle-ci débouche sur de la détestation ou de la haine, ce n'est pas sain pour une enfant même déjà adulte. Car il reste bien sûr, tapi au fond d'elle-même, de l'amour qui se réveillerait si, par miracle, l'homme redevenait celui qu'il était. Je me rassure en me disant que, du puits profond où Heinrich est maintenant tombé, il ne pourra plus faire jaillir aucune lumière qui risque d'éblouir Clara. Durant notre rencontre, je l'ai trouvé de plus en plus absent sauf à ce qui le rend illusoirement présent à lui-même en le détruisant et en détruisant tout autour de lui : l'alcool et la radicalité politique.

En fait de demande, il a exprimé le souhait surprenant de voir beaucoup plus souvent Clara, exigeant même de pouvoir passer quelques jours avec elle en Bavière ou en Autriche, soi-disant pour des vacances où ils se parleraient - « je ne suis jamais parti seul avec elle, je ne sais pas ce qu'elle devient ». Je lui ai répondu qu'elle et elle seule, bientôt majeure, pouvait accepter ou refuser cette proposition et que ses regrets étaient bien tardifs. Ce que je craignais est-il en train de se produire, un désir ignoble que je me refuse seulement à imaginer ? Non, je penche plutôt pour une poussée de sentimentalisme pleurnichard, fréquente chez les dépendants aux boissons fortes. La guimauve, fille du schnaps et de la bière. Ou alors, il envisage de faire en sorte qu'elle ne soit plus...

31 juillet

A été signé « l'accord de Juillet » entre l'Allemagne et l'Autriche : l'Autriche, définie comme État allemand, renonce à sa politique étrangère et amnistie les nazis autrichiens condamnés qui contrôlent en fait le parti unique. L'*Anschluss* se prépare au vu et su de tous.

10 août

Les Jeux battent leur plein. Ce que nous pouvions anticiper s'est bien produit : les persécutions, les vexations et les petites avanies, se sont presque arrêtées depuis le début du mois. L'Allemagne reçoit des étrangers à qui il faut montrer un visage présentable, façonné de sérénité et de tolérance. Il fait beau, il y a des Européens, des Américains, et parmi eux, quelques Noirs - rares

218

tout de même. Ils ne se promènent pas beaucoup dans les rues, en revanche ils se promènent sur les pistes. On les voit briller, dominer, et comment. Quatre médailles, rien que ça, pour un certain Jess Owens. Noir, champion, modeste, et plutôt beau, les Aryens bottés et casqués sont verts, de gris et de rage.

28 août

*Dove sono i bei momenti di dolcezza e di piacer*? Où sont les beaux jours de douceur et de plaisir ? Décidément, le personnage de la Comtesse des *Noces de Figaro* m'irait bien. Sans forcer ma tessiture. Cette dernière reste le principal paramètre du choix de ses rôles par une chanteuse qui se ménage. Je peux en chanter beaucoup d'autres et, à ce jour, cela m'a aidé sinon même sauvé. Jusqu'à présent, je n'ai été que Rosina, Cherubin, Oscar, Urbain, Blondchen and Sophie, je sens que, sous la pression des événements, je peux être toutes les héroïnes, de Mozart, de Rossini, de Strauss, de Verdi, de Puccini, de Weber, de Beethoven. Et de Wagner, même si celui-là…J'ai eu une entrevue étrange avec Singer. Il m'a regardée comme si c'était la dernière fois, et m'a dit quelque chose qui m'a remuée profondément : « Si les événements devaient nous séparer, il faudrait que nous puissions rester en contact tout en restant très discrets … » Il m'a prise dans ses bras et m'a serrée contre lui. Je n'ai pas pleuré.

22 septembre

La seule chose qu'auront réussie les nazis est de refaire de moi une juive. Je paraphraserais volontiers la sentence chrétienne *Sanguis Martyrum, Semen Iudaeorum* - le sang des martyrs est la semence des Juifs. Nous serions quelques centaines de milliers à revenir ainsi aux sources. Ils font de nous de vrais *youpins* puisque nous ne l'étions plus et qu'ils voulaient que nous le soyons absolument. Je n'avais plus aucun sentiment religieux, je ne fêtais ni *Yom Kippour* ni *Roch Hachana*, je vais de nouveau cocher ces jours sur mon calendrier. J'adorais les Wiener Schnitzel dont la bonne recette prévoit de faire mariner la pièce de viande dans du lait, de la chapelure et de l'œuf, donc faire « cuire le veau dans le lait de sa mère ». Bon, là, je ne vais pas me priver, je les adore toujours, Clara itou. Comme les Autrichiens eux-mêmes, l'escalope viennoise est d'essence cosmopolite, il y a de l'Orient et de l'Occident mêlés dans ses saveurs multiples. Les Maures panaient leur viande, les juifs de Constantinople faisaient la même chose sans se rendre compte qu'ils avaient ainsi adopté une

220

recette arabe assaisonnée d'un zeste de Sublime Porte. J'ai une idée : je nous ferai cuire les ingrédients dans trois plats différents, histoire d'être un peu hébraïquement jésuitique. On dit que les nazis, en raison du caractère métèque et nomade de ce plat, envisagent de l'interdire. Ils n'ont décidément aucune culture, aucune éducation, même pas celle de ce qu'il convient de mettre dans les casseroles.

De là à retourner à la synagogue, enfin, dans une des rares qui n'aurait pas été fermée ou vandalisée… Se sentir de plus en plus proche de ceux qui suivent la religion tout en perdant soi-même ce qui reste de foi, voilà une étrange contradiction avec laquelle il faudra bien que j'essaie de vivre. Je ne crois plus en un Dieu qui, dans Sa toute-puissance, ne peut faire que ce qui a été n'ait pas été : trop de délits et de crimes, déjà. Ils ne sont pas annulables. Ou bien Il regarde le monde, par Lui créé, en laissant agir les hommes, pour voir quel tohu-bohu en sort. Mais un Dieu silencieux, à quoi cela sert-il, à quoi sert-Il ?

2 octobre

Nous avons eu une répétition étrange avec Singer et Piatkovski, qui y assistait en tant que chef remplaçant, il vaut mieux en prévoir, les circonstances l'exigent. Il y avait toute la troupe réunie pour la représentation. On y trouvait aussi des *goyim*, les fidèles, en somme. Il paraît même que la merveilleuse Lotte Lehman, prévenue, pouvait remplacer l'une d'entre nous, ce n'était néanmoins qu'une rumeur. On la dit en partance pour le Nouveau Monde après quelques concerts en Autriche…

Cette pseudo-répétition a été en fait consacrée à discuter, à demi-mots, de notre avenir, qui nous paraît passablement bouché. Nous nous sommes mis d'accord sur un *modus operandi* dont Singer m'avait parlé il y a quelques jours et qu'il a manifestement mûri : si l'un de nous s'éloigne des autres, il essaiera de les prévenir peu de temps auparavant, le plus discrètement possible, avec le moins de détails possible, en recourant à une missive codée dont il nous a préparé les linéaments. Il devra aussi donner de ses nouvelles par la suite, les autres lui garantissant le silence, avec interdiction de révéler quoi que ce soit. Un pacte de silence conclu pour des décennies entre des musiciens, drôle d'époque…

J'ai envoyé une lettre à Kna. J'attends sa réponse avec impatience.

11 novembre

Quant à Heinrich, à qui je pense avec détestation durant mes nuits d'insomnie... Mais comment donc ai-je pu l'aimer, lui ? Il a tant changé depuis que nous nous connaissons et la tendance s'est accentuée nettement ces derniers mois. Notre amour était mort depuis longtemps ; là, il s'est transformé : le plaqué or s'est changé en vrai plomb, en antimoine, ...

Clara est née à l'automne 1921. Nous nous connaissions depuis un peu plus d'un an, nous étions jeunes et pour ainsi dire seuls au monde. Lui n'avait plus que sa mère. Les réticences de mes parents m'avaient éloignée d'eux, hélas, une folie de ma part. Heinrich était encore, comme on dit parfois, en formation. Formation intellectuelle certainement, et presque physique car, malgré un temps bref mais exténuant sur le front, il subsistait quelque chose de l'adolescence en lui. Il n'en est jamais sorti. De métier, il était typographe, un choix par défaut puisqu'il était d'abord allé à l'Université, en germanistique et littérature allemande où il avait été admis, de justesse il est vrai. Il avait dû la quitter faute de résultats probants, il ne faisait rien sauf du désordre et n'avait pas le niveau. Ce perdant jurait qu'un jour « on le retrouverait de l'autre côté » - il voulait dire journaliste, traducteur, écrivain, que sais-je. Il m'a un jour lâché cette affirmation sentencieuse et ridicule : « je serai poète, parce que tu es ma muse ». Une petite voix au fond de moi m'a susurré que c'était la déclaration de trop. En tout cas, j'y ai cru à ce désir d'ascension intellectuelle, le temps de la passion. Et puis j'ai dû me résoudre à la lucidité. Son père était mort depuis assez longtemps. Le fils était déjà un grand adolescent. Il semble qu'il n'y ait pas eu beaucoup d'affection entre eux et qu'il ait ressenti cette disparition avec un certain soulagement. Je soupçonne aujourd'hui fortement des coups, des humiliations incessantes et des actes de violence. Heinrich ne m'en a jamais parlé, cependant certains signes ne trompent pas et cette situation pourrait expliquer bien des choses, sans les excuser. De son côté, la mère, économe sinon avare de tout, aussi bien d'argent que de caresses, est une femme très effacée sans influence sur son fils.

Le rejeton a poussé sans direction, livré à lui-même dans une Allemagne livrée à elle-même et à de mauvais penchants. Tout comme lui. Il pensa même à devancer l'appel. C'est une vague explication commode à la dégradation d'un caractère que je soupçonne aujourd'hui contrefait dès l'origine. Mais la jeunesse a ceci de solaire qu'elle cache efficacement, pour le temps qu'elle dure, les ombres enfouies de l'enfance. Heinrich est-il frustré de ne pas être parti à la guerre qui s'est achevée juste après sa mobilisation ? De ce changement de personnalité, suis-je la cause immédiate ou ne suis-je que le prétexte ?

Toujours est-il que c'est peu de temps après la naissance de notre fille que j'ai vu les premiers signes de sa révolution intérieure : une mine souvent renfrognée, des silences pesants, des questions incessantes sur le lendemain. Je commençais à gagner ma vie - petits rôles à l'opéra ou l'opérette. Ma situation financière devenait alors plus enviable que la sienne. Il n'a plus parlé de mariage, de réparation, d'« honneur », de « devoir de père ». Je me suis bien gardée d'évoquer avec lui un passage devant un officier ministériel, sans même parler du rabbin ou du curé. En revanche, mes parents étaient horrifiés et m'affirmèrent : « Qu'il soit ceci ou cela, bon… mais qu'il ne t'épouse pas, après tout ce qu'il a fait… Quelle honte ». Ils ont mis du temps à admettre que c'était aussi ma décision et ma volonté que d'avoir un enfant sans épouser le père, un choix possible pour une artiste évoluant dans un milieu où les divorces sont fréquents et les déplacements permanents. Le dernier argument fut que de toute façon, à Berlin, cela n'a aucune importance, chacun fait ce qui lui plaît, malgré ce qui subsiste de pression sociale. Qu'Heinrich ne fût pas juif, ça, ils s'en moquèrent.

Jamais, jamais, Heinrich n'a parlé de reconnaître sa fille, ce qui évidemment l'aurait contraint à certaines obligations, au premier chef, le versement d'une rente. Et puis la conclusion logique est arrivée : il m'a demandé de quitter l'appartement, avec ma fille sous le bras. Il en avait le droit, le bail était à son nom et la loi en Allemagne protège davantage l'homme que la femme. Amoureuse, j'avais été négligente, au début… « Une dame doit s'installer ici dans quelques jours » fut son mot d'adieu. La dame, qui devait l'avoir été souvent ou ne l'était sans doute pas tant que cela, n'est pas restée longtemps. D'autres ont pris la suite, semble-t-il, peu nombreuses, elles ont toutes déchanté, impuissantes égéries, éphémères compagnes vite déçues ou dégoûtées. Il a conservé depuis lors le même logement, trop paresseux pour en chercher un autre.

C'est alors que j'ai commencé à donner des leçons de musique à Clara. Je souhaitais lui fournir très tôt quelques armes culturelles pour se défendre, plus tard, je l'ai donc mise au piano et un peu au chant. Je remarquai vite que, si elle est certes douée pour les touches blanches et noires, elle se rebelle souvent avec énergie contre mes injonctions de doigté, de nuances, de legato, de respiration, de rythme, ce que je sais d'instinct en tant que chanteuse. On dirait que ses progrès assez impressionnants sont le corrélat de l'autonomie qu'elle se construit. Contre moi, en fait. Quel caractère de chien. En aurait-elle hérité ?

13 novembre

Heinrich, encore lui, et encore un mot inquiétant de sa part… Juste avant la date fatidique de 1933, l'opéra commençait à me procurer des succès qui étaient beaucoup plus que d'estime. J'avais été avertie qu'on me demandait aussi à Vienne. Je pouvais espérer que mon rêve suprême pût se concrétiser : devenir *Hofkammer-Sängerin*, Cantatrice de la Cour. Titre désuet et ô combien désiré, pour une reconnaissance prestigieuse que même la chute de l'Empire n'a pas dévalorisée, au contraire même. La République blanche et rouge est assez subtile pour honorer ses artistes du titre le plus impérial qui soit. Que je devienne alors largement mon propre maître financièrement, en plus de mon indépendance affective et sociale, que des perspectives d'une belle carrière s'ouvrent largement n'ont pas peu compté dans la haine recuite, au fond du chaudron de la jalousie, que mon « compagnon » a commencé à nourrir à mon endroit.

Dans le mot que je viens de recevoir, il menace de nous dénoncer à la police non seulement pour notre judéité - beaucoup la connaissent et mon nom n'est pas très catholique, si je puis dire - et aussi parce que nous nous livrerions à de sombres trafics de devises et de nourriture. Ce qui nous amènerait alors au minimum en prison, dans le cadre du statut actuel qui nous enferme si complètement.

Les trafics ? En fait, quelques filières d'approvisionnements afin de trouver des légumes ou de la viande un peu moins chers ; du marché gris plutôt que noir. Je ne sais pas ce qu'il cherche mais je sais ce qu'il croit avoir trouvé, il s'était inscrit au Parti il y a presque deux ans déjà. « Comme ça, j'aurai plus de chances ».

Des chances de quoi ? Sûrement de trouver plus facilement du travail, notamment au sein d'une des nombreuses organisations que le NSDAP contrôle. Car pour ce qui est de ses propres mérites, il y a beaucoup à dire. Les raisons de la détestation qu'il éprouve à notre égard sont claires : nous représentons les témoins de ce qui fut sa vie, avec une famille triangulaire père-mère-enfant, de ces triangles qui forment, superposés, une étoile de David. Nous avons relativement réussi en nous obstinant, en travaillant. Nous sommes donc, pour ce fainéant absolu, des reproches vivants. Il nous rejette aujourd'hui, tant il est perverti par une idéologie qui lui a éteint l'esprit. Naturellement, il a décidé de ne me plus me donner un seul pfennig pour Clara « tu te débrouilleras bien avec tes amis et tes parents juifs ». Qui sont morts. Salaud.

18 novembre

Je n'ai plus confiance. Notre situation est de plus en plus menacée. Le cyclone se rapproche, nous entrerons dans son œil. Je le perçois à bien des petits signes. Je connais quelques familles sur lesquelles sont tombées l'arbitraire et l'injustice : elles ont été expulsées de leur appartement. Je ne sais ce qu'elles sont devenues. J'ai décidé de vendre tout ce que je pouvais et qui ne nous est plus utile, pour ne garder que l'indispensable, afin d'être prête en cas de départ forcé et précipité. Tous mes gains sont convertis en pierres précieuses et devises - dollars et livres - obtenues par des moyens divers et variés. Ne resteront que les lits, une table, très peu de vaisselle et le piano. L'indispensable.

22 novembre

Une soirée de Lieder, pratiquement privée - beaucoup de juifs et aussi des non juifs, pas beaucoup de nationaux-socialistes, on ne les a pas mis au courant... À guichet fermé, avec un guichet malheureusement étroit. J'ai senti que j'avais triomphé car il n'y eut pas un applaudissement à la fin, seulement des larmes sur des visages défaits. La réussite absolue, pour un interprète, c'est quand, à la fin, il recueille silence de plomb et yeux brillants, pas un bruit. Pour une fois, Clara est venue m'écouter et irrépressiblement, verser des larmes.

1er décembre

Heinrich a franchi un palier supplémentaire dans l'odieux. Jusqu'où ira-t-il ? Cela dit, l'instauration d'un état dictatorial et son imprégnation des esprits n'est-elle pas caractérisée par le fait que comme l'horizon, le franchissement des paliers est toujours possible sans qu'on puisse en voir la fin, comme ces plateaux ou faux plats successifs, en montagne, qui cachent le sommet et désespèrent le marcheur ? J'ai appris par un de ses amis secrètement antinazi et resté tout aussi secrètement en rapport avec moi, que la mère d'Heinrich, avare et riche étant récemment décédée, il est désormais l'heureux héritier de plusieurs pièces de marks-or, une bonne aubaine dont il s'est vanté auprès de lui et qu'il a tu à sa fille. « Le seul bon souvenir tangible de ma mère » aurait-il affirmé, avec un cynisme terrifiant. Faut-il qu'il soit malheureux, même si sa mère ne fut pas aimante, son comportement s'expliquant par ce déficit d'amour... Il ne m'a évidemment pas parlé de cette bonne fortune et lorsque j'ai évoqué devant lui nos difficultés financières à venir du fait de l'interdiction de travailler dans les opéras et les autres institutions officielles, en insistant sur le sort de sa fille, il a éclaté de rire, ajoutant l'insulte à la menace. Il m'assura qu'il allait déménager bientôt, afin d'habiter « un endroit plus conforme à ses ambitions et à ses fonctions ».

« Ceux dont l'esprit a une seule fois enfanté le crime sont dans le mal pour toujours ». Un vers que j'ai retenu et extrait d'un opéra aussi oublié que l'auteur. Je me demande si cette assertion terrible puisqu'elle affirme un déterminisme absolu, qui vient du fond de cet âge de l'homme où s'ébauchèrent les notions philosophiques essentielles, ne s'applique pas parfaitement à Heinrich, qui commença tôt dans la mauvaise voie. L'idée de destin impliquée par cet aphorisme me gêne, pourtant. Pas de liberté, de libre-arbitre, de grâce, de rédemption, pour parler un langage religieux ?

Nous rencontrons des difficultés financières croissantes. Si le nombre de représentations d'opéra et de leçons devait encore diminuer, nous tomberions dans la franche misère.

31 décembre

Clara et moi avons passé une partie de cette dernière nuit de l'année en tête à tête. Elle était sortie au début de la soirée, cela a tourné court sans qu'elle m'en donne la raison, elle est revenue à la maison. J'étais secrètement ravie. Je lui ai servi un peu de vin, elle ne m'a pas avoué si elle en avait déjà goûté en excès. Je décide de bousculer désormais les événements avant qu'ils ne nous détruisent. Il faudra aussi compter sur la chance.

J'ai un plan et une grande nouvelle qui l'affermit : Knappertsbusch m'a acceptée dans sa distribution, c'est un bon début pour ce qui suivra.

# 1937

4 janvier

J'ai instamment demandé à chanter la Comtesse des *Noces de Figaro*, à l'occasion des représentations données entre le 13 et le 15 (jour de la 1ère) qui est donnée assez exceptionnellement au *Grosse Volksoper*, situé justement dans la *Kantstrasse*. Je viens d'y être autorisée et acceptée dans le rôle, alors que je suis artiste *Kubu*, ce qui n'est normalement pas compatible. Cependant, l'ostracisme dont les juifs sont victimes n'est ni général ni absolu : certains metteurs en scène, courageux ou persuadés que le régime va s'amender voire s'effondrer font valoir notre caractère tout simplement irremplaçable. J'ai eu gain de cause lorsque je me suis proposée de remplacer la cantatrice pressentie, en très petite forme cette saison, affaiblie par le froid et guère en phase avec le chef. Il n'y a pas beaucoup de chanteuses à Berlin à pouvoir faire l'affaire au pied levé.

Je peux tranquillement mûrir mon projet qui ne réussira que grâce à la conjonction de hasards favorables. Toutefois, l'action que j'envisage et qui semble si faussement tragique, si distrayante à l'opéra me paraît, dans la réalité, effroyable et sordide. Accessoirement très risquée. Je plaide d'avance : coupable avec préméditation. De plus, il faudra que je parle à Clara en lui laissant le choix de décider.

Les *Noces* devraient être dirigées par Klempert, qui adopte sans exception des tempi poussifs, comme « Kna ». L'objection que j'attendais et que je redoutais, relative à ma tessiture assez différente de celle du rôle, soulevée par un importun nazi, n'a pas été retenue, au motif qu'il faut faire avec les moyens d'un bord qui prend eau de toute part. Il est prévu que cette production soit aussi montée à Vienne et que je fasse partie de la distribution pour le même rôle, la Comtesse. Pour pouvoir jouer en Autriche, condition *sine qua non* pour la réussite de mes plans, il faudra la permission formelle de Hans Hinkel.

8 janvier

J'ai parlé à Clara. Elle me permet d'exécuter mon projet même si je ne suis pas encore convaincue de sa nécessité. Elle m'a donné formellement son accord. Si vite que j'en ai été inquiète, j'ai trouvé cet assentiment anormal. Elle m'a difficilement avoué qu'elle avait rendu visite à son père pour avoir un « discussion d'homme à homme ». Il était déjà sous l'emprise de boissons très fortes. L'horreur que je redoute a des risques de se produire si nous n'y prenons garde, l'alcool et le fanatisme croissant anéantissant les tabous moraux. Elle a fui. Il est physiquement incapable de s'opposer à une jeune fille en pleine santé. J'ai eu envie de vomir. Ma résolution est confortée. Il a franchi les limites.

15 janvier

La première phase de mon plan a fonctionné au-delà de ce que j'espérais.

Il y a deux jours, je me suis rendue très tôt à l'opéra, me faisant bien remarquer par tout ce que j'ai pu trouver de concierge, machinistes et autres accessoiristes, sans compter bien sûr mes partenaires. Et puis je me suis enfermée dans ma petite loge, prétextant le trac, la fatigue, la concentration nécessaire et enfin un début de mal de tête qu'il me fallait absolument surmonter. On m'a gratifié d'un charitable et amusant : « Ne tombe pas malade, on n'a plus de Comtesse en stock, sous la main (rires) ». J'ai donc ordonné qu'on ne me dérange sous aucun prétexte, ce que l'on m'a évidemment accordé au vu des circonstances. J'ai peu de temps pour accomplir ma tâche, une ouverture et un acte. À l'extrême début de la représentation, à la première note de l'ouverture conduite, comme je l'avais prévu, à un tempo d'archevêque en visite chez des nonnes, j'ai ouvert précautionneusement la porte et je me suis esquivée du théâtre, en fermant à clé la porte de mon « cagibi » et en laissant une lumière allumée. C'était très risqué, on pouvait me voir sortir, mais je savais tout le monde agglutiné près du plateau et des coulisses. Pas besoin de beaucoup de temps pour me changer et de reprendre une tenue de ville : nos costumes étaient sommaires, il n'y plus de petites mains pour coudre et rapiécer, plus de ressources pour ce qui ne sert pas le dieu Mars…

J'ai enfourché ma bicyclette, laissée à quelques encablures de l'opéra. Je suis arrivée très vite dans la *Hardenbergstrasse*. Je savais qu'Heinrich s'y trouvait, dans son petit appartement au premier étage puisqu'il avait proposé à Clara de revenir ce même jour, à cette même heure, en lui confiant la clé « pour la dernière fois ». Elle avait accepté, à ma demande expresse. Il commençait son dialogue nourri avec la *Berliner Bier*, le *Mosellaner* blanc et le schnaps, ce qu'on appelle chez lui dans le Nord *Lüttje Lage* - la petite tournée. Je suis entrée avec la clé de ma fille qu'elle avait soigneusement gardée tout en prétextant l'avoir perdue.

Il est assis, de profil par rapport à la porte d'entrée, essaie de donner le change vis-à-vis de sa fille qu'il attend car il se tient droit. Mais je vois qu'il est déjà à moitié ivre, animé d'un très léger mouvement du buste. La bouteille de blanc sur la table, avec sa main enserrant une chope de bière dans laquelle est plongé un verre de schnaps. Il a à peine tourné la tête, croyant sans doute que c'était Clara qui venait d'arriver, il n'a pas le temps de se lever. En me reconnaissant, il a un air très étonné.

C'est épouvantable. Je n'ai pas tremblé, mes pas puis mon geste ont été assurés, francs, directs. Peut-être parce qu'au lieu de réfléchir à ce que j'allais faire et aux conséquences effroyables de mon acte, au couteau effilé dont il allait falloir me débarrasser, j'ai pensé d'abord qu'il était nécessaire qu'Heinrich disparaisse. Sinon, Clara et moi serions condamnées. J'ai surtout pensé à ma fille qui m'avait approuvée, sans restriction apparente. J'ai pensé à la représentation qui m'attendait, à mon rôle, à ma voix qui, elle non plus, ne devait pas trembler. J'ai pensé, bizarrement aussi, à la Salomé biblique qui demandait sans faiblesse la tête de Saint Jean-Baptiste, Salomé que j'ai chantée.

Le coup a été terrible, je ne sais pas où j'ai puisé cette invraisemblable violence. Je l'ai frappé à la base du cou. La jugulaire sectionnée a fait gicler le sang à une hauteur à laquelle je ne m'attendais pas, sans m'atteindre heureusement. Il est mort, assis sur sa chaise, en quelques secondes, en n'oubliant pas de me jeter un regard incrédule, stupéfait, qui ne m'a pas émue. Seule une trainée du liquide rouge vif a griffé ma main. Et à ce moment-là, j'ai retourné toutes mes pensées vers Clara, à ce que je devais faire pour nous protéger, aux jours prochains, difficiles, où il nous faudra affronter les interrogatoires de la police, et aux jours plus lointains où le départ s'imposera… Quelques secondes, à peine, pour essuyer mes doigts souillés sous le filet d'eau du robinet, nettoyé ensuite. Quelques secondes encore, et une bonne vingtaine de pièces d'or cachées sous son matelas, derrière le buffet et dans la chasse d'eau, ont pris le chemin de ma poche. Il n'y avait pas d'autres endroits possibles et j'ai mis un beau désordre dans son appartement. Moment très risqué, mais la chance a été avec moi, pour une fois, on ne peut pas échouer à tout coup. Personne ne m'a vue sortir. J'étais un assassin, puisque j'avais prémédité mon crime.

J'ai pédalé aussi vite que j'ai pu. Retour au théâtre. Je me sentais curieusement bien, calme, sereine, en paix avec ce qui me restait de conscience. Puis, vint la partie la plus périlleuse de mon expédition : à défaut de l'aide de Dieu, il fallait compter plus sûrement et à nouveau sur la chance. Car personne ne devait me voir revenir dans ma loge. Nul témoin, sinon… Mais je savais pertinemment qu'à cette heure-là, la porte de l'entrée des artistes (ma loge est à côté, une noisette de chance en plus…) n'est pas fermée et qu'il n'y a pas de concierge. Tout le personnel est en effet requis pour le spectacle. La pénurie présente des avantages. Aucun danger de tomber sur un chanteur ou un accessoiriste, ils ont davantage de motifs qu'au début de la représentation d'être affairés autour du plateau, quand ils ne sont pas sur la scène. Reprendre son souffle, se calmer, se concentrer. Expirer, très lentement. Inspirer, très lentement. Me revêtir de nouveau du costume de mon personnage n'a pas pris plus de temps que de m'en dévêtir, guère d'argent pour les fanfreluches. Quand je suis entrée sur la scène, au début de l'acte 2, tout était oublié. Je n'étais que musique, j'étais la Comtesse humiliée et triste. Et j'avais 1000 spectateurs qui pouvaient attester que j'étais au Théâtre. Je n'avais pour unique préoccupation que l'épuisant tempo que nous imposait le chef et qui exigeait des chanteurs un long et puissant souffle de forge.

Il paraît que je ne n'ai jamais chanté aussi bien, quoique les flatteurs, amis ou inconnus, soient rarement objectifs et expriment la même opinion à chaque concert. Cependant, je sais bien pourquoi j'ai effectivement très bien tenu mon rôle : le soulagement, ajouté à l'optimisme avec lequel j'envisageais notre vie future, ajouté à la peur, au sentiment de délivrance, d'avoir coupé des amarres, d'avoir sauvé Clara, d'avoir pris ma vie en mains, d'avoir de l'argent... Quand je suis rentrée à la maison, à pied, me faisant bien remarquer de mes partenaires avec lesquels je saluai abondamment le public, je n'ai pas eu besoin de dire quoi que ce soit à Clara. J'ai fait un signe de tête, elle ne m'a posé aucune question, a commencé à pleurer doucement ; elle est venue vers moi, m'a embrassée. Rentrée dans sa chambre, elle a sangloté tard dans la nuit. Pour m'aider, en vain, à m'endormir, et sans aucune ironie, je me suis dit que j'avais retourné contre un nazi le slogan stupide que ses *Parteigenossen* avaient popularisé -*Allemagne, réveille-toi* ! Grâce à tous ces malfrats imbéciles, en commettant ce meurtre, j'avais précisément l'impression de m'être enfin réveillée. En me rangeant ce soir-là du côté des salauds. Puis plus tard, j'ai récupéré le vélo, jeté le couteau dans la Spree. Et là, j'ai pleuré comme jamais de toute ma vie.

17 janvier

La police nous a retrouvées, je suppose que c'est grâce aux renseignements que ma victime lui avait charitablement communiqués quand il effectuait son travail d'informateur, incomplet d'ailleurs puisqu'il s'est bien gardé de révéler à ses employeurs que nous avions un passé commun et une enfant. Honteux... Une enfant d'aryen et de juive, ce qu'il a prudemment tu.

Elle nous a interrogées. Je dirais que tout s'est bien passé, autant que possible. Nos alibis sont assez solides pour résister à une enquête sommaire. J'étais bien à l'opéra, quelques centaines de témoins peuvent l'attester. La plupart du temps, les policiers de base ne sont pas spécialistes des opéras de Mozart et n'ont pas une idée précise du minutage des rôles et des entrées en scène des chanteurs. D'ailleurs, ils n'ont pas encore interrogé tous mes collègues. L'un a affirmé m'avoir vue pendant le 1$^{er}$ acte – illusion ou volonté de me fournir un alibi. Sur un point précis, je n'ai pas été honnête : je n'ai pas révélé qu'Heinrich était le père de Clara. Après tout ils ne me l'ont pas demandé, rien ne permet de le laisser penser. J'ai dit qu'il avait été un ami cher pendant quelque temps mais que nous avions rompu des relations assez lâches. Mon espoir est qu'ils ne le découvrent nos réels liens de parenté passés que lorsque nous serons loin de Berlin. Car la police n'est pas stupide, les enquêteurs finiront par trouver.

Clara, quant à elle, était à la maison. Un peu de piano, une sortie des poubelles de façon à être aperçue et entendue par l'une de nos voisines, de celles qui notent tout et se croient d'efficaces auxiliaires de police. Il est vrai que dans notre nouveau pays, les supplétifs de l'ordre poussent comme champignons vénéneux après la pluie. Les dernières traces du sentiment religieux qui m'animait s'évanouissent avec ce que j'ai pensé, élaboré, perpétré. Je ne regrette rien, ni mon crime ni la foi que j'avais en l'Instance qui le condamne. La justification de mon athéisme, tient en une phrase que je me répète souvent : Dieu lui-même ne peut faire que ce qui a été n'ait pas été, c'est la preuve de sa non Toute Puissance.

20 janvier

Ce que je craignais est arrivé : on nous expulse du logement, sans autre raison que la nécessité qu'une « vraie famille allemande » soit logée dans un bel appartement que nous ne sommes pas dignes d'occuper. La seule véritable affliction est que je dois abandonner mon piano. L'exil est en effet immédiat, on ne peut prendre que ce que les bras peuvent emporter.

Et puis à la réflexion, une bonne chose peut sortir de cette péripétie : nous allons loger chez des amis berlinois d'Elisabeth Schumann, encore à Vienne à ce moment, que j'ai prévenue en désespoir de cause. Elle a actionné toutes ses connaissances et on nous a proposé deux chambres de service, au dernier étage d'un immeuble bourgeois, sous les combles. Nous allons pouvoir disparaître au moins momentanément du périscope insidieux de la police.

24 janvier

Je suis très en retard. Mes règles. Je sais bien que je ne suis pas enceinte, il faut en principe un partenaire, nonobstant l'exemple mythique de la naissance du Christ. Je connais ma théologie chrétienne, j'ai chanté l'Oratorio de Noël et des cantates de Bach. Or, depuis trois mois, je ne vois plus ce sang qui devrait s'écouler alors que je ne suis pas ménopausée. J'en déduis que, au plus intime de moi, les événements m'ont littéralement déréglée, le déménagement récent n'ayant rien arrangé. La nourriture, les angoisses ou les terreurs, tout concourt à ce que la mécanique de la naissance se mette d'elle-même hors d'état, comme si la possibilité de donner librement la vie m'était à présent refusée par mon corps. Comme, j'imagine, à nombre d'autres femmes qui, bien malgré elles, craignent pour la vie, la leur et celle de leurs enfants.

29 janvier

Hitler partout, sur les affiches, avec son faciès de fou, exalté, la mèche rêche et sombre comme une cravache, à la radio, avec sa voix rauque, ces fins de phrase hurlées et incompréhensibles, cet accent déplorable, ses fautes de construction et de syntaxe, - quel épouvantable chanteur il ferait - cette haine omniprésente même quand il parle d'amour, surtout celui qu'il prétend avoir pour sa patrie. Impossible d'y échapper. Les Allemands ont donc oublié qu'il était né autrichien. Conclusion paradoxale : l'étroite Autriche, provinciale, a donc envahi la grande Allemagne, une puissance aspirant à l'universel. Qu'est-ce qui va sortir de toute cette boue mentale ? Les amis goyim qui me restent sont partagés entre la résignation et le désir d'exil. Quant aux juifs, enfin, ceux qui sont restés, leur décision est le résultat de la fatigue, de l'accablement, du fatalisme ou du manque d'argent. Il leur reste la tentation du suicide. Et l'humour, qui, comme disent les Français, est la politesse de l'extrême désespoir.

31 janvier

Nous avons enfin l'accord formel de Hinkel et donc de Goebbels pour donner les *Noces* à Vienne. Je chanterai une fois de plus la Comtesse. On ne parle pas de l'enquête en cours, on n'a pas évoqué de possible interdiction de sortie. Les documents de police et de douanes sont en instance d'être signés, apparemment. Pourquoi est-ce si facile ? D'abord, parce que moins il y aura de juifs, mieux ça vaudra aux yeux de nos autorités. Ensuite, la police paraît débordée par les nombreux incidents qui émaillent la vie publique du pays, le meurtre d'un membre du parti, alcoolique, ayant fréquenté de surcroît une juive ne les intéresse pas beaucoup : il faut éviter tous les scandales qui entachent la respectabilité des membres du NSDAP. Départ dans trois jours, bagages minimaux - de toutes façons, il ne me reste plus grand-chose. Pièces d'or cachées… intimement. Je sais que je ne reviendrai pas.

J'hésite malgré tout, pour une seule raison, la seule vraie raison : Clara. Or, ma fille m'a fortement incitée à partir pour l'Autriche et surtout à y rester. Elle est persuadée que la vie y est un petit peu plus facile qu'en Allemagne, qu'on peut la quitter plus aisément. Je lui ai rétorqué qu'il n'était pas question que je parte sans elle. Elle a eu un argument assez convaincant :

-Tu penses vraiment que le Reich de mille ans va s'intéresser aux déplacements d'une grande jeune fille, sans avenir, qui va rejoindre sa mère devenue paria ? Mon retard sera facilement expliqué.

-Tu n'as aucun moyen de subsistance à long terme – je compte te donner tout ce que ton père nous a laissé, mais ensuite ? Tu ne peux pas rester seule à Berlin, tu seras dénoncée, tu attireras l'attention de la police et de bandits, ce sont parfois les mêmes…

Elle a répondu point par point à mes objections, surtout à la première. Elle m'a montré la petite fortune qu'elle a amassée. Je dois dire que j'en ai été stupéfaite. J'ai chassé de mon esprit des inquiétudes s'agissant de l'origine de cet argent, et j'ai mieux compris ses absences de la maison, quand elle m'a déclaré fermement :

-Merci, maman, de m'avoir donné d'excellentes leçons de piano. Je suis une jeune répétitrice appréciée, ayant des clients réguliers qui me payent bien. Je donne aussi des leçons de mathématiques. Et j'ai des amis, qui ne sont pas que des clients, et qui peuvent m'aider librement, sans aucune contrepartie.

Je me domine. Les lèvres me brûlent de lui poser des questions sur ces mystérieux et généreux amis dont *a priori* je me méfie comme de toute personne qui nous viendrait spontanément en aide, sans contrepartie. J'ai quelques intuitions s'agissant des motifs de son insistance à rester et à me voir partir. Je me doute des raisons profondes de son choix, sans preuves ni certitudes… Où sont mes merveilleux dix-sept ans ? C'était pourtant en 1916, une année qui n'était pas merveilleuse pour beaucoup de gens. Mais bon, j'avais dix-sept ans, voilà tout, à cet âge-là, « sérieux » et « merveilleux » ne riment pas. On n'est pas sérieux quand on a dix-sept ans…

3 février

L'Autriche, est-ce une bonne solution de repli, même temporaire ? Ce n'est plus un pays de matins calmes. Je me souviens bien qu'elle a failli connaître très tôt le sort de l'Allemagne : en juillet 1934, les nazis autrichiens avaient tenté un coup d'État. Il échoua, 300 morts, dont le chancelier, assassiné. Pendant ce coup d'État, l'Allemagne est restée neutre, malgré son désir de tout avaler, insuffisamment forte militairement pour intervenir. Mussolini a alors envoyé des soldats pour protéger l'indépendance de sa voisine. Puisse-t-il se porter garant encore un petit moment, je compte sur lui très bientôt...

Aujourd'hui, la situation n'est pas trop mauvaise : la population allemande souhaiterait de plus en plus le rattachement de l'Autriche à l'Allemagne, parce qu'il figure dans le programme du parti nazi, mais la population autrichienne y est de moins en moins favorable, semble-t-il. La situation économique s'améliore, les élites ne souhaitent pas être dépouillées de leurs positions au profit de gens d'outre-Inn, qui sont toujours des « prussiens » même s'ils sont rhénans.

5 février

Toute la troupe part en train pour Vienne. J'ai cependant demandé et obtenu de partir toute seule, quelques heures après les autres, grâce à un papier signé du chef d'orchestre et de l'intendant. J'ai prétexté être « préoccupée par celle que je dois laisser derrière moi, des documents à remplir ». De surcroît, j'ai rappelé que je suis tout de même officiellement surveillée sinon assignée à rester en Allemagne, il ne faut pas risquer de causer de problème à toute la compagnie. Il semble qu'il n'y ait aucun obstacle administratif à mes déplacements, je ne serai pourtant rassurée que lorsque je verrai la cathédrale Saint Etienne et le *Staatsoper*. Surtout quand je saurai Clara en Autriche, près de moi. Les adieux ont été difficiles. J'ai failli tout annuler. Cependant, ma fille a encore beaucoup insisté pour que je parte. Elle menaçait de ne plus jamais me parler si je n'honorais pas mes engagements, arguant qu'il fallait justement, dans ces temps de trahisons et de renoncements, tenir sa parole afin de ne pas éveiller de soupçons.

7 février

**Vienne**. La chance continue de me sourire. Enfin, de me faire au moins des risettes. Après un interminable voyage qui s'est achevé sous la neige, j'ai passé aisément la frontière elle-même. Entretemps, j'ai éprouvé bien des angoisses, le train s'est arrêté souvent et longtemps. Vérifications, vérifications de vérifications, contrôles de certains passagers immédiatement expulsés du convoi. Enfin, il faut descendre, passer à pied la limite du territoire matérialisée par deux barrières, présenter derechef ses papiers. Lorsqu'on remonte dans le train, de l'autre côté, quand on

249

se croit sauvé, les policiers peuvent faire du zèle et se remettre à tout contrôler. De nombreux atouts se tenaient dans ma manche musicale : les partitions de *Cosi* et des *Noces* bien en évidence, le crayon à la main, les lèvres légèrement remuantes, je répétais vraiment mon rôle, j'attendais les douaniers avec un peu de crainte tandis que je redoutais beaucoup les militaires et les gendarmes. Pourtant, est-ce l'effet de mes exhibitions ? Ni les uns ni les autres, quelle que soit leur nationalité, n'ont vérifié sérieusement les papiers et les *Stampen*, les tampons nécessaires, ces petits sceaux inévitables signatures de la puissance arbitraire des administrations. J'ai précédé, la gorge serrée, bravache, leurs questions éventuelles. Je parlais à m'en étourdir moi-même, débit de mitrailleuse, sans respirer ou presque :

-Vous savez, je chante Fiordiligi demain à l'opéra de Vienne. C'est incroyable... Je suis si heureuse. Pour moi c'est une consécration. Quelle chanteuse ne rêverait de se produire au *Staatsoper*...

Les deux gardes qui devaient se charger de moi m'ont souri béatement, je me suis demandée s'ils n'allaient pas m'ordonner de me taire. Je me garderai bien de les traiter d'imbéciles, après tout ils ne m'ont pas gêné par leurs questions ou leurs regards. Et soudain, un petit miracle s'est produit : l'un d'entre eux a fredonné un air de *Cosi*. Celui de Ferrando, *un aura amorosa*. Il chantait faux, ce furent les plus belles notes que j'aie jamais entendues, elles avaient le goût d'une promesse de liberté. Je regardai le policier avec toute ma sympathie et mon admiration : un fonctionnaire des douanes, un garde-frontière qui sifflote du Mozart, cela se respecte infiniment.

Je m'explique l'aisance avec laquelle j'ai franchi ces obstacles. D'abord, je suis une femme, seule et visiblement terrorisée. Le plus abruti des policiers retrouve un peu d'humanité et de galanterie au fond de lui, respectant en général la voyageuse en règle. Mais surtout, le métier de chanteuse implique aussi nécessairement, de bien jouer la comédie, par la gestique et les postures, le jeu de scène, les expressions du visage. Oh, nous ne sommes pas tous des acteurs nés, je l'ai vérifié par la totale absence d'imagination scénique de certains ou certaines de mes camarades, bras collés le long du corps, immobiles, des potiches avec des gosiers. On finit par être vraiment Suzanne, ou la Comtesse, ou Violetta, pour peu qu'on veuille mettre dans ces rôles plus que des notes, des roucoulades et des silences.

Dans ce monde devenu dangereux, on doit être apte à jouer un personnage pour sauver sa peau. Je me replonge donc souvent dans les partitions et je travaille. Mon attitude envers les douaniers n'était pas qu'une posture adoptée pendant les longues minutes du passage de la frontière. Devant eux, à ce moment-là, j'étais bien Fiordiligi. Toutes ces considérations pratiques sont sans doute importantes, le principal problème à résoudre reste néanmoins de convaincre Clara de venir au plus vite, peut-être malgré elle.

15 février

La première décision que j'ai prise ici est de changer de nom. J'ai déclaré le vol de mes papiers d'identité, bien que j'eusse la peur au ventre en rentrant dans le poste de police, prête à mentir effrontément. J'ai prétendu que cela s'était passé dans le trolley, mon sac était mal fermé et quelqu'un a dû en profiter – papiers et argent. Ce ne sera pas simple d'obtenir de nouveaux documents, je compte un fois de plus sur la chance, sur la non-coopération entre les Autrichiens et les Allemands et enfin mon métier, assez prestigieux ici, de chanteuse lyrique. Lorsque j'étais encore à Berlin, je me suis rendu compte que le nouveau régime était désordonné malgré les affirmations péremptoires des dirigeants, en raison de la superposition d'organismes aux tâches mal définies. Il en résulte des jalousies entre les administrations et aussi des vides juridiques dont on peut profiter. Ici en Autriche, cette petite duplication provinciale du grand voisin, le désordre doit sûrement être encore pire, il serait plus difficile à des fonctionnaires de me retrouver si l'enquête policière berlinoise devait se prolonger sur ce territoire. J'y suis donc allée au culot, déclarant au greffier devant moi que j'étais née à Berlin et connue là-bas dans les milieux musicaux sous le nom de Schleider, qu'il était même probable qu'il me connût car, comme beaucoup d'Autrichiens, il est certainement féru d'opéra. J'eus l'impudence de la flatter : il devait « être un connaisseur, comme tous ses compatriotes. »

-Schleider ? Mhhh…

Il n'a pas relevé autrement ce patronyme étrange et m'a seulement demandé les renseignements classiques - date et lieu de naissance… », ce qu'il vérifierait. J'ai répondu, la gorge nouée, avec assurance pourtant, pensant à Clara. Mon plan a marché, au-delà de mes espérances. Sa face bornée m'a regardée quelques secondes, avec ce mélange d'hébétude et de stupidité paresseuse que l'on voit parfois à ceux qui s'ennuient derrière un bureau. Il m'a - à peine - posé quelques questions sur les circonstances du vol, exigeant cependant un rapport écrit dont j'avais opportunément préparé le brouillon.

Se piquant d'être grand amateur de chant, il m'a affirmé, « ça y est, je me souviens » qu'il avait lu mon nom sur une affiche. Gagné : il a été victime de son imagination mêlée à sa vanité, il n'a qu'à s'en prendre à elles et à sa mémoire défaillante – Schleider si proche de Leider. Je me réjouis pleinement d'en avoir été la bénéficiaire. Il m'a délivré des documents provisoires, en attendant… Je ne dois sa générosité qu'à ma condition de femme, qui plus est isolée, les hommes ne franchissent pas les frontières aussi aisément.

20 février

Un problème lancinant, obsédant : comment faire venir Clara ? Elle a réussi à m'expédier un télégramme à mon hôtel. Je lui en avais laissé l'adresse. Je connaissais l'établissement, je m'y étais rendue plusieurs fois à l'occasion de mes concerts ou prestations à l'Opéra. Ce qui explique aussi que le propriétaire, un vieux monsieur que je sentais catholique et tranquille, ne m'a pas posé de questions lorsque j'ai présenté des papiers d'identité dont le nom ne rappelait rien, quoiqu'il ne fût pas dupe : un regard a suffi, le silence qui a suivi avait la belle apparence du courage. Ma fille me dit de ne pas m'inquiéter, qu'elle va me réserver une surprise. Se doute-t-elle seulement que ce ne sera peut-être pas une si grande surprise ? Mon Dieu ! Je vais pouvoir m'endormir rassurée. Momentanément.

1er mars

Vienne, une ville que je connais bien, pour y être née, pour y être revenue depuis Berlin, pendant des années, au gré des contrats, des fantaisies des metteurs en scène, des chefs d'orchestre.

Je me souviens de Karl Böhm, autrichien de Graz, qui m'a dirigée ici et aussi à Berlin. J'ai appris ici, confidence d'un choriste qui m'a reconnue, qu'il refusait désormais, de cette voix détimbrée et sans réplique qui m'horrifiait par son inhumanité, les instrumentistes et les artistes juifs. Il allait même au-delà des demandes exprimées par les nazis locaux. Il a ici la charge d'une partie du programme de l'Opéra, ce n'est pas à lui que je demanderai de m'engager. Il a toujours adopté une attitude rigide, impitoyable, d'une insensibilité métallique. Avec ses petites lunettes rondes, ce *Herr Doktor* en droit (quelle ironie…) musicien admirable, d'une prodigieuse précision, cherche-t-il autre chose qu'une posture politique

255

au service d'une impitoyable ambition ? Je suis allée prendre un café à l'hôtel Impérial, je n'ai pas pu résister alors même qu'il est infesté d'uniformes que je n'ai pas envie de voir. Quoique ma judéité ne soit en rien apparente, c'était assez risqué, eh bien, tant pis. L'hôtel Impérial doit être placé sur le même plan que d'autres monuments de Vienne. Il est le symbole d'une civilisation que je sens en perdition. Mon rêve le plus cher ? Que tout s'arrête puis redevienne comme avant et, avant toute chose, que Clara soit auprès de moi.

3 mars

Répétition, piano sur l'instrument d'exercice de l'opéra, relecture du livret le matin. Puis, Kna est arrivé, il m'a vue, m'a souri. Je n'oublierai jamais ce qu'il a fait et qu'il est susceptible de refaire pour m'aider. Nous avons répété avec l'orchestre, sans costume évidemment. Il s'est gardé de toute marque de favoritisme à mon endroit. Heureusement, je dois rester discrète et ne pas trop susciter la curiosité de la troupe. Il m'a demandé que nous nous rencontrions à l'écart des autres à la fin de la répétition. Il n'a pas eu besoin de marmonner « en tout bien tout honneur », c'est essentiellement un homme d'honneur. J'ai une idée de ce qu'il va me proposer.

Les répétitions sont exténuantes, distrayantes au sens le plus fort du terme. Au moins dispense-t-elles de penser, cela calme la faim. Je n'ai pas grand-chose d'autre à faire et il y a danger à trop d'oisiveté. Quel plaisir de se promener au *Graben*, ou dans le vieux quartier enserré par le *Ring*. Ce qui me réconforte un peu, c'est que l'on continue d'entendre, lorsqu'on se promène au hasard des rues, des notes de musique s'échapper d'un piano ou d'un violon, et puis voleter dans l'air, libres, éphémères, éternelles. Beethoven, Mozart, ou une bluette, peu importe. Où est Clara ? Que fait-elle ? La musique seule me fait oublier la situation angoissante et, pour quelques instants seulement, ma fille. Je ne peux pas y penser tout le temps, sans quoi je deviendrais folle.

15 juin

L'Autriche est un pays bicolore, avec un drapeau composé de trois bandes horizontales rouge, blanche et rouge. On en a fait alors le motif ou la décoration de beaucoup de choses : des papiers enrobant des bonbons infects à force de sucre, des parterres de fleurs, les décors des salles de musique, au premier chef le *Musikverein*. Pourtant tout est vérolé depuis au moins quatre ans. Depuis septembre 1933, le mois du 250ème anniversaire de la libération de Vienne des Turcs, le programme gouvernemental est présenté comme une libération nationale des ennemis de l'intérieur. « Nous voulons un État autrichien chrétien et allemand sur une base corporatiste et un dirigeant autoritaire » proclament les affiches à la gloire du chancelier Dollfuß. Les ennemis sont le marxisme, le capitalisme, le parti nazi et la domination des partis sur l'État - ça fait du monde, ils en oublient. Le chef du gouvernement a créé une sorte de continuité entre la démocratie et le fascisme. Il utilise les moyens constitutionnels pour créer ce nouveau régime. Cependant, il n'arrive pas au pouvoir à la suite d'élections, il est déjà au sommet et il va en profiter pour en empêcher de nouvelles. L'austrofascisme n'est pas une nouvelle idéologie, seulement la transmutation d'un ancien parti démocratique. Effroyable leçon.

Mon univers personnel doit se réduire au blanc et noir, celui du clavier du piano, des notes de musique sur les partitions et des fracs des musiciens en chemise blanche car je dois me dédier à ce qui nous fait vivre, ma fille et moi.

Que fait Clara ? Question permanente et obsédante. Elle m'avait promis une surprise. La surprise, pour le moment, c'est qu'il n'y a rien à l'horizon, rien à entendre, rien à voir. Je suis maintenant inquiète. Elle sait où j'ai trouvé refuge. Le petit hôtel où je réside est opportunément attenant à l'opéra, je le fréquente depuis longtemps. Nous sommes trois artistes de Berlin qui seront comme on dit, en résidence provisoire. J'ajouterais bien « surveillée » mais ce serait méchant pour nos amis autrichiens à qui nous devons déjà une relative sécurité, c'est-à-dire, justement, aujourd'hui, la liberté. La question est de savoir combien de temps cela va-t-il durer. En me disant que je n'aurai pas beaucoup de déplacement pour aller aux répétitions et aux représentations, évitant ainsi les occasions de rencontres risquées, je me rends compte que j'ai emporté, avec moi, de Berlin, mes terreurs et mes fantasmes.

À Vienne, n'y a-t-il donc aujourd'hui plus que des juifs, des fonctionnaires nostalgiques et des criminels casqués ? Les malheureux qui cherchent à obtenir des visas de sortie doivent faire la queue nuit et jour devant les bureaux de l'hôtel de ville, de la police et enfin des agents du fisc et des impôts - en l'occurrence des prédateurs et des voleurs. On doit payer un droit de sortie, une taxe sur le capital et évidemment déclarer l'argent liquide, tous les biens immobiliers et la majorité des biens meubles quel que soit le lieu où ils se trouvent, Autriche ou Allemagne. L'internationale du brigandage n'est pas un vain mot, les mafia s'exportent bien. Tout sera scrupuleusement confisqué lorsqu'on parvient à quitter ce qui est maintenant moins un pays qu'une souricière, une prison gérée par des bandits corrompus.

J'ai vu passer hier, en trombe, dangereuse, une Mercédès noire avec fanions à croix gammée. À l'intérieur, des pillards en uniformes caca d'oie dont on connaît les noms par les journaux vantant leurs mérites et leur efficacité, un certain capitaine SS nommé Adolf Eichmann et un inspecteur de Police chargé de la Sécurité – ah, l'humour chez les brutes- Walter Stahlecker. Ils ont organisé un *Office central pour l'émigration juive* à Vienne, sans doute d'abord pour nous compter. Ils vont avoir du travail, nous sommes nombreux à vouloir partir. Ils ne nous aideront pas à le faire : ils nous délestent de ce qui nous reste, nous privant de moyens de fuir, ce qui achèvera de nous emprisonner ici avant de nous achever tout court. Je sais exactement comment cela va se terminer : en Allemagne, on nous a d'abord dépouillés ensuite, ce fut l'"aryanisation" des entreprises économiques - il faut entendre par là licenciement du personnel israélite et transfert des activités possédées par des juifs à des Allemands aryens, qui avaient la possibilité de les racheter à de vils prix, fixés par les nazis qui se servaient au passage.

Je suis passée à côté de la Colonne de la Peste commémorant la fin de l'épidémie de Peste Noire en souhaitant que ce vilain pâté de stuc blanc crème nous débarrasse de la Brune.

26 juin

Au fait, combien de juifs sommes-nous encore à Vienne, grande ville juive ? Quelque chose comme quatre-vingt mille, dit-on, d'après les chiffres qui trainent dans les lieux publics et qui sont chuchotés entre nous. Il faut me décider : quelle sera la prochaine terre de repli ? Et organiser la fuite en conséquence : visas, titres et moyens de transports. Pour ce qui est des bagages, c'est vite fait. L'argent, j'en ai cousu dans l'ourlet de toutes mes robes. Y compris de mes costumes de scène fourrés dans des sacs.

Où aller ? La France ? Pour beaucoup d'entre nous, c'est le paradis, de plus, assez proche. Je n'oublie pas le vieux dicton yiddish répandu parmi les ashkénazes fascinés par ce pays de la liberté qui, le premier, les émancipa, et qui connurent avec lui une vraie histoire d'amour. Vivre heureux « *wie Gott in Frankreich* - comme Dieu en France ». Pour moi, c'est non. Trop près de l'Allemagne, donc trop risqué. Enfin, on y chante en français des œuvres françaises et même les opéras italiens ou allemands, ce n'est pas ma langue de travail. Enfin, les Français ne me sont pas des plus sympathiques. Et l'Angleterre ? Là aussi un problème de répertoire et de langue. Si un conflit éclate, l'île ne tiendra pas, c'est impossible. Je vise la Suisse, pour un premier arrêt, ce lac de tranquillité au milieu d'un océan qui prépare des tempêtes. Combien de temps pourra-t-elle prétendre à cette sérénité ? Depuis la Confédération, on peut envisager l'Italie, tout m'y invite, le répertoire, la langue, le soleil, une relative tranquillité. Tout m'y invite sauf, justement, les autorités. Cependant, il est loisible de s'en échapper assez aisément, en apparence. Mon rêve, ensuite, ce sont les Etats-Unis, parce que désormais, il faut au moins un véritable océan pour avoir le sentiment d'être protégées, ma fille et moi.

2 juillet

Clara, Clara, où es-tu, que fais-tu ? Où est la surprise promise ? Je n'ai plus la patience d'attendre sans réagir.

J'ai chanté Susanna et aussi Despina. *Kna* m'a promis de m'employer dans d'autres rôles, même éloignés de ma tessiture. J'aurai tout le répertoire à ma disposition. C'est nécessaire, ma voix ne durera pas éternellement. Le chef sera-t-il en mesure de tenir ses promesses ? Il est lui aussi en Autriche parce que, de l'autre côté de la frontière, précédé d'une réputation injustifiée de sympathisant appuyé du régime, il n'est plus du tout en odeur de sainteté ici même.

Après la représentation, devant notre petit groupe, au foyer de l'opéra, en présence de quelques officiels bruns de cœur et d'esprit sinon d'uniforme, entre des coupes de champagne vite lampées, il a plaisanté, moquant publiquement les choix esthétiques des nazis allemands. Danger. Taisez-vous, cher maître.

Quoi qu'il en soit, les représentations que nous donnons ici (beaucoup de Mozart, un Beethoven, un Weber) ont été enregistrées et paraîtront en disques, si tout va bien. Des enregistrements, j'en avais réalisé très peu à Berlin. Ici, je me rattrape un peu. Peut-être pourrai-je même demander une avance financière. Pour l'instant, j'ai une fonction de remplaçante, qu'une collègue jalouse a aimablement qualifiée de bouche-trou et qui me convient parfaitement. Je me suis laissé aller à l'indélicatesse de lui répondre que chacun bouchait les siens comme il le pouvait. Je constate avec dépit que de chers consœurs et confrères m'ont, comme on dit, manqué. Ceux qui me flattaient encore il y a quelques semaines m'ignorent à présent, refusant de me saluer, trop heureux de me remplacer éventuellement dans des rôles que leur propre et très insuffisant talent ne leur auraient pas permis d'envisager. La politesse est un verni.

4 juillet

Alléluia ! J'ai reçu un contrat pour chanter la Suzanne des *Noces* en Suisse à partir de la prochaine saison qui commence en janvier prochain. Suzanne, c'est aussi dans mes cordes, même si après la Comtesse, j'aurai l'impression de déchoir un peu. Néanmoins, depuis la soirée terrible de Berlin, le plus beau rôle mozartien m'est pénible. De toutes façons, j'aime le chef, à qui j'ai été recommandée par « Kna », ce Josef Krips, en sursis évidemment, tout comme moi, qui peut encore voyager un peu. Son père, né juif, s'était converti au catholicisme, bien qu'aux yeux des nouveaux maîtres, cela ne comptât pas. Il doit diriger l'œuvre à Zürich et a tenu à ce que je sois de la partie. Il a eu le pouvoir de m'imposer et la frontière est encore assez perméable : il faut profiter de cet alignement favorable de planètes pour jouer à saute-mouton au-dessus des barrières.

Je suis heureuse et soulagée d'avoir reçu ce titre d'embauche pour chanter à l'opéra suisse. J'ai à peine regardé pour quel rôle. De toute façon, si ce n'avait pas été Mozart, c'eût été Beethoven ou Weber ou, au pire, Wagner : les amateurs suisses alémaniques sont conservateurs et germanophones, quand ils ne sont pas germanophiles, malheureusement.

Je suis follement inquiète : le contrat ne comporte évidemment pas le nom de ma fille mais, malgré une demande que j'ai faite en ce sens auprès des responsables helvètes, il n'est écrit ou mentionné nulle part qu'elle puisse obtenir un travail de figurante ou d'accessoiriste. Je me rassure en me disant qu'elle ne devrait pas avoir de mal à venir me rejoindre, les démarcations administratives ne sont pas si étanches pour une jeune fille de dix-huit ans qui va écouter sa mère cantatrice. Je veux, il faut qu'elle vienne !

8 juillet

Dieu s'est-il penché sur mon sort ? Ou bien voulait-Il que je croie à nouveau en Lui ? Un miracle ! Je suis follement heureuse. Clara est là, elle

265

est enfin arrivée à Vienne ! Si j'ai été un petit peu moins inquiète ces derniers jours, c'est qu'elle m'avait envoyé un télégramme qui m'expliquait à quarts de mots (le demi-mot est dangereux) que vraiment, je n'avais rien à craindre pour elle. Je me doutais qu'elle y parviendrait tant elle avait mis de conviction à me voir partir et à me rassurer.

Revenant de ma répétition, tout à coup, elle était là. Mon Dieu… Je l'ai vue dans le hall d'entrée de l'hôtel. J'ai couru vers elle. Elle souriait lumineusement, aux anges elle aussi, heureuse. « Heureuse », ce mot étrange en un temps qui ne favorise pas le bonheur et que je viens d'appliquer à ce que nous avons éprouvé violemment, elle et moi. Nous nous embrassons, je la serre, longuement. Je voudrais l'abriter dans mon propre corps, que lorsque je me déplace, elle se déplace en moi, que lorsque je me protège, je la protège en même temps. Je veux tout de suite savoir comment elle est parvenue jusque-là.

- Je ne pouvais pas te le dire, il fallait rester discret pour ne pas révéler la ruse. Tu ne vas pas le croire.

Elle a pris contact, grâce à ma collègue Helga Dernasch et à quelques autres, avec un vieil homme, riche, célèbre, opposant résolu quoique discret au régime, rien moins que le compositeur de la *Veuve Joyeuse*, Franz Lehar en personne. Incroyable mais vrai. J'ai du reste chanté ses œuvres. Il a eu le courage de ne pas renier les librettistes juifs qu'il avait requis pour ses opérettes et, au cœur du milieu culturel viennois, il a fréquenté beaucoup de mes coreligionnaires. Cela l'a rendu suspect. Si lui est catholique, son épouse Sophie d'origine juive devrait recevoir sous peu le statut de *Ehrenarierin*. Aryenne d'honneur par mariage, elle va accepter le déshonneur afin de continuer à pouvoir sauver des malheureux, cet abaissement qu'ont refusé tant des nôtres, préférant l'exil. Par chance, le caporal moustachu apprécie sa musique et l'hostilité a diminué dans les sphères policières après une intervention publique du nain au pied bot. Lehar est donc libre de ses mouvements et passe les frontières suisse et autrichienne sans encombre ni contrôles, reconnu à sa voiture (une gigantesque Mercédès) aux partitions répandues dans l'habitacle et enfin à sa tête d'oiseau par presque tous les policiers-douaniers qui ne fouillent pas son véhicule. Quant à ses passagers sans papiers, et pourvu qu'ils soient de petit format, il les convoie dans le coffre. C'est dans ces conditions invraisemblables que Clara a voyagé ! Dans un endroit qui ressemble si fort à un cercueil, avec un peu d'eau et un peu de viande froide entre deux tranches de pain. Ma fille a donc été trimbalée par le maître absolu de l'opérette dans des conditions dignes d'une comédie et qui met sa vie en scène avec autant d'imagination qu'il en met dans ses œuvres et ses productions scéniques. Incroyable, pourtant vrai. Sa vie, il ne la met pas seulement en scène, il la met en jeu. Pris sur le fait, il irait en prison, ou pire. Il faut évidemment ne pas parler entre nous de cette roublardise, elle doit pouvoir servir à d'autres. Jamais je n'ai autant apprécié *La Veuve Joyeuse* et *Le Pays du Sourire*. Ces bluettes parviennent à cacher plus de profondeur que ce qu'on croit et nous rappellent qu'il y a eu, qu'il y aura encore des jours heureux, des insouciances chantées.

Clara m'embrasse un fois, deux fois, trois fois de plus, me dit tout de go que je ne dois pas m'inquiéter : elle est logée par des amis. Logiquement, elle en a profité pour m'annoncer une nouvelle, catastrophique pour moi et merveilleuse pour elle - son souhait ardent de demeurer à Vienne. Si je pars en Suisse, je devrai doute laisser Clara derrière moi dans un premier temps tout au moins. La bataille avec elle fut rude : je voulais absolument que nous restions ensemble, que nous fuyions ensemble, que nous allions en exil ensemble. Elle a d'abord biaisé en m'affirmant que je devais partir pour honorer mon engagement mais qu'elle n'était pas prévue au contrat, qu'elle n'avait de toutes façons rien à craindre en Autriche et qu'elle serait protégée, « parce que je suis aimée. Et puis, je te rejoindrai quand la situation sera plus calme » …. Voilà qui confirme mes intuitions et justifie l'atténuation de mes inquiétudes.

Je suis donc heureuse et horrifiée. Heureuse qu'à son âge, elle soit amoureuse (elle en a beaucoup parlé). Cet amour semble sérieux, comme tout ce qu'elle a entrepris jusqu'ici. Horrifiée de devoir la quitter à nouveau, sans date précise de revoir.

10 juillet

Passant hier soir à des aveux plus explicites, elle m'a dit qu'elle avait maintenant un « bon ami », elle n'a pas osé « l'amant ». Elle est femme, j'avais fait semblant de méconnaître cette réalité, il fallait bien que tôt ou tard, cela arrive. Je l'ai stupéfiée en lui affirmant que je le savais. En réalité, je me contentais de m'en douter, sans évidemment en avoir la preuve. Toute femme, toute mère *a fortiori*, perçoit ce genre de choses.

À plus forte raison une mère juive. J'ai bien sûr voulu en savoir plus et je lui ai dit que je ne partirai pas sans l'avoir rencontré, cet « ami ».

14 juillet

Elle me l'a présenté, je l'ai rencontré. Christian m'a fait une bonne impression et semble sérieux. Il n'est pas autrichien, mais allemand. L'at-elle déjà connu dans la capitale du Reich ? Oui, probablement. Sa spécialité est mieux enseignée, dit-il, à l'université de Vienne. Il étudie l'économie mathématique où paraît-il, les professeurs d'ici sont de véritables sommités. Il est chrétien, chrétien convaincu, ce dont certes je me moque comme je m'étais moquée moi-même, un peu, de ma religion, auparavant. Sa foi est cependant un gage d'antinazisme. De surcroît, cela devrait faciliter leur volonté d'insertion ou plutôt de camouflage à tous les deux. Son père est professeur de philosophie à l'université de Berlin mais pour combien de temps encore ? Car il semble que ses thèmes de prédilection ne soient pas ceux qui sont en vogue actuellement en Allemagne, il est spécialiste de philosophie morale, on le classe parmi les héritiers de Kant, une catégorie menacée aujourd'hui. Clara a affirmé qu'il avait réussi néanmoins à faciliter le transfert du dossier d'inscription de son fils. Je me rends compte que ce plan était préparé depuis long-temps et que j'en avais été écartée ; le dépit que j'en ressens se tait devant le reste.

20 juillet

J'ai passé une excellente fin de soirée avec Clara et Christian, après la représentation à l'opéra. Nous avons dîné une brasserie discrète, juste à côté de l'hôtel. Repas léger, bière fraîche et surtout quelques heures de sérénité. Christian confirme la bonne impression que j'avais eue de lui, un garçon calme, posé, sérieux, et pourtant amoureux. Cependant, Heinrich n'était-il pas de la même farine blanche et douce, à l'époque ?

Était-ce l'effet de la chaleur et du peu d'alcool ingéré ? J'ai souffert cette nuit d'un terrible cauchemar qui s'est donné d'abord les couleurs claires d'un beau rêve. J'ai vu une dame blanche et souriante s'approcher de moi. Elle semblait flotter sur le sol tandis que j'étais couchée dans mon lit et que je levai le bras pour la toucher. Or, une légende tenace veut qu'une silhouette sem-blable apparaisse chaque fois qu'un membre de la famille impériale s'apprête à rentrer dans la crypte. Elle est le fantôme familier de la maison d'Autriche, une messagère de la fin. Dans sa robe à traîne, la Dame Blanche des Habsbourg fait la navette, d'un trépas à l'autre, d'un deuil à l'autre, d'un catafalque à l'autre. La légende veut qu'elle soit belle, l'Histoire la veut très occupée car la famille impériale est souvent frappée. Elle a sa place aux abonnés aux tragédies, de Mayerling à Sarajevo.

Je me suis réveillée en sursaut et en sueur, la terreur au bord des lèvres, et, au cœur, une angoisse de la mort. Et puis, j'ai compris : nous avions ce soir joué *L'Enlèvement au Sérail*, j'étais Constance, et je voyais, jouais, tournais et roucoulais avec celle qui était Blondchen et qui ressemblait en tout point à mon spectre de songe.

22 juillet

Clara m'a laissé un mot à l'hôtel afin de me rassurer une fois de plus. Elle prétend que l'ambiance à l'Université, en vacances actuellement et dont la bibliothèque et la *Mensa*, la cantine, sont cependant ouverts, est tranquille.

15 septembre

Le danger se rapproche à nouveau. On le sent, l'ambiance change. Ce sont des petits gestes, des regards en coin, des uniformes qui se voient plus fréquemment dans les rues, des graffitis qui fleurissent, fleurs de haine sur les murs, des crieurs de journaux estampillés croix gammée. Il faut donc songer à partir. Rester jusqu'à quand ? Jusqu'où ?

Je contemple pour ce que je crois être mon dernier séjour les édifices somptueux qui s'égrenaient comme les étapes obligées d'un parcours vital à la gloire de l'Empire, et de ses temples de la culture et du pouvoir, la *Hofburg* sans occupant couronné, le *Kunsthistorisches Museum* largement déserté de touristes, l'inutile Parlement, le *Burgtheater…*

Finalement seuls les bâtiments culturels ont encore un usage assigné. Mais c'est avec une nostalgie indicible et une haine à l'endroit de ceux qui, petit à petit, nous détruisent que je passe devant les splendides palais construits par ces familles qui n'avaient que le tort de n'être pas catholiques, d'avoir réussi matériellement, de pratiquer avec talent le métier d'argent, de venir de nulle part pour rayonner partout, et de jouer au mécène, les *Ephrussi* ukrainiens, les *Epstein* de Prague ou les *Todesco* de Roumanie. Que notre vieux François-Joseph soit infiniment remercié pour avoir favorisé, non, exigé l'émancipation et l'assimilation des Juifs dans son empire. Il doit se retourner dans son sarcophage de marbre vert ; en effet, hier, j'ai lu un tract distribué avec

273

frénésie dans la rue et décrivant le Ring comme « la rue de Sion de la Nouvelle Jérusalem ». Il y a peu de voix publiques pour dénoncer ces infâmies. L'opinion publique est, en périodes troublées, la plus grande putain du royaume. *Vox populi, vox diaboli.*

1er octobre

Une frayeur terrible : on me hèle « Frau Silberberg », à la sortie du théâtre, sur le court trajet vers l'hôtel. Je me retourne, oubliant que j'étais devenue officiellement Frau Schleider. L'aimable (et heureusement discrète, dans une rue presque vide) interpellation provient d'un fanatique d'opéra suffisamment fortuné pour assister à toutes les représentations qui l'intéressent, que ce soit à Vienne ou à Berlin et sans doute ailleurs. Le regard très inquiet et un petit signe de la main que je lui ai adressé l'a tenu à distance, arrêté dans son élan et dissuadé de venir me parler. Il a compris que ce n'était pas de l'arrogance, seulement de la prudence de ma part, il a juste cligné des yeux, si amicalement que j'ai eu une larme à l'œil.

21 octobre

Le principe du contrat suisse est confirmé. Sur le plan pratique, il faut des papiers et donc se rendre dans un consulat ou une ambassade et subir ce qui ressemble à un interrogatoire. Je demande à l'intendant de faire une demande collective. Pour Clara, je me déplacerai moi-même à la légation afin d'obtenir qu'elle puisse me rejoindre, entre deux révisions de cours et... d'autres occupations.

2 novembre

Le principe d'un contrat collectif a été refusé. Je replonge dans l'angoisse de documents à établir, d'interrogatoires à affronter. Je devrai donc me rendre au consulat suisse. Surtout, prévoir aussi un *Ausweis* pour Clara.

7 novembre

Je suis épuisée. Répétitions, leçons de chant et de piano en douce procurées par quelques amis viennois (il m'en reste), démarches administratives, les journées sont trop courtes. Rencontres discrètes avec Clara qui poursuit tant bien que mal son cursus universitaire. Elle est préoccupée, consciente de la fragilité de sa situation, sa tendresse à mon égard en est décuplée quand elle passe me voir, en coup de vent.

31 décembre

Dernière journée d'une année terrible. Mais oserai-je dire que je me sens assez bien ici ? Nous subsistons certes difficilement grâce aux cours que nous dispensons, à l'entraide, aux expédients. Cependant, l'Autriche nous ménage de petits espaces de liberté et de plaisirs infimes, à quoi on reconnaît une forme très atténuée de bonheur. Un café, des sorties à Schönbrunn, au Prater, des répétitions avec des chanteurs à leur sommet, juifs compris puisque, ici, nous ne sommes pas exclus systématiquement de toutes les manifestations. Ma fille semble être en sécurité et vient me voir aussi souvent que ses études, ses amours et ses envies lui en laissent le loisir. Je suis heureuse, elle m'a réservé sa soirée de Saint-Sylvestre que nous avons célébrée dans un petit restaurant.

# 1938

12 janvier

**Zürich.** Le passage de la frontière a été aisé. Pourtant, nous avions été prévenus qu'il est en temps normal beaucoup plus difficile qu'entre l'Allemagne et l'Autriche, désormais liées comme des sœurs siamoises ou plutôt de malfaisantes Erinyes. Les policiers autrichiens, rogues, fiers dans leurs uniformes, ont à peine regardé mes justificatifs. Ils devaient sans doute penser que la Grande Allemagne qu'à n'en pas douter ils appellent de leurs vœux, devait se vider impérativement de ses habitants indésirables et qu'il fallait en urgence purifier l'espace vital des éléments qui le souillaient. J'avais beaucoup de bagages, remplis de mes costumes de scène. Ils m'ont tout de même fait fouiller par une mégère, afin de vérifier que je ne transportais pas de bijoux, d'or ou de valeurs monnayables… Les ourlets de mes déguisements ne m'ont pas trahi, elle n'a pas osé tripatouiller mes habits de lumière, des guenilles très améliorées et trafiquées. Une autre explication de leur relative placidité existe : ils se moquent de ce qui peut arriver à ceux qui fuient leur paradis. On entend leur petite voix intérieure : « qu'ils aillent au Diable ». C'est avec plaisir que nous leur obéissons.

Quant aux douaniers et aux policiers suisses, debout dans leur échauguette et devant qui il fallait se présenter raide et au garde-à-vous comme pour un défilé militaire, ils m'ont laissée passer sans poser de questions au vu du contrat signé émanant de l'intendance de l'opéra de Zürich. Ils n'ont pas cillé en lisant mon nom - Schleider est un nom qui ne sonne pas trop juif. Car je sais qu'après avoir laissé mes coreligionnaires rentrer en nombre, les confédérés ont mis un coup de frein assez brutal à leur politique d'immigration jusqu'ici relativement généreuse de la part d'une population enclavée habituée à l'entre-soi.

27 janvier

La Suisse, c'est l'Autriche, moins les menaces physiques et psychologiques, moins les uniformes bruns, plus des banquiers et des financiers, plus des espions, plus un léger ennui nappé de bon chocolat qui transparaît partout. Et aussi la volonté farouche, partout proclamée, de ne pas se laisser embarquer dans une aventure perdue d'avance. L'atmosphère est bizarre, on dirait que les Helvètes, retenant leur respiration, attendent que se déchaîne un cyclone dont ils seraient l'œil préservé des gros tremblements. Préserver la paix depuis des siècles présente bien des avantages, les destructions sont rares, les salaires assez élevés, paysans et ouvriers vivent de leur travail sans être opulents. Admettre Clara dans cette bulle ne sera pas chose aisée.

Zürich est une petite ville avec un grand opéra. Des façades cossues, un tram qui prend son temps, des gens emmitouflés dans des manteaux de laine aux couleurs toujours sombres, des petites brasseries où on dirait que la bière, comme du thé léger et surtout locale, se déguste à petites gorgées, doigt levé. Elles sont fréquentées par de sages étudiants, des dames en *dirndl* ou en jupes longue sous loden, ou plus souvent par des hommes taiseux et calmes comme des sapins sur les pentes du Matterhorn. La ville sue l'opulence par toutes les briques de ses institutions, compagnies d'assurances et banques au premier chef, quoique la misère existe aussi, tant bien que mal confinée dans les banlieues industrielles et dit-on dans les campagnes. Les théâtres et l'opéra sont prospères, ce qui permet de nourrir des orchestres un peu ronflants. Zürich n'est pas une ville laide, je gage qu'on peut néanmoins s'y ennuyer, sans doute, si une famille, un travail et une passion calme ne vous y fixent pas.

## 12 février

Au cours de la réception qui a suivi notre re-présentation, j'ai rencontré plusieurs membres de notre communauté, de Zürich et de Bâle. Je n'ai jamais vu une telle cohésion ailleurs, dans un autre pays - il est vrai que je suis peu sortie de mon périmètre, mon jugement est sûrement hâtif. Est-ce le syndrome d'un petit groupe, mino-rité au sein d'un peuple lui-même exigu ? Quoi qu'il en soit, tous sont inquiets. La Confédéra-tion est traversée de courants extrémistes qu'elle parvient à contenir tant bien que mal.

Préparer l'arrivée de ma fille. D'abord, com-ment joindre Clara ? Le téléphone, si rare sauf dans les grands hôtels, si aléatoire, dispendieux, fragile et sans doute surveillé. Reste bien sûr le courrier, si lent, auquel il ne faut rien confier de grave puisqu'il peut être ouvert, aux adresses provisoires pour tous les fuyards et les réfugiés.

## 18 février

Ce matin en me réveillant, j'ai ressenti comme un parfum de bonheur. En même temps, je me sens lâche d'être ici, béate, dans ce réduit alpin où je parviens à ne pas trop mal vivre – trois le-çons de piano et de chant, récitals à prévoir, soi-rées ou galas de soutien. L'aisance charitable de

la communauté juive jointe à la philanthropie assez naturelle de nombreux Suisses sinon du gouvernement lui-même, terrifié à l'idée d'une inva-
sion d'étoiles de David, sont efficaces pour soutenir les artistes en perdition.

Je me sens d'autant plus lâche que la pensée
de ma fille devient obsessionnelle et pourtant, il
ne faut à aucun prix que mon interprétation, lors
des représentations que je dois assurer, s'en res-
sente, menaçant en conséquence mes engagements futurs. Non pas par égoïsme ou vanité,
mais parce que je ne peux me permettre de
perdre aussi mes, ou plutôt *nos* maigres ressources financières.

26 février

Ai écrit, à Berlin, à deux collègues, peu sus-
pectes de me trahir. Les autres, je m'en méfie,
pas toujours franches, pressées de me remplacer,
prêtes à des compromissions. Ma lettre était à
lire entre les lignes, censure oblige. Je les infor-
mais qu'un appel téléphonique destiné à leur
donner des nouvelles fraîches de ma part était
possible dans les jours à venir, sauf difficultés
majeures.

15 mars

La nouvelle est tombée il y a à peine deux jours. C'est un coup de tonnerre, une catastrophe pour le monde. Pour moi, c'est aussi l'annonce que les difficultés vont redoubler : à la suite d'un plébiscite qui ne fut qu'une farce, il y a annexion d'une de mes patries, celle de la grande musique et de la crème fouettée. Hitler a annoncé officiellement l'*Anschluss* de l'Autriche au Troisième Reich sur la *Heldenplatz*, située en face de la *Hofburg*. Tout cela fut bien une diablerie : attaché à l'indépendance de son pays, soumis à des pressions grandissantes, le chancelier Schuschnigg, tenta d'organiser un référendum en contre. Le parti nazi local a organisé un coup d'État le 11 mars, juste avant la consultation qui fut en conséquence annulée. Les troupes de la Wehrmacht sont entrées sans demander l'avis de quiconque ni rencontrer la moindre opposition, sans coup férir. Au contraire : le plébiscite, organisé le pistolet sur la tempe et exigeant du peuple de ratifier cette absorption dans les règles, ne laisse pas de place à la discussion : 99 % des votes favorables…. Glaçant, décevant, obscène.

L'annexion de l'Autriche entraînera une conséquence naturelle, l'arrivée de médiocres. En effet, près de la moitié des professeurs et chargés de cours ont déjà été exclus. Pour faire bonne mesure, on a même retiré leurs grades universitaires à des professeurs diplômés depuis longtemps. Les seconds couteaux sont attirés par les places vides comme des papillons par la lumière, la nature n'a pas toujours horreur du vide…

Ma seule préoccupation reste le sort de ma fille. Comment va-t-elle vivre ? Ou plutôt survivre ? J'aurais dû insister davantage pour qu'elle m'accompagne cependant qu'elle ne veut plus du tout de sa mère comme chaperonne. J'ai eu d'ailleurs une discussion difficile avec elle par téléphone. Je lui ai rappelé que depuis 1936, l'Université de Vienne n'est plus un lieu sûr. J'avais rencontré il y a déjà des années, au cours d'une soirée privée, le professeur Moritz Schlick, une sommité dans son domaine, la philosophie de la connaissance. Or, Schlick a été assassiné par un ancien étudiant, antisémite enragé, le 22 juin de l'an dernier. On a prétendu que le meurtrier était dérangé mentalement, argument usé *ad nauseam*, de tout temps et en tout lieu. Qui l'a armé, qui l'a inspiré ? Quoi qu'il en soit, le climat est épouvantable.

16 mars

Une nouvelle colportée par un journal de Vienne m'a fortement inquiétée. Le *Kurier* annonce que plusieurs rixes très violentes ont éclaté entre des étudiants libéraux et des jeunes gens présentés eux aussi comme étudiants. On se doute, au vu de leur âge et des mauvais clichés reproduits en première page, qu'il s'agit plutôt d'activistes nazis qui les avaient sans doute provoquées. Que l'Université devienne le théâtre de conflits violents est tout à la fois épouvantable et dans l'ordre des choses nouvelles. Je n'ai qu'une seule obsession désormais, ma fille. Que devient-elle, que fait-elle, où est-elle ? Est-elle vraiment en sécurité avec son fiancé ? J'ai pris une décision difficile quoique inévitable : je vais repartir pour l'Autriche, le plus tôt possible, même si alors notre situation ne s'arrangera pas *ipso facto* et que nous serons alors toutes deux en danger. Mais l'essentiel est que nous serons ensemble.

5 avril

Plusieurs collègues m'ont fortement dissuadée de retourner en Autriche. L'argument décisif a été que la « diligence de Lehar » fonctionnant toujours aussi bien : Clara m'a dit avant-hier au téléphone, dans un appel qui a bien duré dix secondes, que le vieux musicien devait retourner en Suisse et donc qu'elle en profiterait.

22 avril

Je suis inquiète, je n'ai plus de nouvelles de ma chère fille. Je dois essayer de repasser en Autriche. Et là ce sera sans doute sans espoir de retour, ici ou ailleurs. Je retourne volontairement en prison, au moins je serai près d'elle.

Le monstre à la mèche noire et sale a fêté son anniversaire il y a deux jours. Puisse-t-il être le dernier. À ce sujet, Furtwängler est redevenu un de mes dieux : avant-hier lorsqu'il est arrivé dans le hall d'entrée du *Musikverein* de Vienne, il a vu qu'un drapeau avec une énorme croix gammée avait été pendu. Il refusa de diriger tant qu'il n'avait pas été enlevé, ce qui fut fait. Les actes de ce genre étaient normalement passibles de la peine de mort. Il a dirigé et tout s'est bien passé ensuite. Jusqu'à quand ?

1er juin

Clara m'a téléphoné. Trop brièvement une fois de plus. Pour me rassurer, a-t-elle dit. Ce fut si bref que cela m'a terriblement inquiété. Elle insiste pour que je reste tranquillement en Suisse à l'attendre, tout est planifié, avec la « diligence » sans doute. Elle s'est dit en sécurité et pense pouvoir quitter Vienne « bientôt ». C'est quand, bientôt ?

On m'informe qu'une autre filière pour fuir l'Autriche s'est ouverte, via la Tchécoslovaquie, je vais en informer Clara dès que je le pourrai. L'information provient des milieux de la noblesse proches de l'archiduc Félix de Habsbourg. Celui-ci a réussi à passer, il serait à Prague, une ville où il est chez lui, en somme. On dit qu'il ira aux Etats-Unis : c'est la preuve qu'un monde est vraiment mort.

18 juin

Clara est morte hier.

17 juillet

Je ne peux reprendre la plume qu'aujourd'hui. Je ne la reprends que pour ne pas devenir folle. Pour ne rien oublier. Pour m'aider à tout oublier. Morte il y a un mois déjà. Un télégramme envoyé par le père de Christian m'a appris, le meurtre de nos enfants, en choisissant ses mots. « Clara et Christian morts. Une rixe. Brûlés, cendres dispersées de suite, sans doute au carré des anonymes, cimetière central de Vienne ».

Son fils. Et ma Clara. Pleine de pressentiments, elle lui avait laissé mes coordonnées. Il en a lui-même été informé par un des étudiants blessés qui faisait partie du groupe attaqué.

Brûlés et non *incinérés*. Son fils et ma Clara. Puisqu'ils n'ont plus vivre ensemble, ils passeront l'éternité côte à côte. Je n'étais pas présente, je ne l'ai plus jamais revue. J'aurais dû rester. A quoi bon vivre désormais ?

20 juillet

J'en ai appris un peu plus sur ce qui s'est passé par le *Neue Zürcher Zeitung,* daté du 19 juin. Le quotidien zurichois a abandonné sa réserve habituelle concernant les événements étrangers à la Confédération. Clara s'est mêlée à l'une des très rares manifestations d'opposition ferme à l'annexion, toutes violemment réprimées. Les assassins ont tué à coup de poignards, de bâton et de pierres. Six morts, neuf blessés.

24 juillet

Je ne retournerai pas en Autriche, jamais. Sauf si, un jour, me sentant forte ou au contraire sur le départ, je décidai d'essayer de retrouver quelque chose qui ressemble à sa tombe. Deuil impossible. Celui qui aurait pu devenir le beaupère de ma fille ne m'a rien dit à ce sujet mais les nouvelles semblent indiquer que les nazis ont chargé les cadavres, quelques heures après leurs exactions, sur des chariots de bois avant d'aller tout brûler. Il n'y aura ni enquête ni poursuites judiciaires, selon toute vraisemblance.

Je ne veux même plus rester en Europe, tout à fait décidée à quitter ce continent de malheur. La Suisse sera mangée tôt ou tard, elle ne tiendra pas. C'est inimaginable, un îlot de tranquillité et d'opulence dans une mer souillée. Il me reste un horizon lointain où je trouverai bien à me faire un avenir, un espace dont la seule évocation fait rêver des milliers de gens, l'Amérique, quoique je ne rêve plus. Je veux seulement vivre, ou plutôt puisque Clara était ma vie, survivre.

Dieu, en me donnant Clara, ne m'avait-Il permis tant de joie que pour mieux me punir ensuite en la reprenant ? Pourquoi certains êtres ou groupes, les juifs au premier chef, ont-ils toujours l'impression d'être les *Job* du monde ? Job, lui, fut rétabli dans sa fortune. Moi, ma fille est morte et même Dieu, impitoyable ingrat, ne la remplacera pas.

3 août

Je me suis rendue tout à l'heure au consulat américain de Zürich. Fuir à tout prix. Je ne peux pas me permettre de tenter de parvenir aux Etats-Unis sans avoir de papiers en règle, je risque l'expulsion immédiate. Un diplomate américain m'a confirmé qu'il valait mieux que je me rende dans la capitale fédérale et que je voie une personne de l'ambassade. Je n'ai rien dit au sujet de ma fille morte, se taire est à la fois le plus simple et le plus difficile. L'horreur à taire.

Il m'a soufflé le nom d'un de ses collègues, plénipotentiaire en poste à Berne, et ami d'un journaliste très écouté, un certain Varian Fry, qui connait le régime nazi pour avoir un temps habité Berlin et assisté à des scènes qu'il a rapportées ensuite dans plusieurs articles. Il semble que ce Fry ait convaincu plusieurs conseillers d'ambassade que la situation des juifs ne peut qu'empirer et qu'il faut organiser de discrètes filières d'évasion de pays devenus des prisons à ciel ouvert.

### 7 août

J'ai pris contact avec le diplomate afin qu'il me permette, en cas de difficultés, de passer en Italie puis au-delà des mers. Je dois le rencontrer prochainement, on le dit cultivé, au fait de tout ce qui s'est joué ou chanté en Europe ces dernières années. Je ne veux pas croire que je ne dois qu'à ma petite notoriété artistique d'être si vite reçue et c'est pourtant le cas, apparemment…

À lui, je ne dirai rien des raisons, autres que religieuses, qui me poussent à fuir l'Europe. On ne sait jamais, la police et la diplomatie ont parfois des relations coupables. S'il me demande ce que je sais faire et ce que je peux apporter à son pays, j'aurai le choix : je suis musicienne, je peux l'enseigner en théorie et en pratique, je sais faire aussi des ménages et de la bonne cuisine pas seulement casher, je pratique l'anglais et l'italien. Je suis officiellement célibataire sans enfant. Combien de fois ai-je failli me trahir, sur le point de mentionner le nom de ma fille ?

Ce soir, cours de chant donné à quelques mécènes. J'ai eu plus d'argent que je ne le pensais, on peut faire la charité élégamment. Les prestations à l'Opéra, de toute façon en vacances pour le moment, ne sont pas très bien rémunérées : les exilés ne sont généralement que des supplétifs, à qui on fait appel en cas de défaillance, le cachet est en rapport, un appoint. Ne pas penser à Clara. Ce que je fais précisément en écrivant son nom.

21 août

Je n'ai pas encore reçu de document permettant mon entrée sur le territoire américain, il sera, en cas d'acceptation en haut lieu, envoyé au consulat américain de Gênes, d'où j'ai prévu d'appareiller. Quoi qu'il en soit, je dois trouver un moyen de traverser l'Atlantique, et assez rapidement car (on me l'a affirmé) mon autorisation sera limitée dans le temps. Financièrement, je m'en sors juste, mais je ne dois pas trop me plaindre : le capital dispersé caché dans toute ma garde-robe est à peine entamé. L'hôtel ne me fait pas crédit, je me nourris certes de peu mais tout de même. Je me propose comme femme de ménage. Je me sens seule et perdue comme jamais, et je me rends compte à quel point Clara me soutenait sur tous les plans et qu'elle était, dans sa force, ma propre mère. Étrange de penser qu'avec le temps, les enfants deviennent parfois les parents de leurs parents. Je dois absolument oublier, tout oublier, sinon…

2 septembre

Cette fois-ci je n'utiliserai pas mes sésames musicaux traditionnels. J'ai une idée pour passer la frontière italienne. Le passage d'Autriche en Suisse n'avait pas été difficile, la fuite de Suisse en Italie devrait être même plus paisible – peu de gens choisissent le trajet dans ce sens. Une fois à Gênes, j'espère ne pas avoir à attendre trop longtemps, autant pour des raisons de tranquillité que pour des raisons financières.

J'ai rêvé de Clara. Si elle pouvait être ici, à trépigner avant d'entreprendre ce voyage, si elle pouvait ouvrir ses yeux devant ces montagnes, ces lacs, ces maisons proprettes, cet ordre calme. Je sais qu'il faut non l'oublier, c'est impossible, mais tenter de ne pas enchaîner ma vie à celle qui est mon plus cher, mon plus beau fantôme.

29 septembre

**Gênes**. Mon idée a réussi. J'ai pris le train sans encombre. Quitter la Suisse n'a évidemment posé aucun problème. J'ai utilisé la même mise en scène que lors des franchissements précédents, passé la frontière affublée d'un de mes costumes de scène. Oh, ce n'était pas le plus bariolé, le plus théâtral de mes accoutrements. Il était cependant suffisamment bizarre et fantasque pour que les policiers me prennent pour une riche originale, innocente et inconsciente, souhaitant faire du tourisme, une « fofolle », quoi. J'avais une partition annotée sur mes genoux. J'ai fait semblant de chercher mes documents attestant de ma nationalité allemande. J'ai présenté, pour les faire patienter, le papier avec en en-tête l'aigle américain. Cela a suffi. On m'a saluée comme si j'étais une princesse ou une diva. Les Italiens, même en uniforme noir, restent heureusement des Italiens.

Le désordre traditionnel de ce pays est peut-être maintenant un mauvais ( ou un bon…) souvenir : le train est en effet arrivé à l'heure, on en attribue parfois le résultat au nouveau régime. Mais ici à Gênes, dès l'arrivée en gare, on se dit que l'Italie nouvelle est en retard - beaucoup d'agitations inutiles, de cris, d'interpellations, de joyeux brouhahas qui ne servent à rien, de rues sales, de légumes ou de fruits jetés par terre et dont certains n'hésitent pas à se nourrir. J'espère que le pays où fleurissent les citronniers, comme écrivait Goethe, est resté lui-même, insouciant, indulgent, inchangé.

Je suis allé sur le port de la vieille cité ligure. J'ai pensé que Clara aurait aimé contempler ce coucher de soleil sur cette mer qui, laissant passer depuis les côtes le plus méridiennes de la Botte un air brûlant de désert, me donne le sentiment de ma liberté. Une liberté sans descendance.

1er octobre

Catastrophe : les deux hyènes ont signé hier un accord, à Munich, avec le lion fatigué et le coq déplumé. Le lapin tchécoslovaque n'a qu'à bien se tenir. À Munich, des accords ont été signés entre l'Allemagne, la France, le Royaume-Uni et

293

l'Italie, Benito Mussolini s'étant évidemment commis en intermédiaire - comptons là-dessus, il n'est ni courageux, ni fiable, il penchera toujours du côté du manche en faisant semblant d'être bien droit au milieu. Le président tchécoslovaque, Edvard Beneš et le secrétaire général du Parti communiste de l'Union soviétique, Joseph Staline, ne sont pas invités. Heureusement s'agissant de ce dernier. Un pays est dévoré par ses voisins sans que son dirigeant soit invité au festin. Je ne crois pas un seul instant à la pérennité de ce chiffon de papier. On sait comment Hitler traite les accords internationaux. Ma résolution de quitter ce continent et de mettre un océan entre lui et moi est désormais totale.

2 octobre

La chance m'aide parfois, un peu. J'ai appris, en furetant du côté du théâtre lyrique, que la cantatrice qui devait assurer le rôle de Leonora dans *Le Trouvère* a eu une défaillance. Décidément, les ratés des autres n'auront pas peu contribué à mes faibles réussites, de celles dont on a besoin pour ne pas sombrer. Ce n'est pas mon opéra favori. Je n'oublie pas que je suis en Italie, je sais que ma carrière ne va pas s'épanouir ici, je n'ai aucune raison de ne pas prendre de risque. J'ai postulé et j'ai bien fait de me lancer. Visite éclair sur mon futur lieu de travail, le *Teatro Carlo Felice*, admirablement situé sur une place parfaite, Piazza De Ferrari. L'intérieur, très vaste, est un exemple d'extravagance rococo tout droit sorti d'un XIXème siècle vaniteux. J'ai un peu oublié le temps présent, cela m'a fait du bien. La représentation s'est correctement passée. Succès d'estime, pas de triomphe, dont personnellement je me moque bien. Les gens ont la tête ailleurs. Le problème sera prosaïquement de me faire payer vite et légalement. Et puis partir.

7 octobre

Le Grand Conseil du fascisme adopte des mesures antisémites en Italie. Le cancer, décidément, se répand vite. Nous ne sommes plus en sécurité nulle part. Foutre le camp.

11 novembre

Les journaux et les radios font état d'une situation stupéfiante : depuis deux jours, tout l'espace germanique, commémorant dignement les vingt ans d'une défaite militaire, a résonné des bruits de verre cassé, des coups de pioche ou des jets de pierre et bien sûr des cris de ceux qu'on agressait. Les commerces israélites ont été attaqués, leurs propriétaires molestés, on ne compte même pas les morts, ils sont déjà socialement décédés. Comment ne pas penser ce qu'eût été le sort de Clara dans ces conditions, quels dangers elle eût encouru… On n'en sait pas beaucoup sur l'opération baptisée officiellement « *Nuit de cristal* ». Un beau nom pour une opération dont la transparence, dans l'organisation et les objectifs, n'a pas été la marque de fabrique sauf pour ce qui est de la finalité ultime, l'exclusion physique et sociale de toute une partie de la population. Elle avait en réalité été préparée de longue date, planifiée avec rigueur. On a tué, ce qui est accessoire aux yeux des nazis puisque nous n'avons pas de valeur, on a pillé, ce qui est plus important car les biens, eux, ont un prix. Pendant les crimes, les affaires continuent.

Les nouveaux maîtres n'ont pas mis beaucoup de temps à détruire ce qu'ils avaient fait semblant de construire, bien que ce dénouement rapide et brutal soit dans la nature des choses et n'étonne personne : en effet, on a appris que les installations du *Kubu* ont été démantelées ce même 11 novembre. Les pogroms ayant accompagné et suivi la nuit de cristal ont eu pour conséquence naturelle de fermer toutes leurs installations. Mais Goebbels, le patron de Hinkel, est très fort, sa maîtrise de la propagande est éblouissante : il a en effet permis que celui de

Berlin, dont je suis, poursuive ses activités pour une durée indéterminée, se donnant ainsi le beau rôle de conciliateur, ménageant peut-être l'avenir qui ne sera pas nécessairement brillant pour les mille ans à venir. En tout cas pour lui-même.

22 novembre

J'ai reçu un autre mandat d'Elisabeth Schumann, cette fois. Via la filiale italienne d'une banque suisse. Elle a su que je remplaçais une chanteuse à l'opéra de Gênes - comment, je ne saurais le dire, il y a sans doute une fraternité internationale des artistes comme il y a une internationale communiste. Les institutions financières helvétiques au réseau étendu peuvent protéger ceux qui ont un peu de bien et qui ont des relations. Les fonds provenaient « de plusieurs collègues » m'a-t-elle écrit sans autre précision. Elles avaient pris contact avec la plus puissante des organisations juives suisses. Je raye « collègues », je remplace le mot par « amies ».

2 décembre

L'Italie est un rempart contre l'arbitraire - formulation paradoxale il faut en convenir. Étrange époque où les dictateurs éclosent comme des plantes vénéneuses, leurs poisons ne se mélangeant pourtant pas. Mussolini avait déjà envoyé des troupes pour empêcher l'Autriche de tomber dans l'escarcelle d'un pays qu'à une certaine époque il jugeait dangereux et malveillant. Il avait montré des muscles que nous ne soupçonnions d'exister que sous sa chemise noire et nulle part ailleurs. Finalement, il avait plus de courage et de détermination que ce que sa posture gonflée d'athlète de foire laissait augurer. Les choses ont changé, pourtant l'Italie s'obstine à nous aider. Elle protège pour un temps qui est sans doute compté. Jusque-là, elle a été dans les faits à peu près imperméable à la propagande antisémite, malgré les lois inflexibles.

J'ai été contrôlée par des policiers italiens en patrouille, surprise de constater qu'ils me considéraient avec une relative sympathie. Il est vrai que je m'appelle désormais Schleider, un patronyme qui sonne *tedesco* et surtout que j'exhibe avec une ostentation naturelle mes sésames de rêve, ces vade-mecum d'harmonies qui ne me quittent pas même lorsque je fais semblant de jouer à la touriste : les partitions de Mozart, de Strauss et surtout de Verdi. Elles peuvent me servir à amadouer les cerbères. Je sais que l'Italie doit n'être qu'une étape. La situation est précaire, pas d'abandon à la douceur apparente des choses. Malgré les mimosas et le soleil, il faut fuir cette douceur méditerranéenne émolliente que je sais éphémère.

12 décembre

Je ne sais pas exactement combien de temps je vais devoir rester à Gênes. En d'autres circonstances, je ne me plaindrais pas : l'Italie est une sorte d'Autriche de bonne humeur, aux façades de couleurs plus vives, aux palais moins massifs et au dictateur plus madré et moins violent, pour l'instant. Et puis, il fait beau, l'hiver lui-même s'est mis en vacances. J'ai pensé à Clara qui aurait pu être avec moi, dans cette lumière méditerranéenne que bien des musiciens ont essayé de mettre en notes.

18 décembre

Des bruits ont couru, dans notre petite communauté, que les Américains étaient devenus intraitables vis-à-vis des réfugiés. Je craignais un revirement de leur part. L'employé du consulat où je me suis rendue m'a dit, sur un ton rogue, qu'il n'était pas dans leurs habitudes de renier leur parole. On m'a remis le document que j'attendais avec tant d'impatience, avec mon seul nom de femme libre. C'est désormais la chose la plus précieuse que je possède, un bout de papier qui est en soi une promesse d'avenir, de vie.

J'ai cherché malgré tout le nom de Clara au bas du document. Rien. Explosion de pleurs. Je ne dois plus du tout penser à elle tant que je suis encore en Europe, à quatre heures de train de Vienne.

31 décembre

Fin d'année, fin d'une époque. Que nous réserve l'année qui vient ? Je me couche tôt, dans un lit de fortune d'un hôtel d'infortune. Je n'ai dîné que d'une demi-bouteille de Chianti. Me voilà ivre. Clara.

(Plus tard). Pas dormi. Début de la nouvelle année. Je suis restée tard au lit. En fin de cette journée grise, froide, humide, je me suis rendue au port perdu dans son sfumato d'hiver. J'ai marché, pleuré. Rien à fêter, rien d'autre à faire. La mer. Les rues gaies en apparence et tristes en profondeur. La nouvelle année ne peut être que meilleure que la précédente. Ma Clara, avec qui je passai le réveillon de l'an dernier, c'était il y a un siècle… Insupportable.

# 1939

10 janvier

Ai acheté un billet pour une traversée. Tout s'est fait très vite, sous la pression d'événements qui s'accélèrent et, vu l'époque, s'assombrissent. Plusieurs cargos ont été affrétés en urgence par des compagnies qui ont flairé la bonne affaire : elles ont compris que beaucoup de réfugiés, arrivés à Gênes en masse et disposant d'un peu d'argent, n'avaient qu'un seul objectif : traverser l'océan, se rendre à New York, ou n'importe où en Amérique du Nord ou du Sud, loin, à n'importe quelle conditions, prêts à rester sur le pont pendant toute la route si nécessaire. Je suis donc sur un rafiot, dans le port de Gênes, en partance pour l'Amérique. Nous sommes soixante-dix, beaucoup de gens seuls, quelques rares familles, dans des cabines à deux couchettes pour les moins pauvres, à quatre pour les autres, partageant l'espace avec des marchandises. Je considère que je serai sauvée quand nous aurons franchi les colonnes d'Hercule, le détroit de Gibraltar, impatiente que la pleine mer nous serve de premier refuge, de première étape. Si elle ne devient pas notre cercueil et que, pour rester dans la mythologie, Neptune ne joue pas les trouble-fêtes…

Sur ce bateau de détresse, rassurée malgré tout, me faufilant entre un rocher confetti d'Angleterre et peuplé de singes d'une part, un promontoire d'Afrique d'autre part, je dirai adieu à l'Europe dans les décombres moraux de laquelle je laisse pour toujours les cendres de ma fille assassinée. Et mes illusions, éternellement. Désormais j'aurai un but, plus jamais de chemins, quoi qu'il arrive. Le commandant, un léger sourire crispé aux lèvres, est venu nous prévenir que la traversée serait « mouvementée », à cause des éléments et à cause des hommes. Il se doute que la traversée de l'existence, pour beaucoup, n'a pas été de tout repos non plus et que les turbulences de la nature, que nous craignons de moins en moins, ne sont pas terminées. Il a prononcé sa petite adresse avec une gentillesse qui passait la barrière froide du haut-parleur.

13 janvier

On nous a coupé l'électricité, intimé de tout éteindre, même les cigarettes. Les moteurs ont été arrêtés, nous avons poursuivi sur la lancée, par la force d'inertie. Une rumeur parmi les passagers fait état de la présence de sous-marins allemands très nerveux qui pourraient bien tirer sans sommation, ce qui ne les gêne pas. Même s'il n'y a pas d'état officiel de guerre entre l'Allemagne et d'autres nations, elle cherche activement, dit-on, des prétextes. Je n'ai pas froid, je n'ai pas faim, à peine soif.

20 janvier

**New-York.** Comment rendre compte de ce que j'ai ressenti ce matin ? Le voyage s'est passé sans encombre, sinon sans terreurs. À l'arrivée, il ne faisait ni beau ni mauvais, un gris qui donnait l'impression de pouvoir virer au bleu sans oser le faire, le froid et surtout le vent transperçaient la couche des vêtements superposés des voyageurs transis rassemblés sur le pont. Pourtant personne n'avouait avoir froid. Un ciel en festons de nuages lourds, coupait l'horizon d'où se dégageait, très progressivement, au loin, s'extirpant d'une brume tranquille, la rigoureuse géométrie verticale et horizontale des gratteciels. Ils étaient pour moi les sentinelles bienveillantes d'une autre patrie, les escaliers sans rampe vers quelque chose que nous osions enfin appeler l'avenir. Oubliant aisément une traversée pénible - une mer agitée en permanence, une nourriture à peine consommable, des arrêts complets dus à des menaces de torpillage - les passagers

303

étaient sur le pont, parfaitement silencieux. Et de ce silence naissaient imperceptiblement, puis se déployaient avec une intensité croissante, les bruits des sirènes, des treuils, des piaillements furieux des mouettes, des battements de roue des transbordeurs lourds, les ahanements de remorqueurs, et enfin, les cris des dockers, comme la symphonie d'un nouveau monde devenant un monde nouveau pour tous ceux qui avaient tant voulu y parvenir. J'ai pensé à Dvorak, à sa symphonie pleine de mélodies sublimes et rêveuses...

Pourquoi ma fille n'a-t-elle pas pu vivre cette expérience avec moi ?

Et puis le silence s'est fait, selon le paysage intérieur de chacun - désespéré, soulagé, inquiet, émerveillé, impatient, admiratif, extasié. C'est que nous pouvions désormais tous la contempler, enfin, la dame impérieuse, enceinte de tous les rêves d'un nouveau monde justement, dans sa robe à plis de bronze, avec son bougeoir tendu vers l'Europe comme un reproche métallique aux malheureux qui l'avaient fuie. J'ai été comme hypnotisée, à l'étrave du navire qui désormais fendait la mer au pas, par le roulis des timides vaguelettes atlantiques qui venaient lécher la casemate du fort soutenant la statue, faute de pouvoir lui baiser les pieds. Combien sommes-nous, depuis son inauguration, à avoir éprouvé ce choc incomparable devant la silhouette verte, combien sommes-nous à avoir senti notre cœur battre plus vite devant la flamme de métal, immobile, rassurante ?

J'ai observé de loin Ellis Island, ce bâtiment neutre qui, avec ses briques identiques et alignées comme dans un décor de parade, a l'air de s'être échappé d'Europe du Nord. Je m'identifie sans peine à tous ces passagers sans papiers mais pas sans histoires qui, il y a encore peu d'années, l'ayant abordé, attendaient ensuite, résignés, confiants, fatalistes, enivrés d'espoir. Un monde en guenilles, bariolé et très sale, lumineux des espérances qu'ils portaient ou plutôt qui les portaient. Aujourd'hui, la pompe aspirante est devenue refoulante. Munie d'un document en règle, je n'aurai pas à attendre dans ce qui était autrefois un sas vers un paradis rêvé et qui est devenu entretemps une antichambre vers l'enfer, puisque c'est désormais un lieu de détention avant expulsion d'indésirables forcés de retourner vers ce qu'ils avaient fui avec terreur. Pourquoi Clara n'a-t-elle pas pu et ne pourra-t-elle pas voir ce que j'ai vu, éprouver ce que j'ai éprouvé, jouir de ce que j'ai joui ?

## 4 février

L'installation s'est faite sans trop de mal. Le visa qui m'avait été accordé en Suisse m'a évité bien des tracas et des attentes. Reste la question vitale des moyens de subsistance. Ce pays offre la liberté, c'est-à-dire aussi la liberté d'errer, de se perdre, de mourir, de crever. Je puise désormais largement dans mon capital financier, cisaillant les ourlets de mes différents vêtements. Je dispose devant moi les pièces d'or et les titres qui devraient normalement me permettre de tenir, nourriture et logement, quelques mois tout au plus. M'enquérir d'un hôtel, me mettre à la recherche de clients, et surtout entrer en contact avec les réfugiés déjà installés, un mot toujours trop rassurant - personne ne peut prétendre être installé, nulle part, aujourd'hui, et surtout pas un juif. Bien choisir ceux qu'il convient de contacter – Elisabeth Schumann, Bruno Walter qui est déjà là…

## 15 février

J'ai trouvé un tout petit appartement, loué par des juifs pauvres qui avaient émigré dès avant 1933. Ils vont vivre sans frais chez un de leur cousin, émigré depuis 20 ans, qui a fait une (petite) fortune. Ainsi le peu d'argent que je leur donnerai leur permettra d'améliorer leur ordinaire et d'avoir le sentiment de ne pas mendier.

19 février

Un concert a été organisé par quelques anciens réfugiés qui avaient commencé de faire leur trou, pour employer une affreuse expression qui dit bien ce qu'elle veut dire : beaucoup se sentent des rats pris longtemps dans un piège et qui viennent seulement d'en sortir. Il est clair qu'il s'agissait d'un concert de charité, les artistes sollicités, dont moi, étant tous dans un état précaire. L'organisation en était lâche, bien sûr on ne peut en vouloir à des déracinés qui essaient de s'implanter depuis deux ou trois ans, dans l'adversité, les obstacles… La bonne surprise, ce fut le public. Nombreux, généreux, composé d'Américains de souche, pas seulement d'autres émigrés de fraîche date. Quelques juifs, mais en minorité. Curieusement, pas mal de jeunes, des têtes de sages étudiants de conservatoire, un peu plus âgés que Clara.

Découvrant une affiche tout à l'heure, j'ai éclaté en sanglots. Et ce soir les larmes me viennent. Car on donne le *Chevalier à la Rose* de Richard Strauss au *Metropolitan Opera*, avec Lotte Lehmann dans le rôle de la Maréchale. Oui, mon

Chevalier, que j'ai chanté tant de fois… Lotte, une déesse à mes yeux, je suis dans son ombre, elle m'a montré le chemin, je me sens une toute petite Lehmann, une suiveuse. Elle est née allemande, elle a étudié le chant à Berlin avec une professeure dont j'ai suivi également l'enseignement. Elle a commencé petit, des rôles de rien du tout, elle se retrouve un jour dans le rôle d'Elsa et à partir de 1914, elle chante à l'Opéra de Vienne, comme moi. Elle devient plus viennoise que toutes les Viennoises, un peu comme moi. Allemandes, nous sommes devenues des icônes autrichiennes, le contraire du moustachu infâme. En 1916, Richard Strauss fait d'elle son Compositeur dans son *Ariane à Naxos* et toujours à Vienne, en 1933, le rôle-titre d'*Arabella*. Je ne suis pas jalouse. Enfin, si, un peu, beaucoup, mais pas passionément. Elle a fichu le camp, alors qu'elle n'est pas juive, donnant l'exemple rare d'une conscience inflexible.

Ce n'est pas la jalousie qui a provoqué mes larmes et ce moment de désespoir, n'ayant pas les moyens d'être envieuse de la classe, de la voix, du jeu de scène de cette immense consœur. Non, mes larmes, je les dois à la nostalgie d'une époque, d'une ville, d'une langue, d'un art, qu'*Arabella*, cette œuvre adamantine, symbolise parfaitement. Et évidemment d'une époque où j'avais une fille. J'ai franchi l'océan sur les ailes du vent d'ouest, je me retrouve soudain, ce soir, enivrée de la musique la plus opulente depuis Mozart, dans une Autriche paradisiaque, dans une Allemagne apaisée, ce qui signifie des contrées qui aujourd'hui n'existent plus qu'en rêve, dans mon souvenir, le seul paradis dont je ne serai jamais expulsée.

4 mars

Je suis rentrée depuis quelques jours dans un tout petit cercle, une sorte de *Kaffeekrenzl* comme on dit chez nous, très à l'Est. Il s'agit de se réunir périodiquement, librement, dans un café, tenu par des Salzbourgeois, des compatriotes de Mozart venus s'échouer à New York il y a six ans déjà. Les propriétaires, compréhensifs et eux-mêmes réfugiés de longue date, font souvent crédit aux consommateurs, discrets car impécunieux, consommant peu, un ou deux cafés pendant tout un après-midi. Nous sommes parfois observés par des clients ordinaires, de jeunes ou moins jeunes Américains qui passent prendre un café et un *brötchen,* qui devient chez eux un *Bagel.* Certains d'entre nous ont alors le sentiment d'être de vieux animaux du zoo sous le regard étonné d'enfants qui parlent une étrange langue.

Quoi qu'il en soit, il paraît essentiel de rester unis, de faire feu de tout le bois constitué par des réfugiés, tous animés par la rage de survivre et la générosité de l'entraide, dans la faible mesure de nos moyens.

15 mars

J'ai réussi, au cours d'un concert très privé et surtout très improvisé, à donner trois lieder (Schubert, Schumann) accompagné par un pianiste plus que convenable avec lequel, de surcroît, je n'avais presque pas répété. Il est chef d'orchestre, n'avait plus touché de clavier depuis longtemps. Il s'appelle Erich Leinsdorf, un assistant de Bruno Walter d'à peine trente ans, physique de chat affamé toutes griffes dehors. Eh bien ! Il n'a pas perdu la main, le jeune maître. Cependant, on sent le très mauvais caractère, violent sans doute : œil de tourmaline, geste impérieux et rare, parole inexistante ou presque, jeu de piano serré, droit, parfait ainsi qu'on le dit de la géométrie d'un cube de glace. Comme c'est un artiste assez connu, je peux le remercier de contribuer à lancer ainsi ma carrière ici à New York. En fait, lui et Bruno Walter, bien installé, vont à la pêche des réfugiés récents et font, si je puis dire, leur marché parmi les violonistes (tous juifs, il y en peu de chrétiens), pianistes ou chanteurs afin de constituer l'affiche de futurs concerts.

Durant nos très brefs échanges, Erich et moi, afin de ne pas indisposer nos auditeurs, n'avons pas parlé la langue de Goethe. Nous avons usé d'un étrange sabir d'épouvantable anglais, un peu d'italien macaronique, mêlé parfois de tudesque et enfin de yiddish quand nous ne pouvions pas faire autrement.

Compte tenu des circonstances, le concert était passable. À peine quelques entrées du piano ou de moi-même très légèrement décalées bien qu'elles aient été peu audibles pour les amateurs d'ici, sans arrogance. Nous nous sommes retrouvés, après le concert, un petit groupe d'une quinzaine de personnes qui, heureusement, ne se limitait pas à des réfugiés. Pour la première fois j'ai pu rencontrer de jeunes Américains tout à fait passionnés de musique classique. Il y avait là un premier compositeur déjà très connu, un certain Aaron Copland, et un autre à peine moins connu, très jeune, lui, apparemment doué et séduisant en diable. Les deux musiciens ne se quittaient pas des yeux. J'aurais voulu être assise à côté de lui, sans intention autre que de me faire connaître. Il m'ignorait cependant, je n'étais ni connue, ni jeune, ni américaine, ni un garçon,

311

peut-être, quoiqu'il ait l'air d'exercer son charme universellement. Il s'appelle Léonard Bernstein, j'ai retenu son nom qui résonne en moi de façon familière. Le succès lui a déjà donné rendez-vous. Il a été récemment le soliste au piano ou le chef, lors de plusieurs concerts qui ont suscité l'admiration du public et des critiques.

On pouvait rencontrer aussi d'autres jeunes gens pas tous artistes, ni juifs ou homosexuels tout à la fois, amateurs éclairés ou critiques musicaux. Ils m'ont parlé comme si nous nous connaissions depuis toujours et devions nous retrouver aussi souvent que possible bientôt. Je suis parvenue à oublier que leur avenir s'étendait plus lointainement que le mien. Une très bonne soirée néanmoins, de celles qui contribuent à faire oublier l'Europe qui s'autodétruit alors même qu'on se plonge dans sa culture.

28 mars

Un autre concert. Après mon tour de chant, j'ai laissé la place à un ténor, allemand lui aussi, vieux presque comme moi, 48 ans, chrétien d'origine juive, ayant vécu sous plusieurs identités, Richard Denemy, Ernst Seiffert, Carl Tauber, enfin Richard Tauber. Je tenais beaucoup à l'entendre : il devait chanter du Schumann, pas

Robert, non, les six lieder de Clara Schumann, sa bien-aimée épouse. Il avait l'air terrorisé et fatigué, malade, j'ai craint pour lui, sa tenue de voix. Le chevrotement, au lieu du vibrato, est malheureusement arrivé très vite. Il était livide. L'émotion n'en a pas été moins vive pour ce qui me concerne. Des lieder signés Clara. Mon Dieu...

J'ai remarqué que le deuxième rang de l'assistance était occupé par une partie des jeunes musiciens et de leurs amis, rencontrés il y a deux semaines. Il semble donc que le groupe de réfugiés que nous constituons soit suivi par des admirateurs. Puisse cette aimable traque se prolonger au-delà de ce que durent les modes et les lubies. Le nombre de réfugiés d'Allemagne et d'Autriche, juifs ou non, explose littéralement, ce qui me rassure un peu : plus nous serons nombreux, plus la vie culturelle et scientifique sera animée. Le soleil recommence à briller de quelques lueurs.

À la fin de la représentation, l'un des jeunes auditeurs est venu vers le ténor et moi. Il a très vite donné son nom que je n'ai pris du tout la peine de retenir ou de lui faire répéter. Il s'est présenté timidement comme critique musical d'occasion, professeur occasionnel, musicien amateur et nous a félicités, sur un ton d'une grande humilité. Il a murmuré qu'il essaierait d'organiser quelque chose pour nous. Puis, gauche et encore plus intimidé, il est parti. S'est retourné une fois, cependant, ce qui m'a amusé. Ce fut en tout cas une bonne soirée, la deuxième dans le même mois.

24 avril

Une représentation privée de *Cosi,* avec des moyens d'infortune, a été donnée dans un petit théâtre situé sur Broadway et loué pour l'occasion. J'ai été émue, une première Fiordiligi à New-York pour faire oublier toutes celles de Vienne. Nous avons eu un bon public, germanophone et un peu italianophone à ce qu'il m'a semblé, venu nombreux, malgré des décors et des costumes qu'on qualifiera de rustiques. L'orchestre, réuni sans répétitions ou presque, était un mélange constitué essentiellement de réfugiés, excellents virtuoses de formations européennes désormais dispersées, des gens solides et juifs pour beaucoup. J'allais écrire sans mauvais jeu de mots : un ensemble de briques et de Bloch. À la sortie des artistes, le jeune homme vu le mois dernier est venu féliciter la troupe, affirmant qu'« il allait écrire un papier dithyrambique sur cette représentation dans son journal » et qu'il espérait que « l'expérience serait

314

renouvelée ». Il n'était pas venu seul pour nous complimenter, faisant partie d'un groupe de mécènes contribuant au financement de ce genre de soirée. Chacun le fait à la mesure de ses moyens, que je suppose modestes pour ce qui le concerne. Nous avons marché quelques pas, certains ont proposé d'aller boire un café. J'ai personnellement refusé et fus très surprise de voir qu'il avait l'air déçu.

### 29 avril

J'aimais beaucoup, au sein de notre *cercle de café*, un adorable vieux monsieur, discret, souriant, qui parlait peu mais se montrait toujours plein d'humour lorsque, d'une douce voix, il exprimait une opinion. Il me demandait souvent des nouvelles de ma santé et en particulier de ma gorge, si les rigueurs de New York et les privations ne me l'avaient pas trop abîmée. Il me baisait la main lorsque nous nous rencontrions, avec révérence et murmure de politesse d'un autre temps - « *Gnädige Frau Kammersängerin* ». Le professeur-docteur Stahl avait été doyen de la faculté et professeur de médecine à l'université de Würzbourg. À bout de ressources, il s'était présenté dans un hôpital dans le but de travailler et d'aider. Il souhaitait aussi ardemment faire profiter ses jeunes collègues de son grand savoir.

315

L'interne de garde qui l'avait reçu, à la demande excédée du directeur de l'hôpital, lui avait suggéré, l'air impatient, chewing-gum mâchonné, de « demander des documents préparatoires aux examens, et d'abord en langue anglaise, pour lesquels on l'inscrira peut-être » - « malgré son âge », avait-il ajouté. J'imagine la détresse absolue et l'humiliation du vieil homme. Sitôt rentré chez lui, c'est-à-dire chez un réfugié plus ancien qui avait accepté en soupirant de l'héberger, il s'est suicidé, avec quelques substances rapportées d'Europe en cachette ou quémandées à un pharmacien compatissant. Sa femme l'a volontiers accompagné, utilisant le reste de strychnine qu'il avait laissé, peut-être à dessein. Désormais veuve, sans enfant, cette vieille dame ne voyait vraiment plus la nécessité de survivre dans un pays dont la langue lui était totalement étrangère, l'avenir proprement inimaginable puisque le mot même ne signifiait plus rien. Je n'ai pas seulement eu de la peine, j'ai aussi eu un vertige égoïste : je me retrouve aussi seule, je n'ai plus d'enfant dont je ne connais même pas précisément le lieu du repos. Quel avenir si je m'enferre dans ma solitude et mes regrets ?

1er mai

Il paraît qu'en Allemagne, l'anniversaire du chancelier, auréolé de ses succès diplomatiques et domestiques a été fêté comme il convenait, selon le correspondant du journal américain que nous lisions et commentions en petit groupe. Concerts, manifestations de toutes sortes, ils n'ont pas lésiné. Nous ne pouvons manifester ici notre désapprobation, nous n'en avons pas le droit et l'opinion yankee n'est pas toujours si hostile au petit caporal énervé. De surcroit, nous n'en avons ni le désir ni le loisir, d'autres priorités nous occupent. Grâce à quelques américano-allemands et vieux new-yorkais, j'ai réussi à donner récemment quelques leçons de musique, piano et chant dans ce qui ressemble à une *masterclass*, comme ils disent. Un mot que j'ai désormais appris.

C'est aujourd'hui la fête dite des travailleurs. J'ai décidé de ne rien faire, pas de concert, pas de représentation. J'avais reçu une discrète invitation de quelques compagnons d'errance pour nous promener, pourtant je n'en ai pas eu l'envie. Journée de tristesse, enfermée dans la chambre du *condominium*, - le mot anglais m'est venu spontanément - je pense à Clara, tout simplement.

6 mai

J'ai encore changé de nom. J'imite Tauber. Pourquoi ? J'ai voulu inconsciemment laisser mes derniers oripeaux d'Européenne derrière moi, briser les liens même patronymiques qui me reliaient à l'Allemagne et à l'Autriche. Je ne suis pas assez connue ici, je peux recommencer à partir de rien et me refaire une virginité artistique. Moins pour semer des poursuivants éventuels que pour semer mon propre passé. Puisque j'ai laissé ma chair et mon sang là-bas au bout de l'océan, j'y laisserai aussi la seule chose que j'ai eue en héritage. J'enfile une autre peau.

Après avoir déclaré que j'avais perdu mes papiers, un mensonge dont personne ne me tiendra rigueur, j'ai affirmé aux officiers ministériels m'appeler en fait Ausländer, née sous ce nom. Schleider, que j'avais choisi en Autriche et en Suisse parce que je voulais y commencer une nouvelle vie et que mon agent m'avait suggéré d'adopter un nouveau nom de scène, me pèse désormais. J'ai choisi de vouloir retrouver ma véritable identité, ai-je souligné. Non germanophones, ils n'ont pas relevé que mon vrai-faux nom signifie *étrangers,* un clin d'œil à ma situation et au slogan des nazis « Ausländer Raus »-les étrangers dehors. C'est un nom typiquement *yéké* comme quelqu'un me l'a jeté au visage. Yéké, «

juive allemande », cela implique du sérieux, de la rigueur, de l'amour du travail bien fait, du refus des jérémiades, de la détestation de la négligence, du respect du devoir à accomplir. Certains diraient de raideur. J'en fréquente beaucoup, des *yéké*, des ashkénazes, certes d'abord parce que je sais qu'ils seront sérieux et ponctuels, que c'est avec eux que je me sens en confiance, surtout parce que notre groupe de juifs déracinés est essentiellement composé d'émigrés d'Europe germanique ou polonaise. Je n'ai donc pas vraiment le choix de mes nouvelles connaissances, de mes nouveaux amis. Par-delà l'océan, je suis encore malgré moi de cette vieille Europe qui m'a pourtant chassée.

18 mai

J'ai réussi à me procurer des places à l'opéra, *Fidelio* cette fois. Je ne les ai pas payées, ayant été engagée pour assurer un remplacement en cas de besoin. Assise au premier rang, la place la plus proche de la sortie, je n'ai pas été outre mesure étonnée de revoir au foyer, pendant l'entracte, le jeune homme de la dernière fois. Il m'a souri, ne s'est pas démonté. Il m'a abordée avec beaucoup de délicatesse, nom de baptême de la maladresse quand on est bien élevé :

- Je vous prie de ne pas vous méprendre sur ma présence : je suis seulement un passionné d'opéra, nous fréquentons les mêmes lieux. Je vous ai donné mon nom la dernière fois, mais… Permettez-moi de me présenter à nouveau, Jack Flanaghan. Vous savez que je suis passionné de musique classique européenne et depuis votre dernier concert, un de vos grands admirateurs ».

Et il s'est tu. Je lui ai servi mon nouveau nom, sans hésitation, sans doute parce que, d'abord, je commence à oublier l'ancien. Son front s'est plissé, son visage s'est légèrement rembruni. Je l'ai remercié de ses compliments et néanmoins lui ai souhaité une bonne soirée, avec au fond de moi-même un peu de regret de le renvoyer ainsi, sèchement. Mais que pouvais-je faire d'autre ? Après la représentation, je suis rentrée, triste, m'en voulant de ma brusquerie, de ma timidité, de mes humeurs sombres, mais me félicitant de ne pas m'engager sur des chemins inconnus.

27 mai

Une autre classe de musique, organisée pas des amis des premiers mécènes à nous avoir sortis un peu de la misère, en nous permettant de nous produire.

J'ai revu Jack Flanaghan, à cette occasion, après d'autres rendez-vous, entretemps. C'est lui qui est venu vers moi, d'un pas assuré, un grand sourire aux lèvres, assez loin du timide jeune homme que je connaissais jusque-là. J'ai pu le regarder, pour la première fois peut-être, d'un peu plus près. Il est grand, un teint blond comme ses cheveux en baguettes de tambour, de petites « taches de son » plein le visage, un sourire parfait aux dents de nacre ou d'ivoire. Un jeune homme si américain, d'une beauté irréprochable, troublante. Surtout, d'abord jeune, justement… Il doit avoir entre vingt-deux et vingt-huit ans, impossible d'être plus précise. Il m'a félicitée, m'a fait des compliments dont j'aurais dû rougir. Quelque chose me dit que cette fois-ci, il ne me lâchera pas si facilement et je ne pourrai le chasser aisément. Dur.

30 mai

Je regarde avidement. Tout me paraît extraordinaire. La ville n'est pas magnifique au sens où l'on dit que Vienne, par exemple, l'est, quoique l'architecture ici ait ses beautés, seulement, voilà, elle est magnifique par sa démesure, sa joie de vivre, son énergie. Les rues rectilignes, l'agitation permanente de gens pressés quoique souvent chaleureux et bavards, les chantiers qui s'ouvrent tous les jours, les gratte-ciels qu'on inaugure… Les marchands des quatre-saisons, les *Würste* qu'on appelle ici des *Hot Dogs*, des chiens chauds aux odeurs familières. Comme me devient familier le parfum de la liberté d'aller et venir, de dire ce que je pense, et d'être ce que je suis. Malgré Goethe dont je me récite quelques poèmes sur lesquels des lieder furent écrits, Vienne et Berlin sont désormais très loin. Sauf Clara, dont je n'ai pas parlé à personne, sauf à moi-même. Elle aurait tant aimé cette ville, faite pour les jeunes.

Jack Flanaghan a vraiment insisté pour me faire découvrir aujourd'hui quelques-uns des lieux dignes d'intérêt de New-York et de prendre une boisson dans un salon de thé qui « devrait me rappeler de souvenirs que j'espère bons, il y règne une agréable atmosphère, discrète et européenne » au *Beaux-Arts St Regis Hôtel* dans la 55ème rue.

7 juin

Jack Flanaghan m'a posé une question, après avoir livré un combat exténuant avec lui-même. La question lui brûlait les lèvres, elle avait dû le perturber en son for intérieur.

-Si je peux me permettre… Ne vous troublez pas… Si vous ne voulez pas répondre…

322

Lorsque je vous ai entendu la première fois au concert, votre nom était encore Schleider. Vous êtes devenue Ausländer, *étrangère* donc ? Pourquoi avoir changé de nom ?

Je lui ai donné les mêmes raisons que celles invoquées devant l'officier d'état-civil, que je voulais tout recommencer sous un patronyme choisi, qu'il est connu que les alias sont facilement admis en Amérique, que la situation d'*étrangère* me correspondait. Il n'a rien répondu, je ne suis pas sûr qu'il ait été convaincu, je le trouvai indiscret voire intrusif et brisai là.

14 juin

Jack Flanaghan m'a demandé, toujours avec beaucoup de respect et de précautions oratoires, de le rejoindre en toute fin d'après-midi à son journal car il avait, disait-il, une surprise. La surprise ne fut pas seulement de m'inviter à dîner dans un restaurant situé non loin de son quotidien, car je sentais bien, depuis quelques jours, qu'il souhaitait le faire. Non, la véritable surprise fut de me révéler, juste avant de commencer à dîner qu'il me connaissait par le biais du disque. Il collectionne en effet les disques 78 tours. Il m'avait reconnu dès le départ, à ma voix, car il possédait un enregistrement, qu'il m'a montré.

Le lourd cercle de bakélite ne contenait heureusement aucune donnée me concernant. Il a ajouté, « j'ai eu l'intuition que la cantatrice que j'ai écoutée l'autre jour, c'était vous, depuis le début de nos rencontres bien que le nom… ». Il n'acheva pas. Je n'ai pas répondu et cette fois, j'ai ri, malgré ce qu'il y avait de cachottier, d'un peu faux dans son attitude. Il a eu l'air soulagé de ma réaction et a eu la délicatesse de rien ajouter, sinon poser quelques questions banales sur mes compositeurs favoris et les lieder que j'aime interpréter.

10 août

Promenade magnifique dans le port puis à Central Park. Avec Jack. Il parle un peu plus que moi, n'est pas bavard pour autant, heureusement. Son silence me repose. Je n'ai pas pu m'empêcher de me demander si Clara l'aurait accepté, et même apprécié, alors que leur différence d'âge n'est pas énorme. Cette interrogation ne m'est pas restée dans l'esprit. Je devais impérativement la chasser.

2 septembre

Les Allemands sont rentrés en Pologne, l'hydre continue de s'étendre, conformément à ce que l'immense majorité d'entre nous pensait.

Quand je dis « nous » c'est à peu près toute l'Europe. Quant aux Américains, je ne sais pas. Ils s'en moquent ou pis, ils admirent le vainqueur. Jusqu'où se développera-t-elle ? Jack a insisté pour que nous allions nous promenez du côté de Coney Island. Il me promet que nous n'irons pas sur les manèges, parmi les plus impressionnants du genre. Je manque d'équilibre et le vertige me tient et justement, je recherche tant l'équilibre, en vain.

4 septembre

Une clameur dans un petit groupe de réfugiés regroupés autour d'un marchand de journaux lui-même hurlant une nouvelle hélas attendue : il nous a appris que la France et l'Angleterre ont déclaré la guerre à ce qui était mon pays et que je ne peux plus reconnaître comme tel ni dans le cœur ni en esprit. J'espère que les Etats-Unis, s'ils devaient suivre leurs vieux amis d'outre-Atlantique, ne me rangeront pas dans la catégorie des ennemis. Ce serait un comble. Que se passera-t-il si les deux puissances démocratiques sont défaites ? Se met en place une chimie qui risque de finir en déflagration. Ce qu'il y a d'inquiétant est que la nouvelle, certes en première page des journaux américains, n'en a occupé pourtant qu'un paragraphe. Le conflit qui vient d'éclater était inévitable, tout y poussait. Cependant, quand un gouvernement déclare une guerre, il oublie qu'il n'est jamais sûr de la gagner. Même s'il prétend toujours qu'il a le droit et même Dieu pour lui – *Gott mit mir*.

8 octobre

Je fais le point sur ma situation : elle n'est pas brillante mais pas catastrophique. Un réseau étroit de réfugiés qui s'entraident, de new-yorkais riches désireux de se progresser en chant, en piano ou en allemand (il y en a, à ma stupéfaction, sans doute de fieffés optimistes ou des pessimistes extrêmes), des remplacements inattendus de « collègues » défaillants, de petits arrangements ou expédients permettent de survivre et d'espérer. L'objectif est que soient réunies des conditions me garantissant un avenir stable, prévisible, financièrement sûr. Car les invitations discrètes et toujours accompagnées d'aimables prétextes de Jack (anniversaires, fêtes calendaires) ne peuvent se substituer à un sérieux projet d'existence garantissant mon indépendance. J'avoue : ses offres de sortie me sont de plus en plus agréables, en attendant peut-être de m'être nécessaires.

12 novembre

Tous les papiers indispensables à mon insertion légale à New-York sont désormais remplis. Je suis en règle avec mon nouveau pays d'accueil, je suis acceptable sinon (définitivement) acceptée. La prochaine étape sera la naturalisation, il s'écoulera toutefois encore de l'eau sous les ponts de Manhattan avant d'y parvenir. Ai-je envie d'être adoptée par ce pays ? Il faudra que n'éclate pas la guerre entre lui et mon pays de naissance, sinon je serai considérée comme ennemie. Je n'ai pas seulement changé de nom, j'ai aussi modifié ma date de naissance. Je me suis rajeunie, et pas de peu. De dix ans. Ce qui m'a décidé superficiellement à le faire, c'était l'expression du visage, le froncement de sourcils des rares interlocuteurs à qui je révélais mon âge, à Berlin ou à Vienne. Au-delà des galanteries surannées et convenues, j'avais droit à l'expression d'un étonnement sincère. Ce qui m'a convaincu en profondeur de procéder à ce mensonge, c'est le fol espoir de pouvoir tout recommencer, absolument tout, carrière, famille, vie, ici en Amérique, où je suis inconnue. Un espoir que je sais pourtant vain, une dangereuse tentation faustienne, ce mythe que je connais bien pour l'avoir chanté. Puisque je suis désormais sans passé, lequel ne sera sans doute pas sérieusement vérifié par les services d'immigration, autant me

327

ménager une plus grande plage d'avenir que celle que la nature m'avait donnée. Comme les policiers, étonnés, m'avaient fait répéter ma date de naissance, j'ai dit, en exagérant beaucoup mes hésitations, que je m'étais peut-être trompée, que je n'avais pas compris la question, n'étant pas familière des chiffres et de la langue anglaise en général. J'ai donc déclaré être née à Vienne en 1909, un chiffre que j'ai moi-même écrit sur une feuille de papier. Je crois que consciemment, j'ai voulu me rapprocher de ma fille en raccourcissant le temps. Dix ans de volés.

J'ai aussi changé d'univers. Lorsque j'ai dû souligner que j'étais d'origine juive en plus d'être allemande, je n'ai rien vu dans le regard du fonctionnaire. Une lueur de sympathie, me semble-t-il, s'est allumée quand j'ai ajouté que je souhaitais ardemment devenir américaine, rapidement, afin de servir ce pays accueillant et d'oublier ce que j'avais vécu jusque-là, afin de pouvoir enfin goûter la liberté. On m'a répondu qu'il y avait des procédures quoique que comme réfugiée et « artiste déjà reconnue », il ne devrait pas y avoir de problème pour les suivre. Dommage qu'il n'y ait pas davantage d'opéras ou d'oratorios en anglais, j'aurais alors appris un peu mieux cette langue et me sentirais un peu moins dépaysée.

16 décembre

J'ai entendu une anecdote réjouissante - tout se sait dans notre petit milieu, même par-delà les frontières et les océans. Lale Andersen, créatrice d'une merveilleuse chanson *Lili Marlen*, et avec qui j'avais chanté au cabaret *Weisse Maus*, a giflé l'ignoble Hinkel. Il lui faisait comprendre par des gestes précis et brutaux que son attirant tour de taille valait son glorieux tour de chant. Elle va certainement payer son geste courageux. Sans doute pas la mort physique, ce serait un peu risqué pour le régime, mais à coup sûr la mort sociale. Elle n'est pas juive, elle fait seulement partie de ces millions de gens qui ne supportent pas le pouvoir en place et qui pourtant, par fatalisme, négligence, paresse, manque de moyens financiers, ont décidé de demeurer sur place, vaille que vaille.

Jack a fredonné la chanson *Lili Marlen*, sa connaissance de tous les genres de musique me sidère. Il me l'avait pourtant cachée, par pudeur ou par crainte de me déplaire. Il m'a proposé d'aller écouter du jazz dans un club. J'ai accepté avec plaisir. Encore un élixir de jouvence que la rencontre avec cette musique que je ne connaissais pas du tout.

31 décembre

Épouvantable réveillon, loin de l'Europe, au milieu de tant d'incertitudes, avec quelques compagnons d'infortune, qui conclut une épouvantable année, sans Clara, dont j'ignore jusqu'à lieu qui lui sert de tombeau. Il y a deux ans, je le passai avec elle, l'année dernière j'étais en Italie. Que de chemin parcouru. Chemin de croix…

Le temps est glacial. New York n'a rien à envier à Vienne ou à Moscou. J'étais frigorifiée. Jack m'a mis son manteau de laine sur les épaules. Nous sommes allés tristement nous mêler à la foule qui regarde joyeusement la boule de la nouvelle année s'élever, à Times Square. Jack s'est autorisé à me serrer dans ses bras, il avait ma permission émue. Après… J'ai été un tout petit peu moins triste… Je pensais au passé.

# 1940

8 février

Je n'arrive plus à dormir dans notre appartement communautaire, les soucis, notamment financiers, viennent comme des fantômes me tenir éveillée. J'ai donné des leçons de piano à quelques jeunes gens de famille, j'ai fait des traductions d'un peu toutes les langues vers l'anglais, heureusement. Nous avons eu aussi quelques représentations d'œuvres de Mozart et de Verdi, ainsi je travaille toujours mes rôles. Car l'opéra offre l'avantage que l'on est forcé d'y apprendre l'italien, l'allemand, un peu de français et de russe, ce qui ne me pose pas trop de problèmes. Mais je cherche un vrai travail, n'importe lequel, chanteuse si je peux, répétitrice de piano ou gouvernante à temps plein d'une famille germanophone, s'il le faut.

Les rues semblent ne jamais se vider, même tard le soir. Les New Yorkais sont des oiseaux de jour et de nuit, plutôt rapaces ou perruches, un peu comme les Berlinois d'avant la chute dans le piège, tandis que les Viennois ou les

Zurichois sont des poules. Ici, il faut que je m'habitue à un autre bestiaire. Plusieurs choses me frappent. D'abord, ils mangent tout le temps et partout, même dans la rue, solitairement. Ce sont des gloutons. Ils engouffrent des saucisses, et boivent beaucoup de boissons gazeuses. Je dois me corriger, après tout, nous autres allemands ou autrichiens, nous connaissons aussi l'habitude de ces *Kaffeekrenzl* où, dès le milieu de l'après-midi, sont consommés gâteaux et petites salades, la différence est que nous restons en groupe de gens qui se connaissent, que nos réunions sont régulières et la nourriture moins riche.

Ensuite, la population est bigarrée, de toutes les couleurs. Il y a aussi des Noirs, qu'on ne voit presque jamais en Europe. Mais ils ne se rencontrent pas partout, certains quartiers semblent leur être réservés et je n'y vais pas, on me l'a déconseillé.

Comme Clara aurait été heureuse ici, elle aurait vécu à 100 à l'heure… Je suis perdue au milieu des *Chop-houses*, des *Exchange Buffets* et autres *Fast foods*, je me retrouve incidemment chez moi en lisant des journaux en yiddish, en écoutant évoquer ce « *Delikatessen* », un mot affreusement raccourci en *Deli*, servis par des commerçants

avec barbes et *peyes*. Quant aux langues… Hé-
breu, yiddish, allemand et puis incongru alors
que nous sommes à New-York, de l'américain,
qui est de l'anglais quoique caqueté, affreusement.

J'ai parcouru puis parcouru à rebours, de long
en large, une avenue mythique pour les New-
Yorkais - Broadway, accompagnée de Jack. J'ai
avidement contemplé les palais qui servent
d'écrins aux comédies musicales, j'ai lu, désolée,
sur des panneaux publicitaires grands comme
des places publiques de villes européennes, des
mots qui ne me parlent pas, pour le moment. Le
nom même de cette avenue a franchi l'océan et
dans les capitales du vieux continent, il est devenu un symbole, celui d'une autre musique,
d'une autre façon de s'amuser ou de se montrer.
On y danse, on y fredonne, on y susurre, on y
siffle, on y croone, on y applaudit, on y siffle
même parfois et Broadway tient la place, dans
l'esprit des habitants de la Grosse Pomme, tout
à la fois du *Kurfürstendamm*, de *Unter der Linden*,
du *Ring*, des *Champs-Elysées* et de *Regent Street*,
adresses mythiques d'une culture qui, ici, diffère
abruptement de celle des réfugiés de plus en plus
nombreux. Une culture dont je me détache un
peu, par la force des choses, par rejet du passé.

15 mars

J'ai hésité, une angoisse sourde, une mauvaise conscience qui pointe son nez avec obstination. Et finalement, j'ai franchi le pas, avec appréhension. Puis avec joie, un plaisir indicible. Ce fut, pour moi, merveilleux. Pour lui ? Il n'a pas détesté, il m'a demandé de rester toute la nuit. Les nuages se déchirent. Que va-t-il résulter de tout cela ? Ce que j'en déciderai.

12 avril

Nous avons entendu à la radio un concert donné par l'orchestre philharmonique de New - York, avec un programme Mozart, Beethoven et Strauss. J'ai dit à Jack, mortifiée et ravie, que les Autrichiens ne sont plus les seuls à savoir valser. Le sang d'Europe centrale a désormais irrigué cette phalange d'outre-Atlantique jusque-là mal dégrossie. Car on percevait, dans cette retransmission, des couleurs sombres et irisées, comme si l'automne le plus obscur et aussi le plus coloré, l'hiver le plus rigoureux et aussi le plus lumineux avaient été mis en musique, avec des rythmes syncopés, des rubato millimétrés et des sonorités graves qui ont dû être transportées par des alizés soufflant par-dessus l'Atlantique, sans obstacle pour les arrêter, du *Titania Palast* ou de la

*Gesellschaft der Musikfreunde*. Cette idée de vent planétaire me plaît : les alizés, les bises, les noroîts, les *barbers* ne sont-ils pas la respiration même de la terre et des mers, qui continue malgré la folie des hommes et sont indifférents à la mort des hommes ?

11 avril

Terrible nouvelle : Hitler a envahi le Danemark et la Norvège, deux pays pacifiques conquis en deux jours, sans beaucoup de pertes, de surcroit. C'est le début évident d'une offensive infiniment plus large qui va ravager le Nord de l'Europe. Il cherche des matières premières, le pétrole, des produits agricoles, du fer, que sais-je... S'il réussit toutes ses offensives avec la même maestria, sabre au clair, la guerre ne sera pas longue et sera perdue. J'irai consoler, ici à New York, et respectueusement, l'immense Kirsten Flagstad, la plus grande Isolde, une voix splendide et énorme. Physiquement, je plains les *Tristan* qui la prennent dans leurs bras, ils ne peuvent pas en faire le tour, de cette tour. Elle est, à tous égards, immense.

J'ai trouvé Jack sombre. « Qu'y a-t-il ? ». Il ne m'a pas répondu, m'a serré un peu plus fort dans ses bras. Je pense qu'il craint que les Etats-Unis ne soient tôt ou tard entraînés dans une guerre dure et longue, alors que les hommes de ce pays sans conscription sont si mal entraînés.

19 mai

Je suis allée au restaurant, à midi, avec trois amis, non trois connaissances d'infortune. C'était près de *Times Square*. Je me suis sentie oppressée dans ce lieu pourtant agréable. Sans doute parce qu'en Europe, on n'a jamais le sentiment d'être au milieu d'une foule, sauf peut-être à Londres. La capitale anglaise est un sas vers l'Amérique, un bout de Nouveau Monde qui n'aurait pas voulu s'éloigner du Vieux Monde, ou un bout du Vieux Monde qui n'aurait pas eu le courage de traverser l'océan. L'après-midi s'était prolongée, nous avions beaucoup parlé, l'heure de la sortie des bureaux était arrivée. La foule a commencé d'envahir les rues. J'ai eu tout à coup le sentiment que les gratte-ciels s'étaient vidés comme l'auraient fait des hachoirs d'un trop plein de viande et qu'ils avaient lâché, au petit bonheur, une multitude harassée. L'Amérique encourage-t-elle le triomphe du classement vertical des hommes pour mieux permettre aux plus hardis, aux plus entreprenants de s'élever tandis que l'Europe se livrerait au classement horizontal pour mieux les encercler et les abaisser, les unifier de force ? Je ne me sens pas encore d'ici et ne me sens plus de là-bas. Peut-être suis-je trop vieille. Et dire que je me suis rajeunie. New York était faite pour Clara.

13 mai

On a appris qu'une offensive allemande d'envergure a été déclenchée ces derniers jours en Belgique, aux Pays-Bas et en France. Les nouvelles, celles que l'on lit dans les journaux, ne sont pas bonnes. Les fronts auraient été enfoncés et la Wehrmacht s'offrirait une promenade de santé. Que valent ces nouvelles, perméables malgré tout aux rumeurs, à l'exagération et à la propagande de tout bord ? Le courant d'informations s'écoule toujours à travers l'océan, c'est peut-être une eau polluée.

27 mai

J'ai été approchée par une personne qui a ses entrées au *Metropolitan Opera*, des entrées payantes surtout. Si ce « responsable » ne m'a rien promis, cette seule perspective, inattendue et magnifique, m'aide à oublier les ennuis quotidiens. Je pourrais voir ma carrière relancée. Mais tout ce que je vis m'incite à la prudence, les embûches sont toujours semées par les semblables. J'en ai parlé à Jack, qui, malgré son jeune âge, connaît un peu ce cercle de gens plutôt chenus. Il est en effet circonspect, doute même franchement de possibilités à court terme. Il me suggère de continuer les petits concerts ou soirées musicales chez de riches particuliers qui garniraient mon carnet d'adresses et me permettraient ensuite d'avoir mes entrées. Et surtout de donner des leçons.

11 juin

L'Italie a déclaré la guerre à la France et à l'Angleterre, toutes deux déjà à terre. Un peuple jusqu'ici pacifique est devenu belliqueux et lâche. Verdi doit se retourner dans sa tombe.

24 juin

J'ai appris par les journaux et de la bouche de mes compagnons de malheur que la défaite de la France était consommée, que le destin de l'Angleterre elle-même ne tenait plus qu'à un fil, celui du courage de ses habitants et de la détermination de son Premier Ministre. Il faut espérer que ce fil soit d'acier trempé ; j'en doute et un monde risque de disparaître. Pourra-t-il renaître de ses cendres ? Il y a maintenant ici à New-York assez d'Allemands pour refaire une colonie, trois orchestres et même une culture. Mettez deux Allemands ensemble, vous faites une chorale, groupez en trois, vous obtiendrez, au choix ou simultanément, une formation de musique de chambre, une chorale, une école philosophique ou une ébauche d'armée -ce dernier choix étant celui des Germains d'aujourd'hui, pas de ceux d'hier.

29 juin

Un réfugié musicien a informé notre petit groupe d'exilés qu'A.H. s'est fait photographier avec la tour Eiffel en arrière-plan, qu'il a visité l'un de nos lieux mythiques, l'opéra de Paris. Tout cette horreur a été filmée et présentée aux informations du Reich, visibles au cinéma et largement diffusées par les services du *Propagandastaffel*. Ce sont des images qu'on voudrait ne jamais avoir vues. J'imagine en tout cas la tête du gardien du chef d'œuvre de Garnier quand il a ouvert la porte. Crise cardiaque ou crise de folie subite garantie. Le diable se déplace, triomphant, en son royaume, on dirait que Dieu lui-même ne peut l'en empêcher.

22 juillet

Je suis allée voir quelques directeurs de théâtre, j'ai demandé s'il y avait du travail. Certains m'ont reçu comme une chienne dans un jeu de quilles. Le moins que l'on puisse dire est qu'il y a des Américains qui ne nous ont pas attendus, les bannis, les indésirables, les exilés. Qui pourrait les en blâmer ? On ne peut pas trop en vouloir à un peuple qui ne voit sa frontière et n'entend le terme de conquête que sur son propre territoire, s'effrayant des arrivées massives, incontrôlées, de populations pauvres et hétéroclites. L'herbe est peut-être plus verte ailleurs mais, aux yeux de ceux qui campent déjà sur leur pré carré, elle doit alors être défendue. Elle devient donc un enjeu de conflits. Pas assez de travail, pas assez d'oxygène pour tous, c'est l'antienne que l'on entend murmurer, s'enfler puis déclamer partout. Les manifestations de cette exaspération sont bien sûr plus discrètes que celles que j'aie déjà connues, rien à voir avec l'Europe qui ne se supporte plus elle-même. Tout de même, ici aussi quelques regards en coin et des réflexions peu amènes. La grande différence est que ces désagréments et autres vexations proviennent d'autres émigrés, présents avant la vague actuelle et qui voient les nouveaux arrivants d'un très mauvais œil. Les gens misérables sont les plus virulents à l'égard de plus misérables qu'eux, la misère des autres est insupportable aux pauvres qui sont parvenus, un tant soit peu, à la conjurer.

J'ai été écouter les frères Adolf et Herman Busch qui viennent d'arriver à New York pour s'y établir définitivement. Profondément chrétiens, intransigeants sur les principes de cette religion, ils ne supportaient plus l'Allemagne et ont en conséquence mis leur action en accord avec leurs convictions. Ils ont joué le dernier quatuor de Beethoven. Pas d'applaudissements, des pleurs, c'est donc un triomphe, muet, dans les sanglots et les gémissements.

Je logeais jusque-là dans mon appartement de poupée, la solidarité des réfugiés et des expulsés a fonctionné. En effet, de riches esthètes new-yorkais ont mis un grand appartement à la disposition de plusieurs d'entre nous, nous n'y perdent pas au change : quatre petits loyers en valent un gros. Me voilà toujours en colocation à 41 ans, mais une cohabitation douillette, *cosy*. Retour vers le passé ? Si seulement... Clara aurait évidemment adoré ce prolongement de vie de bohème bourgeoise.

15 octobre

Nouveau rendez-vous avec Jack. Je ne les compte plus, désormais, depuis notre première rencontre. Ils me paraissaient naturels, bienfaisants, j'ose dire que j'en ai désormais besoin.

Mais pas seulement égoïstement, afin de combler je ne sais quel vide… Et puis nous nous retrouvons toujours pour un concert, une exposition, un événement culturel ou artistique quelconque, bref une occasion agréable. Le soir, je suis souvent libre, hélas, car cela signifie libre de tout engagement professionnel. Je suis son invitée, à chaque fois et donc je suis gênée. Bien sûr, en agissant ainsi, il me sauve un peu la vie, quoique ma situation se soit améliorée depuis quelques semaines - un peu plus de cours dispensés et un loyer bizarrement diminué.

Je suis apparemment heureuse, comme je ne l'ai jamais été. Je fais aussi un peu semblant, car le fantôme de Clara est inévitablement derrière moi, je dois parfois le chasser, je dois l'oublier pour pouvoir à peu près survivre. Lorsque cela m'arrive, Jack me demande « Que se passe-t-il, Frieda ? Vous êtes ailleurs… » ou bien « Vous vous ennuyez ? » Je le rassure toujours, de la voix ou du geste. J'ai même ajouté un jour : « Un jour, je vous expliquerai tout ». Il n'a pas répondu. Pas de conduite au rétroviseur, Clara ne le voudrait pas pour moi pas plus qu'elle ne l'a pratiquée pour elle.

21 octobre

J'ai eu un mauvais écho des réactions de mes ex-futurs collègues du « Met ». Elles ont littéralement assiégé son directeur afin que je ne sois pas recrutée, pour aucune représentation. L'impériale Bidu Sayao, qui est une des chanteuses du siècle, aurait même annoncé qu'elle allait déclencher le feu du ciel, c'est-à-dire se taire, menaçant de démissionner, de boycotter tous les spectacles à venir, d'inciter toutes ses amies à faire de même, d'aller en justice afin d'obtenir des dédommagements des spectacles auxquelles elle n'aurait pas participé par ma faute. Elle me paraît moins impériale, désormais, sur le plan de la morale en tout cas. J'ajouterais que le fait qu'elle reste muette n'est pas, pour certains, une malédiction, bien au contraire. Ecrivant cela, je ne pousse pas très loin la charité chrétienne moi non plus. La direction a cédé, préférant tenir une très bonne chanteuse célèbre à New-York que prendre le risque d'employer une inconnue. Je comprends, sans approuver toutefois. Il y a de la place pour tout le monde, me semble-t-il. Ma situation pécuniaire ne s'en trouvera pas améliorée et je ne risque pas de sortir des difficultés du quotidien.

L'un des freins que je mette aux rencontres avec Jack, c'est que je ne veux pas peser sur ses

343

finances qui ne sont certes pas misérables mais pas rutilantes au point de subvenir aux besoins d'un couple. J'attends quelques leçons supplémentaires pour lui rendre un tout petit peu la pareille. Je sens qu'il a été malheureux quand je lui ai fixé un rendez-vous à un horizon qu'il a jugé éloigné. S'il apprenait la raison de ces espacements, il m'en voudrait probablement. Je la lui révélerai plus tard. Et j'aime aussi me retrouver avec mes fantômes. Pour oublier la peine que je semble lui faire et que je me fais à moi-même, je me suis rendue seule sur le port, au bord de cette étendue d'eau qui me relie mystérieusement à l'Europe. C'était au soir tombant. Ce qui m'a frappé, c'est que la mer, ici, au bord moribond de l'Hudson, donne le sentiment d'être aussi mal fréquentée que la terre. L'eau était d'une couleur sale, absorbante, aimantée. New-York, avec ses buildings noircis dans ce quartier-là, devenait à mes yeux sans larmes, une extrémité décrépite d'un monde dévasté.

11 novembre

Il s'est écoulé pas mal de temps depuis que je n'ai pas écrit, je n'ai pas toujours la tête à noircir du papier ; je veux parfois simplement vivre. Mais je note qu'à partir de ce jour, il me semble qu'un compte à rebours a commencé. Jack l'a provoqué. Je lui en sais gré et me promets de ne jamais lui en vouloir pour ça. Il fait un froid épouvantable, la neige est apparue, elle tient. Le temps se met de la partie pour abattre ma faible volonté de revivre.

17 décembre

J'ai passé une soirée qui aurait dû être merveilleuse et s'est mal terminée, par ma faute. Jack m'avait invitée au restaurant, le *Loreley*, une véritable institution ici à New-York, parait-il. Un fumet d'Allemagne, avec sa cuisine, son ambiance *gemütlich*, la langue des serveurs et des clients… Il croyait évidemment me faire plaisir, j'ai été sensible à cette attention. La nostalgie et le désespoir ont été plus forts, malgré tout. J'ai commencé à pleurer, impossible de m'arrêter. Jack était désolé. Malgré mon envie de le faire, je ne pouvais pas lui parler de Clara. Je me suis pourtant promise que je le ferai plus tard. Il a très bien réagi, n'a pas prononcé une parole et a proposé de me raccompagner. Je crois qu'il a deviné bien des choses, la patience est une de ses nombreuses qualités. Décidément, je ne le mérite pas…

31 décembre

Nous sommes allés ce soir à un *musical* ainsi que l'on désigne ici les opérettes. Ce n'est pas mal. Mais je ne peux pas ne pas penser aux bluettes viennoises, je dois faire taire en moi toute réminiscence harmonique. Vienne, c'est fini. J'y ai tout laissé. Comme l'an dernier, nous sommes allés voir tomber la grosse boule de Times Square, ce rituel new-yorkais qui marque le passage à l'année nouvelle. Nous étions encore un petit groupe ; néanmoins, la proportion d'Européens, parmi les gens que je fréquente, ou plutôt que nous fréquentons, est tombée bien bas. Certains ont quitté la ville pour chercher fortune plus à l'ouest dans ce continent que sont les Etats-Unis. D'autres privilégient désormais leurs relations new-yorkaises, d'autres enfin ont choisi de s'occuper des arrivants.

Il y a un redoux étonnant pour une fin d'année, nous sommes rentrés à pied.

# 1941

7 février

J'ai signé mon premier véritable contrat de travail, engagée pour plusieurs représentations de la *Traviata*, de surcroît dans le rôle-titre. Cela ne s'est pas fait sans protestations de membres de la troupe permanente, dit-on, excités par quelques divas. Tant pis, ils s'habitueront à moi, je m'habituerai à eux. Mon horizon s'en trouve singulièrement éclairci, sur tous les plans. Pourquoi suis-je privée de Clara, pourquoi a-t-elle été privée de cette nouvelle vie ?

Je vais donc dire « oui » à Jack qui s'était déclaré en novembre. Il m'avait invitée chez lui, une invite toute en discrétion et en retenue, précisant qu'il attendrait ma réponse le temps qu'il faudrait. On n'eût pas été plus délicat à Vienne. Je lui avais alors fait comprendre que je partageais ses sentiments, qu'il ne fallait cependant rien précipiter parce que je voulais m'assurer quelques pistes professionnelles garantissant mon indépendance, c'est-à-dire ma volonté, indicible et tue, de ne pas lui coûter trop cher. Il l'a parfaitement compris. D'autres raisons, indicibles, expliquent mes tergiversations. Il faudra que je les évoque, les explicite même, afin qu'il comprenne, qu'il ne se méprenne pas.

23 juin

Hitler a rompu hier le pacte de non-agression qu'il avait conclu avec les Soviétiques en 1939. Il est rentré chez son voisin avec un seul objectif : l'anéantir. Faut-il s'en réjouir ou s'en désoler ? Car à n'en pas douter la guerre va s'étendre comme une hydre. Il en résulte une lueur d'espoir : l'Allemagne s'attaque là à un trop gros morceau pour elle, il finira par l'étouffer. Les serpents et les crocodiles meurent d'indigestion, étouffés dans leur propre nourriture. La gloutonnerie est un vilain défaut.

Il fait une chaleur épuisante à New York. C'est une ville où, malgré l'océan et un fleuve, surviennent souvent des températures extrêmes, bien plus qu'à Berlin ou Vienne. Je ne m'y habituerai que lentement. Et la nature me manque, je chercherai une maison très à l'écart de la ville quand ma situation se sera stabilisée, elle sera moins chère, de surcroît. Clara aurait aimé un cottage en bord de forêt...

21 septembre

Un journal a annoncé que, depuis trois jours, les juifs en Allemagne doivent porter une étoile jaune, côté gauche, à la hauteur du cœur. Le jaune est la couleur de la trahison, ils sont - nous sommes - donc tous considérés comme des Iago, des Judas.

Jack a dit à voix haute, en allemand, dont il s'est remis à l'étude pour me rendre hommage, sans se rendre compte que ce projet pourrait m'ulcérer : « *Sie sind verrückt geworden* - ils sont devenus fous ». Comme son accent américain était à couper au couteau, devant sa mimique torturée, j'ai éclaté de rire. En voyant ma réaction, il a ri lui aussi. Pourtant, la nouvelle n'est pas très risible... Et que l'allemand soit, aujourd'hui, en cette période, un idiome qui provoque le rire est paradoxal. Je l'ai embrassé.

J'ai préféré oublier que les Allemands avaient progressé à pas de géants en Union Soviétique, qu'ils étaient arrivés aux portes de Moscou. L'inimaginable était donc possible. Car s'ils devaient abattre le colosse... Heureusement, depuis quelques jours, l'offensive marque le pas.

349

Ouf. La fin du commencement, sinon le commencement de la fin ?

22 octobre

Jack a repéré qu'Elisabeth Rethberg donnait une soirée où elle devait chanter le merveilleux ensemble de lieder *l'Amour et la Vie d'une Femme* de Robert Schumann. Nous nous étions rencontrées à Berlin, il y a… des années. Ce n'est pas être cruel que de prétendre qu'elle a désormais atteint un âge où se produire à l'opéra ne convient plus. Seul le lied lui sied, et encore. À la fin du concert où l'assistance était clairsemée, j'eus la surprise d'être saluée par Elisabeth elle-même. Elle est venue vers nous, écartant les bras pour une embrassade. J'ai eu du mal à ne pas éclater en sanglots.

- « Frieda… »

Jack n'a manifesté aucun étonnement devant cette familiarité entre quasiment une dame d'un âge déjà gris et moi, qui ne suis pas tout à fait une vieille dame - j'écris cela sans trembler alors qu'elle n'a pas beaucoup d'années de plus que moi. Il n'a rien laissé paraître. Je l'ai présenté à la cantatrice à qui il a simplement déclaré, avec dans la voix un élan qui m'a émue : « Frieda est ma future femme ». J'ai rougi, ravie, terrorisée, elle m'a jeté un regard tout de bienveillance et d'empathie, ajoutant : « J'ai déjà entendu parler de vous, ici, récemment… » Ce fut tout. Elle sait, elle se tait. Merci à elle. Si nous devons nous revoir, elle prendra bien garde à ne pas évoquer trop de souvenirs et ne me donc trahira pas.

26 octobre

« Vous êtes si belle, si jeune ». Je n'ai pas entendu de compliment sur mon âge depuis quelques années. Erreur flatteuse, mensonge involontaire. Mon fiancé a été parfait jusque-là en tout point. Si seulement la vie pouvait lui conserver cette perfection physique et mentale. La seconde, surtout. Quant à moi, je suis loin d'être aussi lisse, sans tache, je laisse beaucoup d'ombre autour de moi et derrière moi.

J'ai en effet pris la ferme résolution, inélégante, malhonnête, de ne pas lui révéler mon âge véritable. Je commence donc une relation amoureuse, ma vie de couple même, sur un dangereux mensonge, un socle fragile qui menace mon existence affective et sociale : on ne construit pas sa vie sur du sable, prévient la Bible, qui traite l'homme agissant ainsi d'insensé. Ce n'est qu'un mensonge par omission vis-à-vis de lui, certes, je me dédouane hypocritement en disant cela. Du reste, ce qui est plus grave, j'ai déjà menti aux autorités quand on m'a confectionné mes papiers. Et s'il me pose la question de mon âge ? Je ne sais pas. S'il devait le faire, j'en déduirais qu'il n'était pas à l'abri d'une masculine goujaterie. Je ne saurais toutefois lui en vouloir de chercher à en savoir plus sur moi. S'il découvre d'une façon ou d'une autre que sur le point capital de mon année de naissance, je n'ai pas été claire et honnête, je perdrai sa confiance et donc possiblement son amour. Sans compter mes papiers et ma nationalité nouvelle…

Pour un Américain, ne pas dire la vérité constitue un crime. En Europe, on est en général plus indulgent. Je suis d'autant plus inconsciente que lorsque nous nous marierons, l'employé de la mairie me posera la question de ma date de naissance, je dirai *oui*, commettant, ce faisant, un mensonge devant une autorité officielle.

Je repousse deux questions, essentielles pourtant, puisqu'elles résument nos vies et les conditionnent : les enfants et la vieillesse. S'il veut un enfant, comment vais-je réagir ? J'ai presque quarante-deux ans et il m'a fait comprendre qu'il pensait que j'avais cinq ou six ans de plus que lui - soit trente-deux, trente-trois ans. Si je dois donc avoir à nouveau un enfant, il y aura

352

physiquement urgence à le lui donner très vite. Nous devrons en parler rapidement et, toute vulgarité bue, le faire dans la foulée. Il ne m'a jamais parlé de paternité, de l'enfant qu'il a été (sauf par bribes) et qu'il pourrait vouloir voir se perpétuer avec lui. Il ne m'a pas présenté non plus de proches parents, sans doute a-t-il lui aussi ses secrets. S'il est encore urgent d'attendre, impossible de jouer beaucoup plus longtemps l'autruche.

Quant à la vieillesse… C'est cette inéluctable horloge biologique qui m'empêche d'envisager une naissance, elle serait trop risquée. L'écart entre nous deux se révélera cruellement, petit à petit, de façon inéluctable. Il faut que je continue à donner le change, à faire illusion aussi longtemps que possible. Les rides apparaissent, les muscles s'affaiblissent, la peau perd son élasticité, les douleurs articulaires inévitablement s'éveillent, tous ces petits désastres insidieux intervenant à un âge où ces symptômes, normalement, ne devraient pas survenir, trahiront mon mensonge initial. Sans compter la disparition de ce qui fait de moi une femme au sens le plus physiologique du terme. Tant pis, le meilleur aura passé, j'en aurai profité, ce sera toujours ça de grappillé, d'arraché, de volé à une existence qui ne m'a pas excessivement épargnée. Je ne me plains pas, d'autres sont plus justifiés à se prendre pour Job, surtout ceux qui ne peuvent plus se prendre pour personne.

Je devrai mentir tout le temps que nous serons ensemble. Pourvu qu'il ne m'interroge pas franchement, clairement, il ne faut pas qu'il apprenne toute la vérité. Jamais. J'assume (avec difficulté, avec remords) ma lâcheté, mes mensonges par omission, mes non-dits persistants. Tous ces secrets sont détestables et malsains. Et pourtant, si je ne cache pas ce qui est la vérité d'une existence plus longue, plus dense que ce qu'il imagine, pourra-t-il m'aimer encore ? M'aimera-t-il vieille, ayant *su* ? Ou bien m'aimera-t-il davantage si j'ai le courage de lui faire ces aveux aujourd'hui ? Je cours donc le risque. Avec la peur au ventre, celle de tout perdre, de le perdre. Car je l'aime à un point que je ne pouvais pas imaginer après ce que j'ai vu et vécu de l'autre côté de l'océan, persuadée que la source de l'amour, en moi, s'était tarie dans ce continent déserté par ce qui m'attachait à lui.

Et logiquement, j'ai pris une décision au fond plus terrible, si possible. Je suis résolue à ne jamais lui parler de Clara. Ma fille restera mon secret absolu, la part de moi-même qui est morte, demeurée dans cette Europe que désormais je hais, et où ses cendres sont dispersées dans un endroit que je ne peux qu'imaginer. Elle est le passé qui m'appartient sans partage, nul autre que moi ne peut plus rien en dire. Je suis la seule à pouvoir raconter sa trop brève histoire, je suis sa mémoire unique, la dépositaire exclusive de son existence qui n'intéresse plus aucun être humain, à part moi. Jack n'a pas besoin de savoir, il est d'un temps neuf, d'un temps autre, d'un continent différent, d'un nouvel âge. Il pourrait aussi en déduire mon âge véritable. Cependant qu'au fond de moi, et je m'en fais l'aveu à moi-même, ne pas évoquer Clara revient à la tuer une seconde fois.

8 décembre

On vient d'apprendre tout à l'heure que l'aviation du Japon a attaqué notre flotte à Pearl Harbour. De nombreux morts. Plusieurs navires coulés sans avoir tiré un coup de canon. Le monde est devenu totalement fou. Toutefois, cette folie est logique en raison du jeu des alliances et de la mégalomanie des dictateurs. Que résultera-t-il de cette conflagration ? L'agitation est extrême à Washington.

Quant à Jack, il est tétanisé par ces nouveaux développements, qui peuvent l'affecter directement. Nous affecter gravement. Je vais dès maintenant habiter chez lui, avec lui, pour lui.

11 décembre

Les Etats-Unis entrent en guerre officiellement avec le Japon, donc avec l'Allemagne et l'Italie. Le Président Roosevelt vient d'en signer la déclaration. Je n'imagine pas que l'Allemagne et ses complices puissent gagner. Je pensais il y a peu que l'Amérique, isolationniste par nature serait épargnée, quelle illusion ! Dieu a-t-il inventé les guerres simplement pour que nous puissions nous souvenir qu'il y a encore de la place pour l'art, la beauté, la nature et la douceur sur une planète déchirée, qu'il y a des hommes qui méritent d'être connus, aimés ? S'Il existe, qu'Il empêche que Jack parte à la guerre.

31 décembre

Rien à fêter, sinon, très égoïstement, un petit pan de joie intime, de bonheur domestique, une parenthèse enchantée, un court espace de paix intérieure, entre un passé tragique et un futur plein de menaces. Une certitude, je vais me marier prochainement. Tout n'est pas perdu, alors ?

# Epilogue

William Gellman a terminé sa lecture. Ému, il se dit que ballotée dans un siècle épouvantable, elle fut d'abord une femme admirable, d'une beauté étrangement préservée, téméraire, mère courage, déracinée, persécutée en raison de sa religion, criminelle par devoir, en fuite d'un continent et d'un drame intime. Et surtout, pendant une longue partie de sa vie, en fuite d'elle-même, amputée de sa fille chérie, victime d'une Histoire chaotique, victime et un peu actrice de son propre destin.

Elle fut d'abord et avant tout l'épouse amoureuse d'un homme qui lui rendit son amour jusqu'à l'oubli de soi. À qui cependant elle mentit gravement, en prenant le risque de la défiance et donc de la rupture.

Gellman est parvenu par la suite à faire aboutir son projet. Il a tout d'abord renvoyé le journal de la cantatrice à son expéditeur. Puis, sans aucune indication biographique, les disques 33

357

tours regroupant le legs musical de la cantatrice sont parus en novembre 1976. Cette faible voix électrique désincarnée et charnelle, sortant de quelques galettes de bakélite et captée par des micros rudimentaires, provenant d'un monde d'avant l'Apocalypse, c'est-à-dire d'avant la *Révélation* de ce que les hommes peuvent faire à d'autres hommes, est tout ce qui reste de précieux et d'irremplaçable, sur cette terre, de Frieda Silberberg.